Wie de wolf vreest

Een boekie
voor de "Boas".

Van Karin.

Volgende keer
kom je ook maar mee ☺

Liefs van ons uit
C4R

Saludos.

16/9/17

Karin Fossum

Wie de wolf vreest

Literaire thriller

uitgeverij marmer

Ik haat de mensen, enkel en alleen omdat ze bestaan,
en benijd hen intens wanneer ik ze in hun eigen land zie bewegen.
Hier zit ik, de gek, binnen in mijn ijsblok,
ik houd nauwkeurig aantekening van alle vijandige handelingen
die de mensen tegen mij richten.
En in de donkere kamers van de wraak
groeit een wereldheerser.

ELGARD JONSSON

Voor Kari

Een verblindende lichtstraal viel schuin door de bomen.

Hij stond op slag stil. Hij was er niet op voorbereid. Was uit bed opgestaan en had langzaam door het donkere huis gelopen, nog half slapend, naar het stenen stoepje voor de deur. En toen trof de zon hem.

Het licht stak als een priem in zijn ogen. Meteen sloeg hij zijn handen voor zijn gezicht, maar het licht drong verder naar binnen, zocht zich een weg door kraakbeen en beenderen, rechtstreeks naar de duisternis van zijn schedel. Daarbinnen werd alles schitterend wit. Zijn gedachten schoten alle kanten op, verpulverd tot atomen. Hij wilde hard schreeuwen, maar hij schreeuwde nooit, dat was beneden zijn waardigheid. Daarom klemde hij zijn tanden op elkaar en bleef zo stil hij kon op het stoepje staan. Er gebeurde iets. Zijn hoofdhuid spande over zijn schedel, het voelde aan als een groeiende prikkeling. Bevend bleef hij staan, met zijn handen voor zijn hoofd. Hij voelde dat zijn ogen opzij werden getrokken, zijn neusgaten verwijdden zich en werden groot als sleutelgaten. Hij jammerde zacht, probeerde het tegen te gaan, maar kon de enorme krachten niet stoppen. Langzaam werden zijn gelaatstrekken uitgewist. Wat overbleef was een naakte schedel, overtrokken met witte, doorzichtige huid.

Hij vocht koortsachtig en kreunde even, voelde angstvallig aan zijn gezicht, of het er nog wel was. Zijn neus voelde zacht en akelig aan. Hij trok zijn hand weg. Hij had het weinige dat nog restte vernield, voelde duidelijk dat zijn neus inzakte en als een rotte pruim zijn vorm verloor.

Ineens hield het op. Hij ademde voorzichtig, voelde dat zijn gezicht weer op zijn plaats gleed. Hij knipperde een paar keer, deed zijn mond open en dicht, maar toen hij weer naar binnen wilde gaan, stak er iets in zijn borst. De scherpe klauwen van een monster dat hij niet kon zien. Hij kromp ineen, sloeg zijn armen om zich heen als afweer tegen de kracht die de huid van zijn borst steeds strakker aantrok. Zijn tepels verdwenen in zijn oksels. De huid op zijn blote bovenlichaam werd dunner, aders puilden uit als bobbelige kabels, pulserend van zwart bloed. Hij stond bijna dubbelgeklapt en voelde het komen, voelde dat hij het niet meer kon tegenhouden.

Plotseling scheurde hij open, als een trol die zich in de zon waagde. Zijn ingewanden en darmen gutsten naar buiten. Hij probeerde alles op zijn plaats te houden, wist de randen van de wond vast te pakken en ze naar elkaar toe te trekken, maar het sijpelde en stroomde tussen zijn vingers door en bleef als slachtafval voor zijn voeten liggen. Zijn hart sloeg nog, gevangen achter zijn ribben, panische, hamerende slagen. Lange tijd bleef hij zo staan, dubbelgevouwen en hikkend. Zijn buikholte was leeg. Hij opende één oog en wierp een angstige blik naar beneden. Het stroomde niet meer. Onhandig begon hij de inhoud op te rapen. Propte alles op goed geluk naar binnen, terwijl hij met zijn andere hand de huid vasthield, zodat het niet meteen weer naar buiten zou glijden. Niets kwam op de juiste plaats terecht, het puilde op de wonderlijkste plaatsen uit, maar als hij de wond zou kunnen laten dichtgroeien, zou niemand het zien. Hij wist dat hij anders was dan anderen, maar dat was aan de buitenkant niet zichtbaar. Terwijl hij de huid met zijn linkerhand goed vasthield, propte hij met zijn rechterhand alles naar binnen. Ten slotte zat het meeste er weer in. Er lag alleen nog wat bloed op de steen. Hij drukte de wond stevig dicht en voelde dat het aan elkaar begon te groeien. Hij ademde voorzichtig, zodat het niet weer zou openscheuren. Nog steeds stond hij stokstijf op het stoepje. Nog steeds scheen de zon met haar witte straal door het bos, scherp als een zwaard. Maar hij was weer heel. Het was gewoon allemaal veel te snel gegaan. Hij had niet zo ondoordacht rechtstreeks uit bed de zon in moeten stappen. Hij bevond zich altijd in een andere ruimte en bekeek de wereld door een donkere waas die de scherpte van het licht en de geluiden erbuiten wegnam. Door middel van diepe concentratie hield hij die waas op zijn plaats. Dat was hij nu vergeten. Was zonder voorbehoud de nieuwe dag ingelopen, als een kind.

Het kwam hem voor dat de straf onredelijk zwaar was. Want toen hij op de halfvergane matras lag te slapen, had hij iets gedroomd waardoor hij plotseling was opgestaan en zonder op te letten naar buiten was gehold. Hij sloot zijn ogen en riep een paar van de beelden op. Hij zag zijn moeder, onderaan de trap. Uit haar mond pompte rood, warm bloed. Dik en rond in haar witte jasschort met grote bloemen deed ze denken aan een omgevallen kan waar bessensap uitstroomde. Hij herinnerde zich haar stem. Altijd gevolgd door een donkere fluittoon. Langzaam ging hij het huis weer binnen.

*

Dit is het verhaal van Errki.

Het begon zo: 's Nachts om drie uur verliet hij het asiel. Wij noemen het geen asiel, Errki, en ook al heb je het recht om het in je eigen leefwereld te noemen hoe je wilt, je zou op zijn minst rekening moeten houden met anderen en iets anders moeten zeggen. Dat heet vriendelijkheid. Of tact, zo je wilt. Heb je daar wel eens van gehoord?

Ze was godsamme zo welbespraakt dat de woorden als olie uit haar leken te stromen. Na de woorden kwam haar geluid, een schril elektrisch orgel.

Het heet Het Baken, zei hij en hij glimlachte als een boer met kiespijn. Wij van Het Baken, één grote familie. De telefoon gaat, goedemiddag, met Het Baken! Kan iemand de post voor Het Baken ophalen?

Precies. Het is gewoon een kwestie van wennen. Iedereen moet zich hier een beetje aanpassen.

Ik niet, antwoordde hij narrig. Ik ben gedwongen opgenomen, op paragraaf vijf. Een gevaar voor mezelf en mogelijk ook voor anderen.

Hij boog zich voorover en fluisterde iets in haar oor.

Dankzij mijn shit zit jij in schaal zevenentwintig.

De nachtzuster rilde. Op dit tijdstip van de dag voelde ze zich altijd het zwakst. Dit niemandsland tussen nacht en ochtend, een grauwe leegte waarin de vogels zich stilhielden en je er nooit zeker van was of ze ooit weer zouden gaan zingen. Waarin van alles gebeurd kon zijn wat zij nog niet wist. Ze kromp ineen, plotseling moe. Was niet bij machte zijn pijn te zien, zich te herinneren wie hij was. Dat hij aan haar hoede was toevertrouwd. Ze vond hem alleen maar afstotelijk, zelfingenomen en lelijk.

Dat weet ik wel, siste ze. Maar je bent hier toch al vier maanden en voor zover ik kan zien vind je dat prima.

Ze zei het met een mond zo spits als de snavel van een kip. Het orgel trok een schel akkoord.

Na die woorden was hij ervandoor gegaan. Het was een fluitje van een cent. De nacht was warm en het raam stond op een vijftien centimeter brede kier. Weliswaar met een stalen rail in de sponning vastgezet, maar dat probleem loste hij op door de gehele rail te demonteren. Hij gebruikte de gesp van zijn riem. De schroeven gleden gemakkelijk uit het vermolmde houtwerk van het meer dan honderd jaar oude gebouw. Hij had een kamer op de begane grond. Sprong licht als een veertje uit het raam en landde op het gazon.

Hij ging niet via het parkeerterrein, maar liep het bos in naar het vennetje dat ze de Bron noemden. Het maakte niet uit waar hij liep. Als hij maar niet langer op Het Baken hoefde te zijn.

Het vennetje was mooi. Lag daar pretentieloos, zonder een rimpeling. Rustte in het landschap, open en stil. Joeg hem niet weg, lokte hem niet erin. *Het raakte hem niet aan. Het was er alleen maar.* Het asiel lag op een steenworp afstand, maar door de bomen aan het oog onttrokken. Nestor vroeg hem even te blijven staan en dat deed hij. Hij staarde in het zwarte ven. Ineens moest hij aan Tormod denken, die hier drijvend was aangetroffen, met zijn gezicht omlaag, zoals gewoonlijk had hij zijn rubberhandschoenen aan en zijn blonde haar deinde in het groenzwarte water. Hij had er niet fraai uitgezien, maar dat had hij nooit gedaan. Hij was dik en traag en had vale ogen, bovendien was hij dom. Een nare papzak die zich altijd verontschuldigde, bang om hen te besmetten, om teveel te zijn, bang dat iemand zijn slechte adem zou ruiken. Nu was de stakker bij God. Misschien dobberde hij rond op een wolk, eindelijk bevrijd van die klamme handschoenen. Misschien zag hij zijn moeder weer, misschien deinde zij op de wolk ernaast. Hij had van zijn moeder gehouden. Bij de gedachte aan Tormods onrustige ogen met de lichte wimpers slikte hij moeizaam. Hij schudde even geïrriteerd met zijn magere lichaam en liep verder het bos in.

De donkere gedaante was goed zichtbaar tussen al het lichte groen, maar niemand zag hem. De anderen sliepen. Iemand anders had Tormods plaats ingenomen. Na zijn zelfmoord werd hij teruggebracht tot het praktische verschijnsel waar ze veel meer behoefte aan hadden: een vrij bed. Werkelijk een verbazingwekkende metamorfose, dacht hij. Tormod was Tormod niet meer, hij was een vrij bed. En zelf zou hij ook een vrij bed worden, met strakgetrokken lakens. Hij luisterde naar de stem en knikte licht. Daarna liep hij op zijn slingerende manier verder het dichte bos in. Toen de nachtzuster eindelijk om de hoek van zijn kamer keek, was hij al twee uur onderweg. Ze durfde het gesprek dat ze hadden gehad niet te herhalen. Nee, ik heb niets ongewoons gemerkt, hij was net als anders. De zon was nu op en scheen door het raam van de personeelskamer, waar de ochtendbespreking plaatsvond, in haar gezicht. De woorden brandden als zuur in haar keel.

Hij liep langs de manege. Hoorde de grote, donkere dieren onrustig met hun hoeven schrapen. Een van hen merkte hem op en brieste luid. Hij bekeek hen vanuit zijn ooghoek en voelde een sterk verlangen om bij hen te zijn, om net als zij te zijn. Niemand stapt op een paard af en vraagt: wie ben jij? Een paard kreeg de last die hij kon dragen en daarna mocht hij rusten. En het slechte paard dat niets kon, kreeg een kogel door zijn hoofd. Simpel. Leven bij de dag. Met een kind op je rug in de ring rondstappen. Uit de oude badkuip drinken. Met hangend hoofd staande slapen. Een paar insecten afschudden. Tot je tijd om was.

Hij liep een tijdje over de weg. Het zou niet lang duren voor de mensen onder hun dekens en lakens vandaan zouden krabbelen. Uit hun legers en holen naar buiten zouden kruipen. Hij voelde het als een siddering in de lucht naderbij komen. Het zou niet lang meer duren voor het verkeer op gang kwam. Errki tilde zijn voeten sneller op. Het was maar het beste om weer het bos in te gaan. Een enkele keer tilde hij zijn hoofd op. Hij hield van het trillende bos, het flakkerende schijnsel van het licht door het loof en de geur van gras in zijn grote neusgaten. Het geluid van takjes en heide die zacht onder zijn voeten meegaven. Bomen, grijs en droog, die daar maar stonden, verankerd in de aarde. Hij pakte een varen beet en trok hem met wortel en al uit. Hield hem voor zijn gezicht en mompelde: wortel, stengel en blad. Wortel, stengel en blad.

Uiteindelijk werd hij moe. In de verte zag hij een rotsblok, met eronder een donkere schaduw. Hij liep erheen en rolde zich in het gras op. Hij luisterde voortdurend naar de stem. Die zoemde binnen in hem, zacht en regelmatig als een elektriciteitscentrale. In zijn zak had hij een potje met een schroefdeksel. De slaap is de broer van de dood, dacht hij en sloot zijn ogen.

Hij was aan de rand van een open vlakte gekomen.

Zo kon alleen Errki lopen, moeizaam hinkend als een aangeschoten kraai, maar met een hoog tempo. Alles slobberde en slingerde aan hem, zijn lange haar, zijn openhangende jack en zijn wijde broek die hij al tijden niet meer uit had gehad. Een oude polyesterbroek die naar zweet en urine stonk. Hij hield zijn hoofd scheef, alsof er een pees in zijn nek was geknapt, en hij keek zelden op als hij liep. Hij staarde strak naar de grond en het enige wat hij zag waren zijn eigen voortdravende voeten. Ze liepen vanzelf. Hij had geen doel nodig, hij kon uren lopen zonder moe te worden. Liep fanatiek door, als een speelgoedbeestje met een gespannen veer en een sleutel in zijn rug.

Hij was een man van vierentwintig, met smalle schouders, maar verrassend brede heupen. Vanwege een erfelijke afwijking had hij slechte heupen. Daarom moest hij een eigenaardige zwaai met zijn heupen maken om zijn benen mee te krijgen. Een geïrriteerde zwaai, alsof hij iets vervelends op zijn rug had wat hij af wilde schudden. Dit had talloze mensen op de gedachte gebracht dat hij als een vrouw liep. Zijn nek was ook dunner en langer dan bij mannen gewoon was, bijna te dun om het gewicht van zijn hoofd te dragen. Niet dat zijn hoofd abnormaal groot was, maar de inhoud was absoluut zwaarder dan bij de meeste mensen.

Hij woog maar zestig kilo en at niet veel. Het was moeilijk te kiezen wat je wilde hebben. Brood of cornflakes? Worst of een hamburger? Een appel of een banaan? Hoe deden de mensen dat eigenlijk, al die keuzes maken in het leven? *Hoe konden ze zeker weten dat ze juist kozen?*

In zijn zak had hij een potje met een schroefdeksel, dat bevatte wat hij nodig had om zijn benen te laten gehoorzamen en zijn gedachten in acceptabele banen te leiden. Terwijl hij de gangen van Het Baken op en neer liep, in de bus, in de trein, of wandelend langs de wegen.

Als hij niet in beweging was, lag hij stil te rusten.

Zijn haar was lang en zwart en stug, het hing als een vuile kwast voor zijn gezicht. Zijn huid zat vol littekens van puisten. Ze waren verschenen toen hij dertien was en opgezwollen als kleine vulkanen. Hij was opgehouden zich te wassen. Ze werden veel duidelijker als hij er met water en zeep overheen ging. Wanneer er een dikke laag oud stof en vet op zijn huid lag, zag je ze niet zo goed. Onder zijn weerbarstige haar kon je een gezicht ontwaren, lang en smal met scherpe jukbeenderen en smalle, zwarte wenkbrauwen. Zijn ogen lagen diep en keken heel bijzonder, meestal ontwijkend. Maar als je ze toch wist te vangen, lichtten ze met een bleek schijnsel op. Hij keek altijd schuin omhoog naar degene die sprak en door dat haar en al die kleren had hij ondanks de zonnige zomer een bleke huid. Zijn broek hing laag op zijn heupen en werd door een leren riem op zijn plaats gehouden. De gesp was een messing adelaar met gespreide vleugels en een kromme snavel. En kleine geëmailleerde ogen die omlaag staarden naar een onzichtbare prooi, bijvoorbeeld Errki's bescheiden geslachtsorgaan onder zijn smerige broek. Dat was slecht ontwikkeld voor een man van zijn leeftijd en was nog nooit in een vrouw geweest. Dit wist niemand en zelf had hij dat pijnlijke gegeven verdrongen ten gunste van andere, belangrijkere zaken. Bovendien was de adelaar best indrukwekkend, zoals hij op de maat van Errki's heuprotatie wiegde. Misschien kon hij mensen doen geloven dat het gereedschap eronder werkelijk te beschouwen was als een roofdier.

Het was stil en heet op de wegen. Gele velden aan beide kanten, zover het oog reikte. In de verte kwam een meisje met een kinderwagen aangelopen. Ze zag de zwarte, waggelende figuur al van verre en besefte dat ze hem zou moeten passeren. Er waren geen zijwegen. Hij zag er vreemd uit en naarmate hij dichterbij kwam, voelde ze de spanning in haar lichaam toenemen. Haar manier van lopen werd meteen stugger. De gedaante kwam hakkend en schroevend vooruit, hij straalde zowel angst als agressiviteit uit en ze nam zich voor hem niet in de ogen te kijken, maar hem snel voorbij te lopen. Het liefst met een onverschillig, enigszins arrogant gezicht. Ze moest in ieder geval niet haar angst tonen, want ze had het idee dat hij net als een onbetrouwbare hond haar angst zou kunnen ruiken en daardoor zou aanvallen.

Het meisje was net zo blond en mooi als Errki zwart en lelijk was. Zelfs door de waas kwam ze als een scherp licht dichterbij. Ze klampte zich vast aan de wagen. Duwde hem korzelig voor zich uit, alsof ze bereid was de inhoud op te offeren om haar eigen vege lijf te redden. Dacht Errki. Hij was lang diep in gedachten verzonken geweest, maar nu werd hij op de rand van zijn gezichtsveld het trippelende figuurtje gewaar. Het zag er onbetekenend uit, als een fladderend stuk wit papier. Hij hief zijn hoofd niet op. Hij had de contouren en de beweging die hem tegemoet kwamen allang opgemerkt. In Errki's voorstellingswereld was een meisje met een kinderwagen wel het meest meelijwekkend van alles. Hij kon er niet bij dat ze door het naar buiten persen van een kind zo'n dwaze, verzaligde uitdrukking op hun gezicht konden krijgen. Ondanks dat er al miljarden jammerenden op de wereld waren, veranderde het heel hun kijk op het leven, en daar kon hij met zijn boerenverstand niet bij. Toch wierp hij een blik op haar en stelde zich de volgende vraag: slechte bedoelingen of geen bedoelingen? Goede bedoelingen kende hij niet. Bovendien liet hij zich niets wijsmaken. Je herkende je vijand niet aan het uiterlijk, aan de buitenkant. Ze kon bijvoorbeeld een mes verborgen hebben onder het baby-dekentje. Hij zag iets voor zich met een gespleten punt en een kartelrand. Je wist het maar nooit.

Ze passeerden elkaar. Errki hoorde het brosse geluid van dun rinkelend glas. Het meisje kneep krampachtig in het handvat van de wagen. Een fractie van een seconde keek ze op. Tot haar grote schrik zag ze het vreemde licht in zijn ogen en onder zijn openhangende zwarte jack kon ze de tekst op zijn T-shirt lezen: KILL THE OTHERS.

Dit kon ze niet vergeten. En zo werd ze een van de mensen die later aan de politie zouden rapporteren dat ze de gezochte man op deze dag hadden gezien, op deze open vlakte.

De anderen hadden het altijd op hem gemunt. Niet alleen op zijn geplaagde lichaam, waarin de organen kriskras door elkaar lagen, of op zijn keiharde hart dat achter de tralies van ribben lag te beven. *Ze wilden bij hem naar binnen.* Het geheime kamertje in, met een verblindende lamp. Ze verpakten hun slechte bedoelingen in mooie woorden, zanikten over de zegen van de realiteit en de spannende uitdaging van samen dingen doen. Het was onverdraaglijk.

Als hij dat nou niet wilde!

Hij schudde verward zijn hoofd. Zijn gedachten waren ongecontroleerd hun eigen weg gegaan en hadden de tijd verstoord. Hij wankelde het kamertje weer binnen en zeeg neer op de vuile matras. Hij was blij dat hij uit het verstikkende asiel was ontsnapt, blij dat hij het verlaten huisje had gevonden. Hij lag met opgetrokken knieën op zijn zij, zijn handen tussen zijn dijen gestoken, zijn wang in de muffe matras. Staarde diep bij zichzelf naar binnen, in de donkere, stoffige kelder waar een smal gat in het plafond een straaltje mat licht doorliet. Dat vormde een cirkelronde vlek op de stenen vloer. Daar zat Nestor. Naast hem lag een voddige jas. Die zag er vrij onschuldig uit, als iets wat daar was achtergelaten, maar hij wist wel beter. Hij lag een tijdje stil te wachten en weldra doezelde hij weer weg. De wond had tijd nodig om weer dicht te groeien. Tijdens het groeien droomde hij stilletjes. Na de straf werd hij altijd getroost en dat accepteerde hij. Dat was een deel van de afspraak. Het was drie minuten over zes op de ochtend van de vierde juli en langzaam kwam er een verzengende hitte aangeslopen.

*

Het huis was een plotselinge verrassing geweest, verscholen in een dicht stukje bos. Een oud boerderijtje dat al tientallen jaren leeg stond. Het was echter in een verbazend goede staat, al was de inventaris allang grotendeels door zwervers gesloopt. Er waren er heel wat die hier in de loop der jaren een tijdje waren neergestreken en hun stempel op de versleten kamers hadden gedrukt, of lege flessen achtergelaten.

Hij stond een tijdje tussen de bomen door te kijken. Het huis was van massief hout gebouwd en er lag een veldje met weelderig gras voor. Voorzichtig legde hij zijn hand tegen de zware deur en duwde hem open. Bleef een ogenblik staan om de geur op te snuiven. Binnen vond hij een keuken, een woonkamer en twee kleine kamertjes, op een van de bedden lag een oude, gestreepte matras. Hij sloop van kamer naar kamer en keek om zich heen. Snoof de geur van het oude hout op. In dit huis was Errki dichter bij zijn voorouders dan hij kon vermoeden. Het huis was een oud zomerboerderijtje, gebouwd op de eeuwenoude fundamenten van een van de vele Finse nederzettingen uit de zeventiende eeuw. Terwijl hij rondliep luisterde hij oplettend naar de zwijgende muren. Het leek alsof hierbinnen iets was voorgevallen. Een woede die nog in de wanden zat. Verscheidene van de dikke balken in de wanden vertoonden grote wonden waar de spaanders uitstaken, alsof iemand er met een bijl in had staan hakken. Er was geen raam meer heel, er zaten nog slechts enkele glasscherven in de gebarsten sponningen. Er kwamen een paar gedachten in hem op. Je kon hier onmogelijk met een auto komen en voor zover hij wist had niemand gezien dat hij de weg had verlaten en tegen de helling omhoog was geklommen. Hij had geen horloge, maar hij wist dat hij precies een halfuur had gelopen nadat hij de openbare weg had verlaten. Dat hij geen eten en kleren had, baarde hem geen zorgen. Maar dorst had hij wel. Hij liet zijn kaken werken om een beetje spuug te vormen. Begon op zijn tong te kauwen.

Daarna liep hij naar wat eens de keuken was geweest en trok in het wilde weg wat laden open. De knoppen waren verdwenen, hij moest zijn lange nagels gebruiken om ze open te trekken. Vond een vork met gebroken tanden en een pakje kaarsen. Kruimels en wat rotzooi. Bierdoppen. Een leeg luciferdoosje. Voor het gebroken keukenraam hingen de resten van vitrage die tussen zijn vingers verkruimelde toen hij het vastpakte. Hij liep weer naar de woonkamer. In de ene muur was een raam dat uitkeek op het grasveldje en aan de andere kant was er uitzicht op een meertje. Langs de wand stond een oude divan met groene, kreukelige bekleding en tegen de muur er tegenover een grote kast. Hij maakte de kast opende en keek erin. Hij was helemaal leeg. De planken vloer zat onder de vlekken en voelde kleverig aan als hij erop liep. Hij liet zich voorzichtig op de divan neerzakken. De vering krijste en er steeg een wolk stof uit de versleten bekleding op. Daarom veranderde hij van gedachten en ging het eerste kamertje binnen, naar het bed dat een matras had. Hij trok zijn jack en zijn T-shirt uit en ging liggen. Was een eeuwigheid onder zeil. Toen hij wakker werd was hij vergeten waar hij was, bovendien had hij gedroomd. Daardoor maakte hij de grote fout om zomaar de zon in te rennen, zonder eerst na te denken. Het was vernederend om zijn eigen inhoud van het stoepje op te schrapen en om naar Nestors kwaadaardige gelach te moeten luisteren. Terwijl zijn darmen als slangen door zijn vingers glipten.

Hij werd voor de tweede keer wakker. Ging voorzichtig rechtop zitten en staarde de kamer in. Voelde met zijn hand over zijn borst, de wond was geheeld. Er was alleen nog een rood, vertakt litteken. Dat ging midden tussen zijn tepels door en eindigde bij zijn navel. De zon stond nu hoger. Hij richtte zich op. Afgezien van een grof getimmerd nachtkastje, niet veel meer dan een kist, was de kamer leeg. Hij stond langzaam op en liep de kamer door. Trok de la uit. Terwijl hij in de la stond te kijken, wreef hij afwezig over een pijnlijk punt op zijn ene heup. Hij had op iets hards gelegen. Daarom ging hij terug naar het bed en keek naar de matras. Betaste het schuimrubber met zijn vingers. Er lag daar iets, iets smals en hards. Achterdochtig tilde hij de matras op en draaide hem om. Aan de onderkant was in de tijk een groot gat gemaakt en een deel van het schuimrubber was weggeplukt. Hij stak zijn hand in de bekleding en groef zich een weg naar binnen. Stuitte op iets hards. Trok dat eruit en staarde er verbaasd naar, kon zijn eigen ogen niet geloven. Op deze verramponeerde plek, in een oude, muffige matras, lag nota bene een revolver. Hij hield het ding voorzichtig met beide handen vast en keek in de loop. In Errki's handen was dit absoluut een vreemd voorwerp, maar toen hij het wapen beter vastpakte en zijn vinger om de trekker legde, voelde hij duidelijk hoe goed het in de hand lag. Hoeveel kracht het in zich had. Alle macht in de hemel en op de aarde. Wind, bries en storm. Hij maakte het wapen nieuwsgierig open en keek in de kamer. Er zat één patroon in het magazijn. Enthousiast haalde hij hem eruit om hem nader te onderzoeken. De patroon was lang en glimmend, met een verrassend ronde punt. Hij duwde hem weer in het magazijn en zag verheugd hoe goed hij paste. Door de vondst van het wapen keek hij om zich heen. Iemand had hier overnacht en de revolver achtergelaten. Merkwaardig. Misschien was die persoon plotseling betrapt en had hij geen tijd gehad om het wapen mee te nemen. Misschien zat hij ergens te wachten tot hij terug kon komen om het op te halen. Het was een mooie revolver. Errki had geen verstand van wapens, maar hij dacht dat het een groot kaliber revolver van een duur merk was. Hij las de kleine lettertjes op de greep: Colt.

Wat denk jij, Nestor? mompelde hij zacht, terwijl hij de revolver aan alle kanten bekeek. Ineens hield hij op en gooide het wapen van zich af. Het kwam met een knal op de vloer terecht. Hij holde naar de keuken, waar hij zich even aan het aanrecht vastklampte. Daar had hij aan moeten denken. Dat Nestor met walgelijke voorstellen zou komen. Hij hoorde hen in de donkere kelder lachen, zo luid dat het stof opwaaide. Toen ging hij het kamertje weer binnen en bleef een tijdje naar het wapen staan kijken. Uiteindelijk stopte hij het weer terug in de matras. Hij had het niet nodig, hij had andere wapens. Hij begon door het huis te lopen, van de keuken naar de kamer en weer terug, terwijl hij de hele tijd naar de smerige vloerplanken keek. Ze kraakten en piepten in verschillende toonhoogten. Al snel had hij op zijn wandeling door de kamers een hele melodie gemaakt. Zijn zwarte haar slingerde driftig heen en weer, net als zijn jack en zijn broek. Zijn armen hingen stijf opzij en hij bewoog zijn vingers ritmisch op de maat van de krakende planken. Hij werd in dat ritme gezogen, hij bleef maar lopen, kon niet stoppen en wilde dat ook niet. In deze zuiging vond hij rust en hoefde hij alleen nog maar te lopen, heen en weer, met gelijke passen en gespreide vingers. Kraak, kraak. Errki loopt, heen en weer, steeds maar weer, van kamer naar kamer, dompetiedom.

Hij wist niet hoelang hij had gelopen, maar uiteindelijk schraapte hij al zijn moed bijeen en ging hij bij de buitendeur staan. Deed de deur open, voorzichtig. De zon scheen onbeheerst op het bos. Hij sloeg zijn ogen neer en stapte voorzichtig op het stenen stoepje. Deed een paar langzame stappen door het gras. Bleef staan en rook even aan de dennenappels en aan de dicht opeen groeiende varens. Wortel, stengel en blad. Eindelijk was hij weer op weg. Hij wist niet waarheen, of wat hij ging doen. Nestor stuurde zijn voetstappen langs de helling omlaag, naar de bewoonde wereld. Het was nog steeds vroeg in de ochtend. De meest matineuze mensen hadden net hun voeten buiten het bed gezet. Ze hadden een punt van het gordijn opgetild en de stralende dag buiten gezien. Warm. Licht. Flakkerend groen. Optimistisch maakten ze plannen voor de dag, om te profiteren van het mooie weer en de pijnlijk korte zomer. Een van hen was Halldis Horn. Ze woonde alleen op een klein boerderijtje niet ver van het oude Finse zomerboerderijtje. Op het moment dat Errki zijn eerste schreden op het gras zette, trok zij haar nachthemd over haar hoofd.

*

Zowel haar eerste als haar tweede jeugd lagen al ver achter haar. Bovendien was ze veel te zwaar. Maar voor onbevooroordeelde zielen was ze absoluut een verschijning. Groot en rond, met een grote boezem en een grijze vlecht die als een ijzeren tros op haar rug hing. Haar gezicht was rond en fris, ze had blosjes op haar wangen en haar blik had ondanks haar hoge leeftijd zijn fonkelende felheid behouden.

Ze liep de kamer en de keuken door, opende de deur naar de tuin. Hief haar gezicht op naar de zon. Bleef een tijdje op het trapje staan turen, gekleed in een geruite schort en klompen. Ze droeg bruine kniekousen. Niet omdat het koud was, maar vanuit het besef dat vrouwen van haar leeftijd niet te veel blote huid moesten tonen, en hoewel hier nooit iemand kwam, afgezien van eens per week de kruidenier, was er toch altijd nog

Onze Lieve Heer met zijn altijd aanwezige blik. In goede tijden en in slechte tijden, om het maar zo te zeggen. Want al was ze gelovig, het kwam wel eens voor dat ze hem een wrevelige gedachte zond en dan vroeg ze naderhand niet om vergeving. Ze keek naar de invasie van paardenbloemen. De hele tuin stond er vol mee, het leek wel eczeem dat heel haar goed onderhouden boerderij vervuilde. 's Zomers verwijderde ze het onkruid altijd twee keer met een hak. Plantje voor plantje, met nijdige bewegingen. Ze hield van werken, maar zo nu en dan beklaagde ze zich een beetje, om haar echtgenoot zaliger eraan te herinneren in wat voor lastig parket hij haar had gebracht, doordat hij als gevolg van een minuscuul propje in een ader, zo groot als een rijstkorrel, over het stuur van zijn tractor was geduikeld. Dat haar taaie, stevige echtgenoot, die spierbundel, zich zo had kunnen laten vellen, ging haar verstand te boven, ook al had de dokter geprobeerd haar uit te leggen hoe het in zijn werk ging. Voor haar bleef het even onbegrijpelijk als het feit dat een vliegtuig kon vliegen of dat ze haar zuster Helga in Hammerfest kon opbellen en duidelijk haar klagende stem door de hoorn kon horen.

Ze moest aan het werk voordat het te warm werd. Ze haalde de hak en liep ermee over het erf. Met haar hand boven haar ogen speurde ze rond om een plan te trekken. Ze besloot om bij de trap te beginnen en dan in een waaier naar buiten toe te werken, langs de waterput in de richting van de schuur. Ze haalde een emmer en een hark uit de vestibule. Ze werkte in een strak ritme, hakte stevig door tot ze moe was, twee of drie keer hakken voor elke plant. Dan harkte ze alles in een rustiger tempo bijeen, vulde de emmer en leegde die op de composthoop achter het huis. Stof zijt ge en tot stof zult ge wederkeren, dacht ze, terwijl ze hard op de bodem van de emmer sloeg. Daarna hakte ze weer verder. Haar brede achterwerk wees naar de hemel en wiegde op de maat van de hak. Haar rood met groen geruite schort wapperde zachtjes in de zon. Haar voorhoofd was nat van het zweet en haar vlecht viel voortdurend over haar schouder naar voren. Gewoonlijk droeg ze die boven op haar hoofd, opgerold als een glimmende slang, maar dat was na haar ochtendtoilet.

Ze hield van het geluid van de hak die door het gras sneed, hij was vlijmscherp, ze had hem zelf geslepen. Af en toe raakte ze een steen en dan kermde ze even bij de gedachte aan het glimmende blad met de vliesdunne snede. Naarmate ze vorderde, bleef het onkruid als gevallen soldaten op een slagveld achter. Ze werkte zonder te zingen of te neuriën. Ze had meer dan genoeg aan het werk zelf, bovendien zou de Schepper kunnen denken dat het leven veel te goed was en wat Halldis betreft was die conclusie overdreven. Pas als ze klaar was met het werk zou ze zich opknappen en ontbijt maken. In gedachten dekte ze de tafel. Haar zelfgebakken brood en haar eigengemaakte *prim*, gekookt van oude, bruine geitenkaas.

Ze richtte zich op. Een paar vogels krijsten luid boven de boomtoppen en ze dacht een ritselend geluid te horen en iets dat door de bladeren veegde. Toen werd het stil. Toch bleef ze een poosje staan kijken, stal een momentje rust en liet haar ogen over het bos gaan, waar ze iedere boom kende. In het bekende patroon van zwarte stammen meende ze iets donkers te zien. Iets dat er voorheen niet was geweest. Een onregelmatigheid.

Ze focuste haar ogen en tuurde intensief, maar aangezien er verder niets bewoog, ging ze ervan uit dat ze het zich had verbeeld. Haar blik bleef hangen bij de waterput. Het gras rond het luik was lang en verwilderd, misschien moest ze straks de heggenschaar zoeken om het af te knippen. Toen bukte ze zich weer en ging door met haar werk, maar nu met haar rug naar de trap en de deur toe. Hoewel het nog vroeg was, voelde ze dat de zon veel warmte gaf. Haar brede achterwerk werd gebakken in de zon en het zweet stroomde kriebelend langs de binnenkant van haar dijen. Dit was Halldis Horns leven. Zonder klagen de problemen oplossen, één voor één, naargelang ze zich aandienden. Ze was iemand die nooit vragen stelde bij de schepping of bij de zin van het leven. Dat gaf geen pas. Bovendien was ze bang voor het antwoord. Ze hakte met schuddend achterwerk verder. Tegen de helling, verborgen achter een boom, stond Errki toe te kijken.

*

De vrouw fascineerde hem. Ze leek uit de grond te groeien, net als de dikke sparren. Achter haar hoorde hij haar geluid, een eenzame, majestueuze trombone. Zo stond hij lange tijd te kijken, verslond haar met zijn ogen, haar ronde schouders, haar fladderende jurk. Hij had haar eerder gezien. Deze vrouw leefde alleen, dat wist hij. Ze praatte zelden, luisterde slechts naar de wind of naar de schreeuwende eksters. Hij deed een paar stappen, er kraakten een paar takjes. Het geluid van de hak werd scherper. Hij vestigde zijn blik op haar handen, grove handen met dikke vingers. De kracht waarmee het blad door het gras sneed was enorm en had niets vrouwelijks. Toen hij verder liep, nu volkomen geluidloos, zag hij dat de vrouw zich langzaam gewaar werd dat er een levend wezen dichterbij kwam. Zoals mensen die alleen leven nu eenmaal een soort waakzaamheid ontwikkelen voor de dingen om hen heen. Haar ritme veranderde, werd eerst langzaam en toen sneller, als een soort ontkenning dat er iets gebeurde. Toen stopte ze en richtte ze zich op. Ineens zag ze hem. Haar lichaam verstijfde. Ze bleef gespannen staan, met deinende boezem. Er trilde een snaar van angst tussen hen in. Haar handen grepen de hak steviger vast. Haar ogen waren een ogenblik groot, werden toen smal en hard. Ze was niet snel ergens bang voor, maar op dit moment wist ze het zo net nog niet.

Hij bleef abrupt staan. Wilde dat ze doorging met haar werk. Het enige wat hij wilde, was naar haar kijken terwijl ze haar simpele werk deed, het ritme en haar wiegende achterwerk volgen. Maar Halldis was bang. Errki kende de scherpe signalen die ze uitzond en bleef stokstijf staan, met gebalde vuisten, niet in staat zich te verroeren. Haar blik trof hem als een pijlenregen.

*

De zon klom steeds hoger. Brandde onbarmhartig op mensen en dieren en knapperend droog bos. Wachtmeester Gurvin was alleen en diep in gedachten verzonken. Hij maakte een knoop van zijn overhemd los en blies op zijn borst. Het zweet stroomde langs zijn lichaam. Daarna probeerde hij zijn haar van zijn voorhoofd weg te vegen, maar zijn pony wilde niet rechtop blijven staan. Hij gaf zijn pogingen op en trachtte zijn hartslag te laten dalen door geconcentreerd na te denken. Hij had gehoord dat de oude indianen dat konden, maar door de inspanning transpireerde hij alleen nog maar erger. Toen hoorde hij buiten iemand schuifelen. De deur ging open en een dikke jongen van een jaar of twaalf kwam schoorvoetend binnen. Hij bleef hijgend staan. Hij had een platte, grijze, kistachtige koffer bij zich, met een nogal vreemde vorm. Misschien zat er een muziekinstrument in. Een harp of zo. Hoewel de knaap er niet als een harpist uitzag, dacht Gurvin. Hij bekeek hem eens goed. De jongen was onwaarschijnlijk dik, zijn benen en armen staken uit zijn lichaam, alsof hij vol gas was gepompt en bijna opsteeg. Zijn haar was bruin, dun en vet, het plakte in dunne slierten tegen zijn hoofd. Hij had blote voeten en droeg een verschoten, afgeknipte spijkerbroek en een T-shirt dat onder de vlekken zat. Zijn mond stond halfopen van opwinding.

'Ja?'

Robert Gurvin schoof zijn papieren opzij. Hij had overdag niet veel te doen en stelde bezoek op prijs. Hij kon zijn ogen niet van de opvallende verschijning voor hem afhouden.

'Kan ik je helpen, knul?'

De jongen deed een stap naar voren. Hij hijgde nog steeds en hij had duidelijk iets op zijn hart dat hij kwijt moest, snel. Gurvin stelde zich voor dat het iets in de orde van grootte van een gestolen fiets was. De ogen van de jongen glommen en hij trilde zo erg dat de volwassene onwillekeurig aan een warme soufflé in de oven moest denken, vlak voordat die inzakt.

'Halldis Horn is dood!'

Zijn stem schommelde ergens tussen de heldere stem van een kind en het zwaardere stemgeluid van een aanstaande man. Het klonk als een fikse keelontsteking die behandeld zou moeten worden. Het begon zwaar, maar bij het woord 'dood' sloeg zijn stem over.

Gurvin glimlachte niet meer. Hij keek verbaasd naar het schepsel voor hem en wist niet zeker of hij het goed had gehoord. Hij knipperde met zijn ogen en veegde zijn nekharen op hun plaats.

'Wat zeg je?'

'Halldis is dood. Ze ligt op de drempel!'

De jongen had iets weg van een dappere soldaat die in zijn eentje in het kamp terugkeerde om verslag te doen van het verschrikkelijke verlies van de hele compagnie. Tot in zijn ziel geschokt, maar met een soort krampachtige waardigheid had hij nu zijn boodschap overgebracht aan het hoogste gezag.

'Ga zitten, jongen!' zei de wachtmeester streng, terwijl hij naar de lege stoel knikte. De jongen bleef staan.

'Je bedoelt die vrouw van dat boerderijtje in Finnemarka?'

'Ja.'

'Kom je daar nu vandaan?'

'Ik kwam er langs. Ze ligt op de drempel.'

'Weet je zeker dat ze dood is?'
'Ja.'
Gurvin fronste zijn voorhoofd. In deze hitte kon iedereen bezwijken.
'Heb je haar onderzocht?'
De jongen keek hem wantrouwig aan, alsof hij bij het idee alleen al van zijn stokje kon gaan. Hij schudde zijn hoofd. De beweging veroorzaakte een trillende golving in zijn grote lichaam.
'Heb je haar helemaal niet aangeraakt?'
'Nee.'
'Hoe weet je dan zo zeker dat ze dood is?'
'Ik weet het zeker', hijgde hij.
Gurvin pakte een pen uit zijn borstzakje en maakte een aantekening.
'Wat is je naam?'
'Snellingen. Kannick Snellingen.'
Gurvin knipperde verbaasd met zijn ogen. Die naam was net zo vreemd als de jongen zelf en paste bij hem. Hij noteerde iets op het schrijfblok en geen spiertje op zijn gezicht verraadde wat hij van de naamkeuze van de ouders vond.
'Dus je doopnaam is Kannick? Het is geen roepnaam? Voor Karl Henrik, of zo?'
'Nee, het is Kannick. Met ck.'
De wachtmeester schreef met grote lussen en elegante halen.
'Sorry dat ik even verbaasd was', zei hij beleefd. 'Het is een bijzondere naam. Hoe oud ben je?'
'Twaalf.'
'Dus Halldis Horn is dood, zeg je?'
Hij knikte. Ademde nog steeds zwaar en schuifelde onrustig op zijn blote voeten heen en weer. De koffer die naast hem op de vloer stond, zat vol stickers. Gurvins oog viel op een hartje en een appel en op een paar namen die hij niet kende.
'Dus het is geen geintje?'
'Ik maak geen geintjes!'

'Ik zal haar toch eerst maar even opbellen, om te zien of ze opneemt', zei Gurvin.

'Bel maar. Ze neemt toch niet op!'

'Ga zolang even zitten', zei de volwassene weer. Hij knikte voor de tweede keer naar de stoel, maar de jongen bleef nog steeds staan. Het drong ineens tot Gurvin door dat hij misschien zo klem zou komen te zitten dat hij er niet meer uit zou kunnen komen, als hij zijn kont er überhaupt in kreeg. Hij vond het nummer in het telefoonboek, onder de naam Thorvald Horn. De telefoon ging een aantal malen over. Halldis was een oude vrouw, maar nog vrij goed ter been. Voor de zekerheid liet hij de telefoon lang overgaan. Het was prachtig weer. Misschien was ze buiten in de tuin en had ze tijd nodig om naar binnen te gaan. De jongen volgde hem met zijn ogen en likte voortdurend zijn lippen af. Door zijn sprietige ponyharen heen zag Gurvin dat zijn voorhoofd, waar de zon niet kwam, witter was dan zijn wangen. Zijn T-shirt was een beetje te kort en zijn enorme buik puilde boven zijn korte broek uit.

'Nou heb ik het gezegd,' zei hij amechtig, 'kan ik nu gaan?'

'Nee, helaas', zei Gurvin, terwijl hij de hoorn neerlegde. 'Er wordt niet opgenomen. Ik moet weten hoe laat je ongeveer langs haar boerderij bent gekomen. Ik moet namelijk een rapport schrijven. Het zou belangrijk kunnen zijn.'

'Belangrijk? Ze is dood!'

'Ik moet bij benadering een tijd weten', zei hij rustig.

'Ik heb geen horloge. En ik weet niet hoe lang het duurt om van haar boerderij hierheen te lopen.'

'Wat denk je van dertig minuten?'

'Ik heb bijna de hele weg gehold.'

'Dan maken we er vijfentwintig van.'

De wachtmeester keek op zijn horloge en maakte nog een notitie. Hij kon zich niet voorstellen dat deze dikke jongen enige snelheid van betekenis kon ontwikkelen, zeker niet als hij een koffer achter zich aan sleepte. Hij pakte de hoorn weer op en draaide nogmaals het nummer van Halldis. Liet de telefoon acht keer overgaan en hing toen weer op.

Eigenlijk was hij wel content. Hij kon wel wat afleiding gebruiken.

'Kan ik nu naar huis gaan?'

'Ik zal even je telefoonnummer noteren.'

De jongen begon plotseling met een hoog stemmetje te piepen. Zijn dubbele onderkin lilde en zijn onderlip trilde. Gurvin had medelijden met hem. Het zag ernaar uit dat er echt iets was gebeurd.

'Zal ik je moeder even bellen?' vroeg hij zacht. 'Kan zij je komen halen?'

Kannick snotterde. 'Ik woon in Jongensheuvel.'

Na deze mededeling bekeek de wachtmeester hem met andere ogen. Het was net alsof er een soort vlies over zijn ogen trok en Kannick zag heel duidelijk hoe de volwassene hem in zijn innerlijke archief plaatste, onder het etiket 'onbetrouwbaar'.

'O ja?'

Gurvin nam de tijd om al zijn vingerkootjes om beurten te laten knakken en knikte tenslotte diep.

'Zal ik het personeel bellen om te vragen of ze je komen halen?'

'Er zijn niet genoeg mensen. Alleen Margunn is er.'

Hij schuifelde weer even en snotterde verder. De wachtmeester werd iets vriendelijker.

'Halldis Horn was oud', zei hij toen. 'Oude mensen gaan dood. Zo is het leven. Je hebt zeker nog nooit een dode gezien?'

'Daarnet nog!'

Gurvin glimlachte. 'Meestal slapen mensen gewoon in. Als ze in hun schommelstoel zitten, bijvoorbeeld. Je hoeft er niet bang voor te zijn. Geen reden om vannacht wakker te liggen. Beloof je me dat?'

'Er was daar iemand', zei de jongen ineens.

'Bij de boerderij?'

'Errki Johrma.' Hij fluisterde de naam alsof het een vloek was.

Gurvin keek hem vragend aan.

'Hij stond achter een boom, vlakbij de schuur. Maar ik zag hem duidelijk. Hij verdween tussen de bomen.'

'Errki Johrma? Dan kan niet.' Gurvin schudde zijn hoofd. 'Die zit in een inrichting. Al maanden.'

'Dan is hij ontsnapt.'

'Dat kunnen we eenvoudig controleren door even op te bellen', zei de wachtmeester met vaste stem, maar hij beet op zijn lip. 'Heb je met hem gepraat?'

'Ik kijk wel uit!'

'Ik zal het uitzoeken. Maar eerst moet ik naar Halldis toe.'

Hij liet de informatie over Errki even bezinken. Hij was niet bijgelovig, maar hij begon te begrijpen waarom sommigen dat wel werden. Errki Johrma, die ginds tussen de bomen rondsloop, en Halldis die dood was. Of in ieder geval bewusteloos. Hij had het idee dat hij dit eerder had gehoord. Een geschiedenis die zich herhaalde.

Plotseling schoot hem iets te binnen. 'Waarom zeul je die koffer met je mee? Jullie houden toch geen muziekrepetities midden in het bos?'

'Nee', antwoordde hij, terwijl hij zijn benen aan beide kanten van de koffer plantte, alsof hij bang was dat die in beslag zou worden genomen. 'Dat zijn gewoon wat dingen die ik altijd bij me heb. Ik vind het leuk om in het bos te lopen.'

Gurvin staarde hem peinzend aan. De jongen was plotseling een muur van koppigheid, maar daarachter leek een diepe angst te liggen, alsof iets hem de stuipen op het lijf had gejaagd. Hij belde naar Jongensheuvel, een tehuis voor jongens met gedragsstoornissen, en kreeg de directrice aan de lijn. Hij legde kort uit wat er aan de hand was.

'Halldis Horn? Dood op de trap?'

Haar stem werd ijl van vertwijfeling en bezorgdheid. 'Ik kan onmogelijk zeggen of hij liegt', zei ze. 'Ze liegen allemaal als het ze zo uitkomt, maar zo nu en dan glipt er ook wel eens iets waars tussendoor. En hij heeft mij vandaag al zeker één keer beduveld, aangezien hij kennelijk zijn handboog heeft meegenomen, hoewel hij die alleen maar onder toezicht van een volwassene mag gebruiken.'

'Zijn boog?' Gurvin begreep het niet.

'Heeft hij geen koffer bij zich?'

Gurvin wierp een blik op de jongen en op wat er tussen zijn benen stond.

'Ja, die staat hier.'

Kannick begreep waar het over ging en drukte zijn dikke kuiten dichter tegen elkaar.

'Het is een glasfiber handboog met negen pijlen. Hij zwerft ermee door het bos om kraaien te schieten.' Ze klonk niet boos, alleen bezorgd.

Daarna draaide hij nog een nummer, nu van psychiatrisch ziekenhuis Het Baken waar Errki Johrma was opgenomen. Of opgenomen had moeten zijn, want het klopte dat hij inderdaad was ontsnapt.

Hij probeerde het incident te bagatelliseren. De geruchten die over Errki de ronde deden waren al erg genoeg. Hij zei niets over Halldis. Kannick werd steeds onrustiger. Hij loerde stiekem naar de deur. Wat is er in godsnaam gebeurd, dacht Gurvin. Hij zal haar toch niet met een van zijn pijlen hebben geraakt?

'Ze heeft in ieder geval een mooie dag uitgekozen om dood te gaan', zei hij met een opbeurende blik. 'En ze was al heel oud. Zo wil iedereen wel doodgaan. Als je niet zo jong meer bent.'

Kannick Snellingen gaf geen antwoord. Hij schudde zwijgend zijn hoofd en stond nog steeds stijf rechtop met de koffer tussen zijn benen. Volwassenen dachten altijd dat ze alles wisten. Maar de wachtmeester zou wel gauw anders piepen.

Hij reed langzaam de heuvel op naar de boerderij. Het was alweer een tijd geleden dat hij er was geweest, misschien wel een jaar. In zijn borst zat een puntige steen die driftig ronddraaide. Nu hij alleen in de auto zat, begon hij te tobben. *Wat had de jongen gezien?*

Kannick wilde de laatste twee kilometer naar Jongensheuvel absoluut te voet afleggen. Margunn zou hem tegemoet lopen. Als hij de directrice goed kende, kreeg de jongen straks limonade en een krentenbol en een korte uitbrander, gevolgd door een aai over zijn bol. Daar zou ze het bij laten. Margunn was slim genoeg om te zien wat hij nodig had. De jongen was iets gekalmeerd en hij had een dapper gezicht getrokken toen hij uitstapte.

De Subaru schoot als een ijverige terriër tegen de helling omhoog. In deze streek had iedereen een auto met vierwielaandrijving, 's winters was dat noodzakelijk vanwege de sneeuw en in het voorjaar vanwege de modder. De heuvels waren steil en het was al lastig genoeg als de weg droog en hard was, zoals nu. Tijdens de rit dacht hij aan Errki Johrma. In het psychiatrisch ziekenhuis konden ze bevestigen dat de man ontsnapt was via zoiets prozaïsch als een openstaand raam. Daarna was hij blijkbaar naar deze buurt getrokken, waar iedereen hem kende. En waarom zou hij dat ook niet doen, hier voelde hij zich thuis. Bovendien had hij niet de indruk dat de jongen had gelogen. Zoals de meeste mensen had Gurvin nogal wat moeite met deze man, want er gingen een heleboel geruchten over hem, die allemaal net zo lelijk waren als Errki zelf. Waar hij kwam, gebeurde altijd een ongeluk. Hij was net een slecht voorteken dat angst en schrik veroorzaakte. Pas na zijn gedwongen opname was er een beetje begrip ontstaan. De arme ziel is immers ziek, zei men toen, hij heeft professionele hulp nodig, dat is het beste voor hem. Volgens de geruchten had hij geprobeerd zichzelf uit te hongeren. Hij was in zijn flatje in bed gevonden, verzwakt als een krijgsgevangene. Hij had op zijn rug naar het plafond liggen staren, terwijl hij een monotoon wijsje opzei: Erwten, vlees en spek, erwten, vlees en spek. Steeds weer.

Gurvin dacht terug aan dingen die lang geleden waren voorgevallen. Onder het rijden keek hij tersluiks om zich heen. Eigenlijk hoopte hij stiekem dat hij hem niet tegenkwam. Hij was zo extreem anders. Zwart en gemeen en onverzorgd. Zijn ogen waren twee smalle spleten die nooit echt opengingen, af en toe vroeg je je af of hij überhaupt wel twee ogen had, zoals andere mensen, of dat er slechts een peilloze diepte was waardoor je zo in zijn zieke hersenen kon kijken.

Toch geloofde hij Kannicks verhaal dat Halldis dood was niet. Gurvin was met Halldis en Thorvald opgegroeid, hij had altijd gedacht dat ze zo ongeveer onsterfelijk waren en hij kon zich het boerderijtje niet leeg en verlaten voorstellen. Het was er altijd geweest. De jongen moest iets anders hebben gezien, iets wat hij niet had begrepen, maar wat hem angst had ingeboezemd. Bijvoorbeeld Errki Johrma, loerend vanachter een boom. Dat alleen al was voldoende om iemands fantasie op hol te laten slaan. Vooral van een doorgedraaid jongetje dat toch al op het randje balanceerde. Beide zijraampjes stonden open, toch transpireerde hij hevig. Hij was er nu bijna en kon het dak van Halldis' schuur al zien. Het verbaasde hem werkelijk dat zo'n oude vrouw alles zo netjes kon onderhouden en hij stelde zich dan ook voor dat ze altijd met een hark of een zeis op haar erf bezig was. Dat was in feite niet ver bezijden de waarheid. Daar was de tuin, weelderig en groen, ondanks de droogte. Elders waren de gazons allemaal geel. Alleen Halldis kon de natuurkrachten trotseren. Of misschien sproeide ze illegaal. Meteen keek hij naar het huis. Een laag, wit huis met rode kozijnen. De voordeur stond open. Toen kreeg hij zijn eerste schok. Op de drempel zag hij een hoofd en een arm. Hij kromp ineen. Verwonderd zette hij de motor af. Hoewel hij alleen haar hoofd en haar arm zag, wist hij meteen dat Halldis dood was. De jongen had verdorie de waarheid gesproken! Aarzelend opende hij het portier. Want ook al hoorde dit bij het leven en was Halldis een oude vrouw, plotseling was hij alleen met de dood.

Gurvin had wel eerder doden gevonden, maar hij was heel even vergeten hoe vreemd dat was. Dat onbegrijpelijke gevoel alleen te zijn, nog meer alleen dan anders. Het gevoel *de enige* te zijn. Langzaam stapte hij uit en liep met kleine passen naar het huis toe, alsof hij het zo lang mogelijk wilde uitstellen. Onwillekeurig wierp hij een blik over zijn schouder. Hij hoefde niet veel te doen. Alleen naar haar toe lopen en bukken, een vinger tegen haar hals leggen en vaststellen dat ze echt dood was. Niet dat hij daaraan twijfelde. Haar hoofd lag in een vreemde hoek in verhouding tot de witte arm en haar vingers waren merkwaardig gebogen. Maar het moest worden vastgesteld. Daarna kon hij gewoon in de auto gaan zitten, een ambulance bellen en met een shagje en wat muziek op de radio afwachten. Het had geen zin om het huis te onderzoeken. Dit was een natuurlijke dood en hij zag geen reden waarom hij iets zou moeten ondernemen. Hij was bijna bij haar toen hij plotseling bleef staan. Er was iets grijzigs en melkachtigs over de traptreden gestroomd. Misschien had ze iets in haar handen gehad, dat was gevallen toen ze viel. De laatste meters legde hij met bonzend hart af.

De aanblik overrompelde hem. Een paar seconden staarde hij leeg voor zich uit, voordat hij in staat was te duiden wat hij eigenlijk zag. Ze lag op haar rug, met gespreide benen. Midden in haar ronde gezicht, diep in haar linkeroogholte, stak een hak. Er was een klein stukje van het glimmende blad zichtbaar. Haar mond stond open en haar bovengebit was omlaag gezakt, waardoor het gezicht dat hij zo goed kende een lelijke grijns had gekregen. Hij deinsde achteruit en hapte naar adem. In een eerste opwelling wilde hij de hak uit haar hoofd trekken, maar dat kon hij niet doen. Hij draaide zich snel om en wist maar net het grasveld te bereiken voordat zijn hele maaginhoud naar buiten spoot. Terwijl hij overgaf, dacht hij aan Errki. Halldis dood, Errki in de buurt. Misschien stond hij nog steeds in het bos, verborgen achter een boom, naar hem te kijken. Gurvin hoorde zijn eigen stem in zijn oren galmen: *Zo wil iedereen wel doodgaan. Als je niet zo jong meer bent.*

*

Nog geen uur later wemelde het van de mensen op het kleine boerderijtje.

Inspecteur Konrad Sejer staarde in het oog dat nog heel was. Er was niets op zijn gezicht af te lezen. Het hare was verkleurd door inwendige bloedingen. Hij ging het huis binnen en verbaasde zich erover hoe netjes het was. Hoe stil het was. Niets in het kleine keukentje schreeuwde terug toen hij naar binnen keek. Hij nam de post door, pakte er een brief uit en maakte een aantekening. Bleef lang staan kijken, gaf zijn ogen goed de kost. Op het eerste gezicht was er niets verdachts te ontdekken.

De meeste aanwezigen hadden duidelijke, vastgestelde taken waarmee ze de dag doorkwamen, terwijl ze zich zo goed mogelijk op hun werk probeerden te concentreren. Maar ze wisten dat het allemaal terug zou komen, later, in moeilijke tijden. De enkeling die soms even moest wachten, keerde de trap de rug toe en stak een sigaretje op. Wees voorzichtig met waar je loopt en wat je vastpakt. Blijf rustig, geef de fotograaf de ruimte, het is maar een geval, er komen er meer, je kende haar niet. Het verdriet is voor anderen. Hopelijk.

Gurvin stond bij de waterput te roken. Sinds de auto's waren gekomen had hij aan één stuk door gerookt, maar nu draaide hij zich om en keek naar de mannen. Hij hoorde hun stemmen, zacht, kortaf, ernstig, uit de toon waarop ze spraken sprak respect, voor haar, voor Halldis. Die zichzelf in gedachten misschien al had zien liggen, zoals hij dacht dat oude mensen deden, wanneer ze tegen de tachtig liepen en het einde naderden: in een open kist, met een mooie jurk en gevouwen handen. Misschien een discreet kleurtje op haar wangen, neergevlijd door een zorgzaam iemand die zijn vak verstond, wiens taak het was om haar zo mooi mogelijk te maken voor de ontmoeting met haar verlosser. Zo was het niet gegaan. Ze was absoluut niet mooi. Haar halve hoofd was kapot en niemand op de wereld kon het mooier maken. Hij stak nog een sigaret op. Betrapte zichzelf erop naar het bos te staren, alsof hij dacht dat Errki daar nog steeds met zijn gloeiende ogen naar hen stond te kijken. *Waarom?* dacht Gurvin. Zo'n oude vrouw, kon zij een bedreiging voor hem zijn geweest, of was absoluut iedereen die op zijn pad kwam een vijand? Wat had ze gezegd of gedaan om zo'n angst bij hem op te wekken dat ze zo grondig vernietigd moest worden? Hij dacht dat hij de meeste dingen wel begreep, in ieder geval als hij een beetje zijn best deed. Hij begreep jongens van een jaar of zestien die 's nachts over straat zwierven, op zoek naar spanning. Die auto's pikten en daarmee door de stad scheurden, met een fles drank die ze met elkaar soldaat maakten. De snelheid. De roes. Dat iemand achter hen aan zat, dat ze eindelijk gezien werden. Hij begreep dat een man kon verkrachten. De razernij, de onmacht tegenover het vrouwelijk geslacht, dat ze altijd koste wat kost raadsels moesten zijn die de man moest oplossen, voorzichtig, om toegang te krijgen. En als hij een zwaarmoedige bui had, begreep hij mannen die sloegen. Maar dit begreep hij niet. Hoe iets in een man kon ontkiemen en groeien en zich langzaam kon verspreiden, als gif. Dat alle normale remmingen uitwiste en hen in wilde dieren veranderde. Na afloop herinnerden ze zich niets. De moord zou een nare droom zijn en nooit echt werkelijkheid worden. Zelfs niet als ze tegen alle verwachtingen in hun ziekte overwonnen en weer bij hun verstand kwamen, en hen werd verteld: deze gruwelijke daad heb jij begaan. Maar je was immers ziek.

Hij keek naar de inspecteur, geen spier op zijn gezicht verried wat hij voelde, hij haalde alleen zo nu en dan zijn hand door zijn korte haar, alsof hij het op zijn plaats probeerde te houden. Hij gaf soms een opdracht of stelde een vraag, steeds met een vanzelfsprekende autoriteit die hij van nature had door zijn indrukwekkend diepe stem en zijn lengte van bijna twee meter. Gurvin keek op, juist op het moment dat Halldis in de gegommeerde lijkzak verdween. Het huis bleef achter, met openstaande ramen en deuren. Hij veronderstelde dat het verkocht zou worden aan een of andere halvezool uit de stad, die van een boerderijtje in het bos droomde. Misschien zouden er voor het eerst kinderen komen, werden er een schommel en een zandbak neergezet. Felgekleurd plastic speelgoed verspreid over het gazon. Jonge mensen met schokkend weinig kleren, zodat het misschien maar goed was dat Halldis dat nooit zou zien. Dat zou leuk zijn. Maar binnen in hem knaagde iets wat hij niet kon verdrijven.

*

5 juli en nog steeds even heet.

Inspecteur Konrad Sejer volgde een plotselinge ingeving. Hij veranderde van richting en slenterde de bar van het Park Hotel binnen. Hij ging nooit naar een bar. Als hij erover nadacht, kon hij zich niet herinneren dat hij sinds Elises dood nog uit was geweest. Nu leek het hem een verstandige beslissing. Binnen was het behaaglijk schemerig en aanzienlijk koeler dan buiten op straat. De dikke tapijten dempten zijn voetstappen en omdat de ruimte halfdonker was kon hij zijn ogen helemaal openen.

Het etablissement was bijna leeg, maar aan de bar zat een vrouw in haar eentje. Ze viel op omdat ze alleen was en omdat ze een opvallende rode jurk droeg. Hij zag haar van opzij. Ze zocht iets in haar tasje. De jurk was mooi. Soepel, nauwsluitend, rood als papaver. Haar blonde haar golfde bij haar oren.

Plotseling keek ze op, ze glimlachte. Hij was er niet op bedacht geweest en knikte terug. Ze kwam hem wonderlijk bekend voor. Ze leek op de jonge agente op het bureau, wier naam hij nooit kon onthouden. Ze had geen drankje voor zich staan, zo ver was ze blijkbaar nog niet gekomen. Misschien zocht ze naar geld.

'Goedemiddag', zei hij, terwijl hij langzaam op haar toe liep. 'Het is warm vandaag. Wil je iets drinken?'

Hij flapte het er zomaar uit. Hij leunde stoer tegen de bar, lichtelijk verbaasd over zijn eigen vrijpostigheid. Misschien kwam het door de warmte. Of door zijn leeftijd, die hem zo nu en dan een beetje benauwde. Hij was nu vijftig en op weg naar een mysterieuze duisternis.

Maar ze knikte en glimlachte. Hij kon in haar decolleté kijken. De borsten tegen de rode stof deden hem naar adem snakken. En haar sleutelbeenderen, recht en dun, vlak onder haar huid. Plotseling werd hij verlegen. Want het was de jonge agente helemaal niet, maar Astrid Brenningen, de receptioniste van het gerechtsgebouw. Dat hij zo stom kon zijn! Bovendien was ze twintig jaar ouder dan de agente en leken ze helemaal niet op elkaar. Het zou wel door de spaarzame verlichting komen.

'Een Campari, graag', glimlachte ze plagend en hij tastte in zijn achterzak naar geld, terwijl hij zijn gezicht in de plooi probeerde te houden. Hij had niet verwacht haar hier te treffen, alleen, zonder gezelschap. Maar waarom zou Astrid niet ergens iets gaan drinken en waarom zou hij haar niet iets aanbieden? Ze waren toch zo'n beetje collega's. Ze spraken weliswaar nooit met elkaar, maar dat kwam omdat hij nooit tijd had om even een praatje te maken. Meestal moest hij ergens naartoe, belangrijker zaken dan een flirt in de receptie. Bovendien flirtte hij nooit, dus hij snapte niet goed wat hem nu bezielde.

Ze nipte elegant van haar Campari en haar glimlach kwam hem plotseling merkwaardig bekend voor. Hij voelde iets in zijn nek prikken. Moest tegen de bar leunen om niet te vallen. Zijn knieën knikten, zijn hart sloeg over en pompte hevig. Want dit was Astrid Brenningen helemaal niet, maar zijn eigen Elise!

Het zweet brak hem uit. Hij snapte niet hoe ze hier plotseling kon zitten, vlak voor zijn neus, na al die jaren, glimlachend alsof er niets was gebeurd.

'Waar ben je geweest?' stamelde hij, terwijl hij met de rug van zijn hand het zweet van zijn voorhoofd wiste. Op datzelfde moment zag hij zijn blote onderarm. Weer ging hij bijna van zijn stokje. Hij had niet eens een overhemd aan! Hij stond met ontbloot bovenlichaam in de bar van het Park Hotel! Vertwijfeld rolde hij op zijn zij en trok het dekbed over zich heen. Toen deed hij zijn ogen open. Knipperde even confuus naar het licht. De hond zat naast het bed naar hem te staren. Het was zes uur.

De ogen van de hond waren groot en glimmend, als gepolijste kastanjes. Hij hield zijn kop scheef, op een absoluut onweerstaanbare manier. Zijn dikke staart zwaaide twee keer optimistisch heen en weer. Sejer probeerde bij te komen van de droom.

'Je wordt grijs', zei hij ineens, naar de snuit van de hond kijkend, waar de vacht dezelfde kleur begon aan te nemen als zijn eigen haar.

'Thuis blijven vandaag. Op het huis passen.'

De woorden vielen strenger uit dan bedoeld, alsof hij zijn verlegenheid na de droom wilde verhullen. Hij stapte uit bed. De hond piepte beledigd en liet zich op de vloer zakken. Het klonk alsof iemand een zak aardappelen op de grond liet vallen. Hij wierp zijn baasje een gekwetste blik toe. Sejer bleef zich verbazen over die hartverscheurende blik en over het feit dat een dier van zeventig kilo, met een stel hersens zo groot als een gehaktbal, dergelijke gevoelens in hem kon losmaken.

Hij douchte met neergeslagen ogen, langer dan gewoonlijk, demonstratief met zijn rug naar de deur, alsof hij wilde benadrukken wie de baas was.

Hij hield niet van dit warme weer. Hij hield het meest van lichtbewolkt, windstil weer, veertien of vijftien graden, augustus of september, met heerlijk donkere avonden en nachten.

Vanochtend nam hij de tijd. Hij las de krant van begin tot einde door. De moord in Finnemarka was voorpaginanieuws en het radiojournaal opende ermee. Die tragedie zou de komende weken zijn dagvulling zijn. Tijdens het ontbijt luisterde hij naar het interview met wachtmeester Gurvin. Daarna liet hij de hond uit. Hij zette het keukenraam op een kier, liet de markiezen neer en controleerde of de reservesleutel in de vaas naast de deur lag. Als hij lang wegbleef was er een vriendelijke buurman die de hond uitliet.

Toen hij uiteindelijk naar zijn werk wandelde, was het acht uur. Hij droeg de droom nog steeds bij zich. Een hand had zijn hartspier ruw beetgepakt, hij voelde nog steeds de pijn. Elise was weg. Nee, meer dan weg, ze was er helemaal niet meer. En hier sjouwde hij in zijn eentje rond, negen jaar alweer. Hij liep rustig door. Hij waste en verzorgde zich, at en werkte, hij had het zelfs naar zijn zin. Eigenlijk had hij het meestal wel naar zijn zin. Was het overdreven om het zo te zeggen? Slechts nu en dan stak de onmacht de kop op, zoals na deze droom. Of als hij 's avonds alleen naar muziek zat te luisteren. De muziek waarvan zij had gehouden, die ze samen hadden gedraaid. Eartha Kitt. Billy Holiday.

Een constante stroom zomers geklede mensen liep door de winkelpromenade. Het was vrijdag. Ze hadden een lang weekend voor zich, en op ieders gezicht was af te lezen dat ze over de invulling ervan dachten. Zelf had hij geen plannen. Hij had pas half augustus vakantie en bovendien was het rustig in de vakantietijd. Als het tenminste niet zo heet werd dat de mensen volledig over de rooie gingen. De hitte duurde al drie weken en nu, om dertien minuten over acht, wees de thermometer op het dak van het warenhuis al zesentwintig graden aan.

Omdat het paleis van justitie aan de rand van het centrum lag, had hij het gevoel tegen de stroom in te roeien. Hij moest voortdurend een stap opzij doen om de mensen in de drukke straat te ontwijken, het leek wel alsof iedereen de andere kant op moest. Naar de kantoren en de winkels die rond het grote marktplein lagen. Hij keek naar de wolkeloze lucht. Zijn ogen verdwenen in de luchtige, lichte kleur. Achter die dunne lichtsluier was een grote, koude duisternis. Waarom moest hij daar ineens aan denken?

Sejer wierp zo nu en dan een blik op de gezichten in de mensenmassa. Hij ontmoette hun ogen enkele tienden van seconden. De mensen die hem tegemoet kwamen deden hetzelfde. Staarden hem heel even aan en sloegen dan hun ogen neer. Wat ze zagen was een rijzige, pezige grijze man met lange benen. Als je ze hun zou vragen, zouden ze zeggen dat hij waarschijnlijk een leidinggevende functie bekleedde. Een knappe man, maar een beetje conservatief gekleed. Stopverfkleurige broek, blauwgrijs overhemd en een smalle, donkerblauwe stropdas waarop van dichtbij een klein geborduurd kersje was te zien.

In zijn hand droeg hij een zwart diplomatenkoffertje met een messing slot en de letters KS in het deksel gedrukt. Zijn grijze schoenen waren glimmend gepoetst. Zijn ogen waren vorsend en verrassend donker onder het zilverkleurige haar. Maar het meeste konden ze niet zien. Hij was geboren en getogen in het idyllische Denemarken en de dag dat hij geboren werd was zowel voor hem als voor zijn moeder een uitputtingsslag geweest. Nog steeds, na vijftig jaar, had hij onder zijn haar een deukje van de tang. Vaak zat hij daaraan te krabben, als een vage herinnering. De mensen die hem tegemoet kwamen konden ook niet zien dat hij aan psoriasis leed. Dat hij onder zijn gestreken overhemd een paar plekken met afschilferende huid had. Een onrust in zijn lichaam die opkwam en weer verdween. Diep in zijn hart, in zijn eigen wereld, was een zwak punt. Hij had zijn verdriet over het verlies van Elise nooit verwerkt, het was almaar groter geworden en vervolgens geïmplodeerd tot een zwart gat, waarin hij zo nu en dan naar werd meegezogen.

Hij zag de stroom mensen weer duidelijk. Tussen al die luchtige, lichte en zomers geklede mensen liep een opvallende figuur. Een man van begin twintig die vrij snel liep, aan de zijkant van de straat, tegen de gebouwen aan. Ondanks de hitte was hij vrij warm gekleed, met een donkere broek en een zwarte trui. Hij had hoge, bruine leren schoenen aan en om zijn nek droeg hij, in deze intense juliwarmte, een zwarte gebreide col. Toch was het in eerste instantie niet zijn kleding, waarin hij zich van de rest van de mensen in de drukke straat onderscheidde. Hij hief geen moment zijn hoofd op om op te kijken. Zijn resolute, snelle manier van lopen en juist het feit dat hij niet om zich heen keek maar consequent naar het asfalt staarde, maakte dat de mensen automatisch opzij gingen om plaats te maken. Sejer merkte de man op toen hij nog zo'n twintig meter van hem verwijderd was en hij kwam snel naderbij. Zijn snelle manier van lopen en de verbetenheid die hij uitstraalde, met daarbij nog de misplaatste kleding, maakten iets in de inspecteur wakker. De grote, gebreide losse col was een paar keer omgevouwen, waardoor het leek of hij een dik touw om zijn nek had gerold. Sejer was net langs de Fokus Bank gekomen en had op het moment van passeren het elektrische slot horen klikken, waardoor hij wist dat de bank open was. Die col kon best eens een capuchon zijn, die de man met een simpel gebaar over zijn hoofd kon trekken, met slechts een opening voor de ogen. Over zijn schouder droeg hij een grote tas. En daar kwam nog bij dat de tas open was en dat zijn rechterhand in de tas rustte. Zijn linkerhand had hij in zijn zak gestoken. Als hij handschoenen aan had, zou niemand dat kunnen zien.

Sejer liep door. Binnen een paar seconden was hij nog slechts enkele meters van de man verwijderd. Hij kreeg een ingeving en schoof ook naar de zijkant van de straat, begon op dezelfde manier te lopen, met zijn blik op het asfalt. Hij besloot om zo door te lopen, om te zien of de ander opzij zou gaan of dat ze gewoon tegen elkaar zouden botsen. Hij moest een beetje om zijn eigen fantasie lachen en bedacht dat hij misschien al te lang bij de politie was. Tegelijkertijd was er iets aan de verschijning wat hem verontrustte. Hij begon sneller te lopen en voelde de donkere figuur meer voor hem opdoemen dan dat hij hem zag. Zoals hij al had verwacht botsten ze niet tegen elkaar op. De ander deed ineens een stap opzij en passeerde hem. Hij werd blijkbaar niet volledig door zijn eigen gedachten in beslag genomen. Hij lette op. Misschien liep hij zo om te voorkomen dat iemand zijn gezicht zou zien en het zou onthouden. Maar Sejer onthield het. Een breed, vlezig gezicht met een ronde kin en licht, kroezend haar. Rechte wenkbrauwen. Een korte, brede neus.

Toen waren ze elkaar gepasseerd. De man liep aan de zijkant van de straat verder, nu nog sneller. Sejer volgde hem met toegeknepen ogen en voelde een prikkeling toen de man de deur van de Fokus Bank binnenstapte. Er waren ongeveer dertig seconden verstreken sinds hij het klikje van het slot had gehoord. In gedachten nam hij de ruimte van de bank door. Hij had daar zijn salarisrekening. De klanten moesten eerst een glazen deur door en daarna door een smalle gang die naar links afboog. De ruimte zelf was vanaf de straat niet te zien. Binnen was aan de linkerkant een balie, het rek met overschrijvingsformulieren stond bij de uitgang, en rechts was een zitje voor vier à vijf mensen. In totaal konden er vijf medewerkers achter de balie plaatsnemen, als het erg druk was. Op dit moment zat er waarschijnlijk maar één persoon, omdat het nog vroeg was. Als je klaar was, kon je via een andere deur, die op het marktplein uitkwam, naar buiten. Een overvaller kon daar bijvoorbeeld van tevoren een auto parkeren, het sleuteltje in het contact achterlaten, dan om het blok heen lopen, door de glazen deur naar binnen gaan, de bank overvallen en vervolgens binnen enkele seconden verdwijnen. Op de winkelpromenade kon je onmogelijk een voertuig parkeren zonder dat de mensen reageerden. Maar de bank had vier parkeerplaatsen bij de deur aan het plein. Sejer stond nog steeds te kijken, hij was er niet gerust op. Met een vertwijfelde schoudertrek liep hij resoluut terug. Hij hoefde het immers niemand te vertellen. Hij opende de deur, liep de gang door en kwam bij de balie uit. Er waren al twee klanten binnen. De man met de tas en een jong meisje. Een vrouwelijke bankemployee zette net haar bril op en boog zich over het toetsenbord van een pc. De man met de tas stond met zijn rug naar hem toe een formulier in te vullen. Hij keek niet op toen Sejer binnenkwam. Hij leek nogal haast te hebben.

Sejer keek een beetje confuus om zich heen. Hij moest net doen alsof hij een reden had om hier te zijn en pakte vastberaden een brochure over extra pensioen uit een houder aan de muur. Toen verliet hij de bank weer. Er zijn grenzen, zei hij streng tegen zichzelf. Bovendien was hij al aan de late kant en het was niet zijn gewoonte om op het laatste nippertje op zijn werk aan te komen. Eenmaal weer in de winkelpromenade liep hij nog sneller dan tevoren in de richting van het paleis van justitie. Hij passeerde de juwelier, Brunner Bloemen en Pino Pino, waar Elise altijd kleren kocht. Die rode jurk, bijvoorbeeld. Even later kon hij het dak van het paleis van justitie al zien. Hij wilde net de straat oversteken toen het schot klonk. Een eindje weg, maar toch duidelijk. Iemand begon te gillen.

De meeste mensen bleven staan. Slechts een enkeling haalde zijn schouders op en liep door, nog een paar keer omkijkend. Anderen stonden tegenover de bank tegen de muur aangedrukt. Een moeder legde beschermend haar armen om een kind. Een oude man, die misschien een beetje doof was, keek verwonderd om zich heen en vroeg zich af waarom iedereen bleef staan.

Hij staarde met open mond naar Sejer die zwaaiend met zijn koffertje kwam aanrennen. Hij was een goede hardloper, maar het koffertje verstoorde zijn ritme, waardoor hij er onbeholpen uitzag. Een vrouw wankelde de bank uit. Ze leunde tegen de muur en sloeg haar handen voor haar gezicht. Hij herkende de kassierster. Op dat moment zakte ze ineen en ging plompverloren op het asfalt zitten.

'Politie', zei hij hijgend. 'Wat is er gebeurd? Is er iemand gewond?'

'Politie?' Ze keek hem vragend aan. 'Hij heeft me overvallen', bracht ze ademloos uit. 'Hij heeft me overvallen en is naar buiten gerend, naar de markt. Hij is al weg, in een witte auto.'

Hij sperde zijn ogen open toen hij het vervolg hoorde.

'Hij heeft een meisje meegenomen.'

'Wat zeg je?'

'Hij heeft haar meegenomen. Naar buiten, in de auto.'

'Heeft hij iemand gegijzeld?'

'Hij stak de revolver in haar oor!'

Sejer keek naar het marktplein. Dunne straaltjes water sijpelden uit de fontein en de duiven pikten eensgezind kruimels. Hier hoefden zij zich niet druk om te maken. Hij liet haar alleen en stevende af op twee jonge jongens die druk stonden te praten. Ze stonden bij de fontein, vanwaar ze goed zicht hadden op de bank en de winkelpromenade.

'Hebben jullie gezien welke kant hij opging?'

Ze zwegen en staarden hem aan.

'Politie', voegde hij eraan toe en zette zijn koffertje op de grond.

'Dat is snel!' zei de ene, een spichtige jongen met tweekleurig haar en een zonnebril boven op zijn hoofd. Hij had zwart haar, maar midden over zijn hoofd liep een gebleekte streep, waardoor hij op een das leek. Hij draaide zich om en wees naar de hoofdstraat die tussen de brandweercentrale en restaurant De Diamant het centrum uit leidde.

'Hij duwde een meisje voor zich uit. Douwde haar in de auto.'

'Wat voor auto?' vroeg hij snel, terwijl hij aan zijn riem frunnikte om zijn telefoon los te krijgen.

'Een kleine witte. Een Renault misschien.'

'Hier blijven', zei hij en trok de antenne uit.

'We moeten eigenlijk naar ons werk', zei de ander verwachtingsvol. 'Bovendien was het geen Renault. Eerder een Peugeot.'

'Vandaag komen jullie te laat', zei Sejer kort. 'Dat kan de beste overkomen. Droeg hij een bivakmuts?'

'Ja.'

'Zwarte trui en corduroybroek?'

'Weet u wie het is?'

'Nee.'

'Moeten we mee naar het bureau?'

'Ik denk het wel.'

Het kan doorgestoken kaart zijn, dacht hij ineens. Ze kunnen het samen hebben gedaan. Misschien was het zijn vriendinnetje. Geen echte gijzelaar. Twee mensen in de bank, dertig seconden na openingstijd, hoe waarschijnlijk is dat? Ze waren zo verdomde inventief tegenwoordig.

De groepjes mensen losten langzaam op, maar er bleven toch nog wat mensen staan, misschien in de hoop dat ze een verklaring mochten afleggen. Verder was er niets meer te zien. De man was weg. Alles was in een oogwenk gebeurd. Sommigen verbaasden zich erover hoe eenvoudig het was. Als je een snelle auto had en goed de weg wist, kon je in een halfuur een mooi eind komen.

De das trok zijn bril op zijn neus. 'Jullie hebben toch zeker alles op video?'

'Laten we het hopen', mompelde Sejer. Hij had wisselende ervaringen met videobewaking. Hij draaide zich om toen een dienstauto de markt opreed. Hij fronste zijn voorhoofd toen Gøran Soot naar buiten sprong, maar toen daarna Karlsen uitstapte, haalde hij opgelucht adem.

‘We hebben een gijzeling. Een jonge vrouw. Het wapen is geladen. Hij heeft een schot afgevuurd in de bank.’

Karlsen staarde onverholen naar de jongen met het dassenhaar.

‘Deze twee gaan mee voor verhoor, ze hebben de overvaller en de auto gezien. Haal zo snel mogelijk de videoband uit de bank op, we moeten weten wie de gijzelaar is. Zorg voor een afzetting op de E18 en de E76. Gebruik de lokale radiozender. De auto is wit en klein, mogelijk Frans.’

‘Heeft hij veel meegenomen?’ Karlsen tuurde door de deur van de bank naar binnen.

‘Dat weet ik nog niet. Hoeveel man kunnen we bij elkaar schrapen?’

‘Niet veel. Ik heb Skarre naar wachtmeester Gurvin gestuurd, er zijn er vier op cursus en er zijn er ook vier met vakantie.’

‘Dan moeten we maar om versterking vragen. We moeten ons nu eerst op die gegijzelde vrouw concentreren.’

‘Laten we hopen dat hij het portier opengooit en haar ergens langs de kant van de weg dumpt.’

‘Hopen kan altijd’, zei Sejer kort. ‘Laten we met de kassierster gaan praten.’

De twee jongens moesten achter in een dienstauto wachten, waar ze niets op tegen hadden. Sejer en Karlsen gingen de bank binnen, waar de kassierster samen met haar chef in het zithoekje bij het raam zat. De bankchef was in de safe geweest, nietsvermoedend van hetgeen zich boven afspeelde, tot hij ineens het schot had gehoord, en toen had hij niet naar boven durven gaan. Niet voordat hij de sirenes hoorde.

Sejer keek naar de jongedame die zojuist was overvallen. Ze zag zo wit als een doek en het zweet stond op haar voorhoofd. Maar verder mankeerde ze niets. Het enige wat ze had gedaan, was een hand optillen, een paar stapeltjes bankbiljetten pakken en die op de balie leggen. Toch was het iedereen duidelijk dat haar leven van nu af totaal anders zou zijn. Misschien moest ze haar testament maar opmaken. Niet dat ze veel bezat, maar zulke dingen moest je regelen zolang het nog kon. Hij ging naast haar zitten en zijn stem nam een meelevende klank aan.

'Gaat het goed met je?' vroeg hij zacht.

Ze snikte even.

'Ja', zei ze, met redelijk vaste stem. 'Met mij gaat het goed. Maar als ik aan dat meisje denk... u had eens moeten horen wat hij zei. Ik durf er niet aan te denken wat hij met haar doet.'

'Rustig maar,' zei Sejer kalm, 'laten we niet op de zaken vooruitlopen. Hij heeft haar meegenomen om ongehinderd bij de auto te kunnen komen. Had je haar wel eens eerder gezien?'

'Nog nooit.'

'Kun je me zeggen wat hij zei toen hij voor de balie stond?'

'Ik kan het woordelijk herhalen', zei ze. 'Ik zal het nooit vergeten. Hij liep van achteren naar haar toe. Eerst legde hij zijn arm om haar hals en trok haar naar de balie toe, toen smeet hij haar op de grond en zette een voet op haar hoofd. En toen schreeuwde hij tegen mij: als je ook maar één seconde aarzelt, dan smeer ik de inhoud van deze schedel hier over de vloer uit! Daarna loste hij een schot. In de lucht. De plafondplaten explodeerden, het stoof alle kanten op. Mijn haar zit onder het gips.'

Ze wiste met de mouw van haar blouse het zweet van haar voorhoofd en hij gunde haar even een pauze. Ondertussen keek hij toe hoe Karlsen de camera van het plafond losmaakte en de filmcassette eruit haalde.

'Sprak hij Noors?'

'Ja.'

'Zonder accent?'

'Ja. Hij had een hoge stem. Een beetje hees misschien.'

'En die vrouw, heeft zij nog iets gezegd?'

'Geen woord. Ze was stijf van angst. Het was in elk geval iemand die wist wat hij deed. Respectloos. Hij heeft vast al eens eerder een bank beroofd.'

'Dat zullen we nog wel zien', onderbrak hij haar, terwijl hij de cassette aanpakte. 'We moeten je vragen om straks mee te gaan naar het bureau om deze band te bekijken.'

'Dan moet ik wel even bellen.'

'Dat regelen we.'

Karlsen keek haar aan. 'Kun je bij benadering zeggen hoeveel geld je hem hebt gegeven?'

'Gegeven?' schreeuwde ze en ze keek hem ontzet aan. 'Wat is dat nou voor manier van praten? Ik heb hem helemaal niks gegeven, ik ben overvallen!'

Sejer knipoogde en keek naar het plafond.

'Het spijt me,' zei Karlsen, 'ik bedoel: hoe groot denk je dat de buit ongeveer was?'

'Het is vandaag vrijdag', zei ze gekwetst. 'Ik had ongeveer honderdduizend kronen in de kas gelegd.'

Sejer keek door de open deur naar buiten. 'Laten we de mensen die iets gezien hebben bij elkaar roepen. Er waren er meer. We krijgen in ieder geval een bruikbaar signalement.'

Hij zuchtte diep toen hij dat zei. Hij had de man zelf duidelijk gezien, op slechts een meter afstand. Hoeveel kon hij zich nog herinneren?

'Het was een witte auto en hij zag er nieuw uit. Vrij klein', zei ze snel. 'Veel meer heb ik niet gezien. Hij was open, de sleuteltjes zaten er vast in, want hij reed al weg voordat het portier dicht was. Zo de markt over, midden tussen de bloembakken door de weg op.'

'Die is waarschijnlijk gestolen. Misschien had hij zijn eigen auto ergens langs de route geparkeerd. Hij kan gevaarlijk zijn. Vermoedelijk heeft hij impulsief gehandeld toen hij die gijzelaar meenam. Als het inderdaad om een gijzeling gaat. Hij had er vast niet op gerekend dat er al een klant binnen zou zijn, zo vlak na openingstijd. En... is ze via de andere ingang binnengekomen?'

'Ja.'

Sejer knikte omhoog naar het gapende gat in het plafond en fronste zijn voorhoofd. 'Hij is duidelijk slagvaardig. Of misschien wanhopig.'

Er stopte nog een dienstauto voor de bank en twee in overall geklede technici kwamen binnen. Ze keken onmiddellijk naar het plafond en bestudeerden het kogelgat.

'Ik vraag me af hoeveel hij er nog heeft', zei de ene.

'Daar durf ik niet aan de denken', zei Sejer somber. 'Maar het is ongetwijfeld een harde. Eerst gijzelt hij iemand en dan vuurt hij midden tijdens de ochtendspits zijn wapen af.'

'Effectief', zei de technicus. 'Iedereen is verlamd van schrik. Er was maar één ding dat hem bezighield: dat het allemaal heel snel zou gaan. Geen getreuzel, fullspeed. Had hij handschoenen aan?'

De kassierster knikte. 'Dunne wanten.'

Sejer vervloekte zichzelf dat hij niet wat langer in de bank was blijven hangen en de overval zo had weten te verijdelen. Maar dan zou de dader gewoon gewacht hebben en een andere keer zijn teruggekomen. Hij keek weer naar de ogen van de kassierster. Die hadden de kenmerkende glans gekregen die zo typerend is voor mensen die plotseling losgerukt zijn uit het leven dat ze als vanzelfsprekend beschouwden. Hij begreep het en hij begreep het ook weer niet.

'Oké,' zei hij, 'we hebben veel te doen. Laten we aan de slag gaan.'

*

Hij ademde snel. Hij zat voorovergebogen op zijn stoel, alsof hij de auto de stad uit wilde duwen. Hij was lang met de voorbereidingen bezig geweest. Keer op keer had hij de overval in gedachten doorgenomen, hij had nauwkeurig voor zich gezien hoe het zou gaan. Maar hij had het verkeerd gezien. Alles was duizelingwekkend snel gegaan, hij had het geld, dat was de bedoeling, toch was het anders gelopen dan gepland. Er zat iemand naast hem.

De straten wemelden van de haastige mensen. Ze letten niet op de witte auto. Hij liet de koppeling opkomen en reed de kruising over, staarde verbeten naar de weg voor hem en liet de hete lucht uit zijn longen ontsnappen. Bij de eerste zijstraat trok hij de muts van zijn hoofd. Meteen voelde hij zich naakt. Hij keek niet opzij naar de gijzelaar, hij had geen keus. Kon niet doorrijden met de muts op. Alle tegemoetkomende auto's zouden het zien en opmerken in welke richting hij reed, zouden het kenteken onthouden. Het gegijzelde meisje zat met gebogen hoofd naast hem, roerloos. Ze passeerden de Bruidssalon. Hij minderde vaart, zag dat er een Mercedes links van hem kwam rijden, deed verwoede pogingen om recht voor zich uit te blijven kijken. Nu pas, na twee minuten, terwijl zijn hartslag iets rustiger werd, drong het tot hem door dat het merkwaardig stil was. Hij loerde naar zijn passagier. Er klopte iets niet. Hij voelde zich misselijk. Met de misselijkheid kwam de angst en met de angst de vrees om iets fout te doen, meer dan hij al had gedaan.

Wat moest hij in godsnaam met die gijzelaar doen?

Hiermee had hij geen rekening gehouden. Hij had zich er uitsluitend op geconcentreerd zo snel mogelijk weg te komen, er zeker van te zijn dat niemand zich op hem zou werpen en hem op de grond zou leggen. Dergelijke dingen had hij wel in de krant gelezen. Mensen die de held wilden uithangen.

'Je hebt mijn gezicht gezien', zei hij hees.

Hij had een hoge stem in verhouding tot zijn stevige lichaam.

'Wat vind je dat we daaraan moeten doen?'

Ze passeerden aan de rechterkant een begrafenisondernemer en zijn blik registreerde een witte kist in de etalage. Messing handvaten. Er lag een krans van rode en witte bloemen bovenop. Die lag er al jaren en was natuurlijk van plastic. De krans leek te smelten van de hitte, net als hijzelf. Zijn trui plakte aan zijn lichaam en de damp sloeg als het ware van zijn corduroybroek af. Hij schakelde terug en remde voor een taxi die van rechts kwam. Het meisje antwoordde niet, maar haar schouders beefden zwak en hij dacht dat nu eindelijk de reactie kwam. Het voelde als een opluchting. Hij had zelf ook behoefte aan een ontlading, na de inspanning. Een enorme ontlading, door bijvoorbeeld uit het halfopen raampje te brullen. Zijn lichaam beefde terwijl hij zichzelf uit alle macht in de hand probeerde te houden.

'Wat vind je dat we daaraan moeten doen, vroeg ik.'

Het klonk zo zielig. Hij hoorde hoe de angst zijn stem omhoogperste tot een hoge, schelle klank. Hij had plotseling behoefte om alleen te zijn, maar het was nog veel te vroeg om te stoppen. Eerst moesten ze het centrum uit zijn, tot hij deze ongewenste passagier, *deze getuige*, eindelijk op een verlaten plek uit de auto kon gooien.

Ze bleef zwijgen. Waardoor hij nog zenuwachtiger werd. Hij was zowel geestelijk als lichamelijk gesloopt, na weken van voorbereiding, slapeloze nachten, onrust en twijfel. Gewoonlijk bestuurde hij alleen maar de auto, was niet verantwoordelijk voor de planning. Dat hadden anderen voor hun rekening genomen, zelf wachtte hij buiten in de auto, met stationair draaiende motor, meestal was hij niet eens gewapend. Hij had een belofte gedaan en die was hij nu nagekomen. Maar hij had een gijzelaar. Het had hem een slimme zet geleken, op dat moment. De mensen buiten voor de bank hadden als versteend gestaan, ze staken geen vinger uit, uit angst dat het wapen af zou gaan en de gijzelaar vlak voor hun ogen overhoop zou worden geschoten. Nu wist hij niet wat hij moest doen. En hij hoefde geen hulp te verwachten. De stilte was compleet.

'Het wordt vanzelfsprekend een van de twee', zei hij hees. Hij kon de stilte niet langer verdragen. 'Of je gaat met me mee. Of ik dump je ergens langs de weg, in zo'n toestand dat je weinig meer zult kunnen zeggen.'

De passagier zweeg nog steeds.

'Wat moest je verdomme eigenlijk al zo vroeg bij de bank? Hè?'

Toen er nog steeds geen antwoord kwam, draaide hij het raampje open en voelde hij de lucht tegen zijn kokende gezicht waaien. Auto's passeerden. Hij zou zijn gezicht niet moeten laten zien, zou niet eens moeten praten, maar hij was niet voorbereid op de golf van gevoelens die in hem opwelde. Het gevoel dat hij overkookte. Hij had zo lang gewacht, was zo lang alleen geweest, hij was een dun elastiekje dat op knappen stond en tot overmaat van ramp zat er iemand naast hem toe te kijken.

Hij reed verder, langs het ziekenhuis, sloeg bij het Orthopedisch Instituut ineens linksaf, kruiste de hoofdstraat en schoot de Øvre Storgate in, langs de voormalige apotheek en verder langs Garage Centraal. Toen sloeg hij sloeg nogmaals linksaf, over de oude brug, en reed langs de zuidkant van de rivier terug, over het industrieterrein. Hij naderde een spoorlijn. Op dat moment sprong het licht op rood. Even overwoog hij de overweg nog te passeren, maar hij veranderde van gedachten. Dat zou teveel opvallen. Hij siste tussen zijn tanden door: 'Zit stil en hou je mond. Ik heb de revolver in de aanslag.'

Dat was een overbodig commando. De gijzelaar zei geen woord. In zijn spiegeltje zag hij een rode Volvo naderen en vlak achter hen stoppen. De chauffeur trommelde met zijn vingers op het stuur. Hun ogen ontmoetten elkaar in het spiegeltje. Hij tuurde langs de rails om te zien of de trein er al aankwam en hoorde in de verte het gebulder dat heel even het geluid van zijn eigen hart overstemde. Verbazingwekkend genoeg zat het meisje nog steeds stil uit het raam te kijken. Toen denderde de trein langs. Maar de slagboom was nog dicht en bewoog niet. Hij zette de auto in de versnelling en wachtte. De auto achter hem trok nog een stukje op, tot bijna tegen zijn bumper. Aan de andere kant stond een groene Citroën. Het zweet stroomde in zijn ogen, maar de slagboom bleef omlaag. Eén wild ogenblik dacht hij dat de politie de boom gesloten hield. Dat ze ieder moment met scherpgeladen wapens naast hem zouden staan en hem naar buiten zouden sleuren. Hij zat in de val. Hij had niet genoeg ruimte om te keren en terug te rijden, waarom ging die boom verdomme niet open! De trein was allang gepasseerd, de Volvo achter hem drukte het gaspedaal in, hij tilde zijn hand op, de hand waarmee hij de revolver vasthield, en veegde over zijn voorhoofd. Bedacht meteen dat de man in de groene Citroën aan de overkant nu vast gezien had dat hij een wapen had. Eindelijk ging de boom open, langzaam en aarzelend. Hij hobbelde voorzichtig de overweg over. De Volvo achter hem verdween naar rechts. Hij was van plan om de rivier verderop weer over te steken, hij zou langs het marktplein rijden, langs de politieauto's en de mensenmassa voor de bank. Terwijl ze druk bezig waren de mensen te ondervragen, zou hij er vlak langs rijden, op slechts dertig meter afstand. Hij was onder de indruk van zijn eigen plan. Het probleem was de gijzelaar. Plotseling trapte hij de rem in en stopte. De auto bleef half verscholen achter een vuilcontainer bij het busstation staan. Hij trok de handrem aan.

'Ik vroeg me af,' zei hij schor, 'wat je verdomme zo vroeg bij de bank moest?'

Nog steeds stilte.

'Je bent doof, hè? Je hoort verdomme helemaal niks.'

Het meisje tilde haar hoofd op. Voor het eerst staarde de overvaller recht in de angstige ogen. Het was stil in de auto en het werd steeds warmer. Onzeker probeerde hij de uitdrukking op het bleke gezicht te duiden. In de verte hoorde hij een sirene. Die begon zwak, werd iets luider en stopte toen met een plopje. Hij kreeg het wonderlijke gevoel dat hij de bank helemaal niet had overvallen, dat het slechts een droom was, een onlogische droom, met wonderlijke figuren die kwamen en gingen, zonder dat hij begreep wat voor rol ze speelden.

'Nou ja', zei hij, terwijl hij de loop van de revolver tegen haar aan drukte. 'Een dove hoort ook als je in zijn schouder prikt.'

Hij zette de auto in de versnelling, reed de brug over en passeerde de bank. Had besloten om geen één keer die kant op te kijken, maar hij kon zijn angst niet in bedwang houden. Snel keek hij even naar links. Er hadden zich een heleboel mensen bij de ingang verzameld. Eén persoon torende boven iedereen uit. Een reus van een man met kort, zilverkleurig haar.

*

Hij had eigenlijk aan de moord in Finnemarka moeten werken. In plaats daarvan zat hij aan een bureau naar een spierwit vel papier te staren. Als hij zijn ogen sloot zag hij het gezicht van de overvaller duidelijk voor zich, als een foto bijna. Het probleem was om dat beeld over te brengen op de man aan de andere kant van de tafel.

Precies zo hadden vele mensen voor hem gezeten, ze hadden geploeterd en gezweet om zich alles te herinneren, bijzondere kenmerken, de kleur van de ogen, of het een lange of een korte neus was. Hij had zelf het idee dat hij een goed geheugen had en hij meende over een grote opmerkingsgave te beschikken, dat hij oog had voor detail. Maar nu begon hij te twijfelen. Hij dacht beslist dat het haar van de man blond was geweest, maar hij bedacht zich ook dat de winkelpromenade volop in de zon had gelegen, waardoor het een vreemde gouden glans kon hebben gekregen. Bovendien had de man donkere kleding gedragen, waardoor zijn haar ook lichter kon hebben geleken. Maar zijn mond was klein, dat wist hij zeker. Zijn huid was licht gebruind door de zon, misschien een beetje rood. En hij herinnerde zich de kleren. De man was zeer gespierd, trainde vast veel. Was kleiner dan hijzelf, eigenlijk helemaal niet lang voor een man.

Sejer staarde de tekenaar tegenover hem aan. Hij was oorspronkelijk krantenillustrator en toevallig in dit werk gerold, maar hij was zeer geschikt gebleken, zeker ook in psychologisch opzicht.

'Eerst moet je me op mijn gemak stellen', glimlachte Sejer. 'Je moet eerst vertrouwen winnen, nietwaar? Tonen dat je naar mij luistert en dat je me gelooft.'

De tekenaar trok zijn mondhoeken op tot een wrang glimlachje. 'Je moet nou niet bang zijn om de controle kwijt te raken, Konrad', zei hij droog. 'Op dit moment ben je niet in functie. Je bent een getuige.'

Sejer hief een hand op ten teken dat hij zich overgaf.

'Als eerste', zei de tekenaar, 'wil ik dat je het gezicht van die man vergeet.'

Sejer keek hem verbaasd aan.

'Vergeet de details. Sluit je ogen. Probeer hem voor je te zien en concentreer je op de indruk die hij op je maakte. Op de signalen die hij uitzond. Hij liep je tegemoet, in een zonnige straat, en om een of andere reden viel hij je op. Waarom?'

'Hij leek zo verbeten. Was ergens vol van.'

Sejer sloot, zoals hem was opgedragen, zijn ogen en zag de man voor zich. Maar zijn gezicht was nu nog slechts een lichte, mistige vlek in zijn herinnering. 'Hij liep snel, met verbeten stappen. Opgetrokken schouders. Een mengeling van angst en stelligheid. Alsof hij ieder moment in paniek kon raken. Zo bang dat hij zijn ogen geen moment op durfde te slaan om iemand aan te kijken. Niet direct een professionele overvaller. Daar was hij te wanhopig voor.'

De tekenaar knikte en maakte een aantekening onderaan het blad.

'Probeer zijn lichaam te beschrijven, hoe bewoog dat tijdens het lopen?'

'Dat bewoog nauwelijks. Kleine, felle bewegingen. Hij zwaaide niet met zijn armen, liep niet wiegend of hinkend. Recht vooruit. Rechte benen. Stijve schouders.'

'Denk aan de proporties', ging de tekenaar verder. 'Armen en benen in verhouding tot zijn lichaam. De grootte van zijn hoofd. Lengte van zijn nek. De maat van de voeten.'

'Geen lange benen of armen. Eerder een beetje kort. Hij had weliswaar zijn ene hand in de tas en de andere in zijn zak, maar ik geloof dat het zo was. Korte, dikke nek. Geen grote voeten. Kleiner dan de mijne, ik heb maat vierenveertig. Zijn kleren zaten ruim, maar zijn lichaam maakte een gespierde indruk, een beetje opgeblazen.'

Weer een knikje. Het potlood werd voor het eerst op het blad gezet en hij hoorde het lichte geluid van grafiet tegen papier. Dat had een lichte structuur, waardoor de potloodstreek een beverige levendigheid kreeg, als iets wat bewoog.

'Schouders? Breed of smal?'

'Breed. Rond. Zoals je van gewichtheffen krijgt. Niet zoals die van mij', voegde hij eraan toe.

'Nou, die zijn toch ook breed?'

'Maar ze zijn niet zo opgeblazen. Ze zijn wat vlakker en beniger, snap je?'

Hier moesten ze even om lachen. De tekenaar, die Riste heette maar die door iedereen Ritser werd genoemd, was klein en bol en kaal, met een kleine, ovale bril en lange, dunne vingers.

'Zijn hoofd?'

'Groot. Rond. Veel wang, maar niet echt bolle wangen. Een ronde kin. Niet hoekig en resoluut. Geen kuiltje of zo.'

'Hoe zat zijn hoofd op zijn lichaam? Als je begrijpt wat ik daarmee bedoel?'

'Diep tussen zijn schouders. Het hing als het ware voor zijn lichaam. Als bij een pruilend kind.'

'Uitstekend. Dit is belangrijk', zei hij toen. 'Haarinplant.'

'Is dat belangrijk?'

'Ja, dat is belangrijk. De haarinplant van een mens bepaalt veel van het gezicht. Kijk naar jezelf. Jij hebt een bijna perfecte haarinplant. Recht en regelmatig over je voorhoofd en mooi omlaag gebogen naar je slapen. Overal even compact. Bijna zeldzaam.'

'O, is dat zo?'

Hij schudde zijn hoofd. Hij was niet erg ijdel, niet meer in ieder geval, en het laatste waar hij zich druk om maakte was zijn haarinplant. Hij dacht na.

'Gebogen, niet recht. Misschien midden op zijn voorhoofd een beetje spits omlaag. Hij had kort haar, vandaar dat ik het goed kon zien.'

Door zo langzaam naar de eigenlijke gelaatstrekken toe te werken, werd de man steeds duidelijker voor hem, duidelijk nog dan tevoren. Deze tekenaar wist wat hij deed. Sejer staarde gefascineerd naar het papier en zag een persoon tevoorschijn groeien, langzaam, als een foto in een ontwikkelbad.

'En nu zijn haar.'

Hij tekende heel vaag, zodat hij er steeds overheen of naast kon tekenen. Hij gebruikte geen gum. Mede door de vele dunne potloodstreken kwam de figuur tot leven.

'Dik en kroezend, een soort afrokapsel. Het groeide recht omhoog, maar was heel kort geknipt. Zoals bij mij.'

Hij haalde meteen een hand door zijn haar, dat stug en kort als een borstel was.

'Kleur?'

'Blond. Mogelijk lichtblond, maar daar twijfel ik eigenlijk een beetje over. Weet je, er is van dat haar dat in sommige situaties heel licht is en dat er donkerblond kan uitzien als het nat is. Of het is afhankelijk van de lichtval. Ik weet het niet helemaal. Zo'n kleur als jij hebt misschien.'

'Ik?' Ritser keek op. 'Maar ik heb helemaal geen haar.'

'Nee, maar het haar dat je vroeger had.'

'Hoe weet jij wat voor haar ik had?'

Sejer werd onzeker. Misschien had hij de man beledigd, had hij iets stoms gezegd.

'Ik weet het niet', zei hij. 'Ik gok maar wat.'

'Je gokt juist. Mijn haar is... ik bedoel was, tegen lichtblond aan. Goed gegokt. Heel goed gezien.'

'Het begint te lijken.'

'Nu komen we bij de ogen.'

'Dat wordt moeilijker. Die heb ik niet gezien. Op straat keek hij naar de grond en in de bank stond hij gedeeltelijk met zijn rug naar mij toe.'

'Jammer. Maar de kassierster heeft ze wel gezien en zij komt hierna.'

'Het is veel erger dan jammer, het is rampzalig dat ik niet wat langer ben blijven staan. Ik ben oud genoeg om mijn intuïtie serieus te nemen.'

'Nou ja, je bent ook maar een mens. Neus?'

'Heel kort en vrij breed. Ook een beetje negroïde.'

'Mond?'

'Een klein pruimenmondje.'

'Wenkbrauwen?'

'Donkerder dan zijn haar. Recht. Breed. Bijna aan elkaar gegroeid.'

'Jukbeenderen?'

'Niet zichtbaar. Daar was zijn gezicht te vlezig voor.'

'Nog bijzondere kentekenen op zijn huid?'

'Helemaal niet. Een mooie, gladde huid. Geen zichtbare baardgroei. Geen dons op zijn bovenlip. Pas geschoren.'

'Of weinig baardgroei. Nog speciale kenmerken op zijn kleren?'

'Niet dat ik me kan herinneren. Maar toch was er iets mee.'

'Wat dan?'

'Het was net alsof het niet zijn eigen kleren waren. Ze pasten niet bij hem. Ze zagen er ouderwets uit.'

'Waarschijnlijk heeft hij allang iets anders aangetrokken. Schoenen?'

‘Hoge, bruine veterschoenen.’

‘En zijn handen?’

‘Die heb ik niet gezien. Als ze bij de rest van zijn lichaam passen, zijn ze klein en dik.’

‘En zijn leeftijd, Konrad?’

‘Tussen de negentien en de... vierentwintig.’

Hij sloot zijn ogen nog eens om de tekenaar buiten te sluiten.

‘Lengte?’

‘Een flink stuk kleiner dan ik.’

‘Iedereen is kleiner dan jij’, zei Ritser droog.

‘Misschien één meter zeventig.’

‘Gewicht.’

‘Hij was stevig gebouwd. Meer dan tachtig kilo, denk ik. Je hebt niet naar zijn oren gevraagd’, zei Sejer.

‘Hoe zagen zijn oren eruit?’

‘Klein en fraai gevormd. Ronde oorlelletjes. Geen ringetjes of steentjes.’

Sejer ging achterover zitten en glimlachte tevreden. ‘Nu hoeven we zo ongeveer alleen nog maar uit te vinden op welke partij hij stemt.’

De tekenaar humde. ‘Wat denk je?’

‘Ik denk dat hij helemaal niet stemt.’

‘Wat heb je van de gijzelaar gezien?’

‘Zo goed als niets. Ze stond met haar rug naar me toe. Je moet met de kassierster praten’, zei hij peinzend. ‘Laten we hopen dat ze wel tegen een stootje kan.’

*

Gurvin had de inspecteur verwacht. Maar omdat er ’s morgens in het centrum een gewapende overval had plaatsgevonden, stuurden ze een brigadier om zijn rapport op te halen.

Jacob Skarre leek op een halfvolwassen koorknaap, met blonde krullen en fijne gelaatstrekken. Het uniform stond hem uitstekend, zat als gegoten om zijn slanke verschijning. Zelf voelde Gurvin zich nooit erg op zijn gemak in dat pak. Misschien kwam het door het model. In ieder geval wilde het niet goed om zijn lichaam zitten.

De tevreden uitdrukking van de jongeman stemde hem treurig. Onwillekeurig moest hij aan zijn eigen leven denken. Dat deed hij toch wel, zo nu en dan, maar hij bepaalde graag zelf wannéér hij dat deed.

De ergste ontzetting over de moord op Halldis was een beetje gezakt. Gurvin kreeg ineens een hoeveelheid aandacht die hem sinds lang niet ten deel was gevallen. Hij moest in stilte toegeven dat hij dat wel prettig vond. Maar hij had Halldis gekend. Plotseling herinnerde hij zich iets wat ze vaak zei, wanneer ze als kind bij haar aan de deur om iets lekkers bedelden.

Jullie zijn met te veel! Toen ik jong was, groeiden alleen de flinkste snotjongens op!

'Hoe is het,' vroeg Gurvin voorzichtig, omdat hij Skarres sigarettenpakje uit het zakje van zijn overhemd zag steken, 'zullen we het rookverbod aan onze laars lappen?'

Skarre knikte en viste het pakje uit zijn zak.

'Ik ben met Halldis en Thorvald opgegroeid', begon Gurvin, terwijl hij een trek nam. 'Wij kinderen mochten bij hen achter de schuur frambozen en rabarber plukken. En zo verschrikkelijk oud was ze nou ook weer niet. Zesenzeventig, wat is dat nou helemaal? Ze was nog sterk. Thorvald ook. Maar hij is zeven jaar geleden aan een infarct gestorven.'

'Dus ze woonde alleen?'

Skarre blies de rook omhoog.

'Ze hadden geen kinderen. Ze had alleen een jongere zus in Hammerfest.'

'Je hebt een rapport geschreven', zei Skarre. 'Mag ik dat zien?'

Gurvin pakte een plastic mapje uit een la van zijn bureau en reikte het hem aan. Skarre las het grondig door. '"Voorlopig onzeker of er iets uit de woning is ontvreemd." Hebben jullie laden en kasten gecontroleerd?'

'Weet je,' zei Gurvin, 'Halldis had in feite flink wat zilver. Dat lag er allemaal nog, in een kast in de kamer. Hetzelfde geldt voor de weinige sieraden die ze in haar slaapkamer had.'

'Geld?'

'Ik weet niet of ze dat in huis had.'

'Maar hebben jullie haar handtas gevonden?'

'Die hing aan een haak in de slaapkamer.'

'En haar portemonnee?'

'We hebben geen portemonnee gevonden, dat klopt.'

'Sommigen zijn alleen op cash uit', zei Skarre. 'Bijvoorbeeld iemand die moeite zou kunnen hebben om iets van waarde te gelde te maken. Iemand zonder contacten. Hij is vast niet van plan geweest om haar te doden. Misschien werd hij betrapt. Misschien was ze buiten en is hij achter haar rug de keuken ingeslopen.'

'En toen stond ze ineens in de deuropening, bedoel je?'

'Ja, bijvoorbeeld. We moeten uitzoeken of er geld weg is. Deed ze zelf boodschappen en zo?'

'Ze ging heel soms naar de stad, met een taxi. Maar de gewone boodschappen werden naar de boerderij gebracht, door de plaatselijke kruidenier. Eén keer in de week.'

'Dus de kruidenier bracht de boodschappen bij haar thuis... en ze betaalde contant? Of werd het opgeschreven?'

'Dat weet ik niet.'

'Bel hem', zei Skarre. 'Misschien weet hij waar ze haar geld opborg. Als ze hem tenminste vertrouwde.'

'Dat denk ik wel', zei Gurvin en hij pakte de telefoon. Hij kreeg de kruidenier aan de lijn en mompelde een poosje in de hoorn.

'Hij zegt dat ze haar portemonnee in de broodtrommel bewaarde. Een metalen broodtrommel die op het aanrecht staat.

Ik kan je trouwens vertellen dat ik die heb opengemaakt. Er lag een half brood in, verder niets. Hij zei dat het een rode portemonnee was, met een patroon in het leer. Imitatiekrokodil, en een messing knipsluiting.'

Skarre las het rapport nogmaals door. 'Ene Errki Johrma zou in de buurt van haar boerderij zijn gezien. Vertel eens wat over hem. Is de jongen die hem heeft gezien betrouwbaar?'

'Dat is maar net de vraag.' De wachtmeester glimlachte bij de gedachte aan Kannick. 'Maar als hij de waarheid spreekt, dan hebben we misschien een potentiële dader. Errki was namelijk gedwongen opgenomen in psychiatrisch ziekenhuis Het Baken, maar hij is ontsnapt. Hij is in deze omgeving opgegroeid. Het is dus niet onwaarschijnlijk dat hij terug is gekomen en ergens in het bos rondzwerft.'

'Maar zou hij iemand kunnen vermoorden?'

'Hij is niet helemaal zoals het hoort.'

'Vertel eens iets meer. Wie is hij eigenlijk?'

'Een jonge man, van jouw leeftijd. Geboren in Valtimo in Finland. Opgegroeid met ouders en een jonger zusje. Hij is altijd anders geweest. Ik weet niet welke diagnose gesteld is, maar geestelijk is hij in ieder geval volkomen onbereikbaar. En dat is hij al jaren.'

'Is hij gevaarlijk?'

'Dat weten we niet. Er gaan een heleboel verhalen over hem, maar ik ga er niet vanuit dat ze allemaal waar zijn. Hij is bijna een soort legendarische figuur geworden, waar we kinderen bang mee maken om ze 's avonds binnen te krijgen. Ikzelf incluis.'

'Maar hij is gedwongen opgenomen. Betekent dat dat hij als gevaarlijk wordt beschouwd?'

'Misschien is hij in de eerste plaats een gevaar voor zichzelf. Het is zo dat Errki de schuld krijgt, iedere keer als er weer rottigheid in het dorp wordt uitgehaald. Zo is het altijd al geweest, sinds hij een kind was. En als hij niet direct schuldig is, lijkt hij ervoor te zorgen dat hij toch de schuld krijgt. Geen idee wat hij daarmee wil bereiken. En dan praat hij in zichzelf.'

'Dus hij is psychotisch?'

'Dat durf ik te wedden. En het is wel heel typisch dat uitgerekend Errki in de buurt van de boerderij van Halldis opduikt op de dag dat ze wordt vermoord. Er is al eens eerder iets dergelijks voorgevallen, maar we hebben hem nooit rechtstreeks ergens mee in verband kunnen brengen. Hij waart rond als een slecht voorteken. Net als de zwarte vogel die in sprookjes de dood aankondigt. Sorry dat ik zo weinig zakelijk ben,' Gurvin zuchtte, 'ik probeer hem alleen maar te beschrijven zoals de mensen hier hem zouden beschrijven.'

'Hoelang is hij al ziek?'

Skarre tikte de as van zijn sigaret in het koffiekopje van de wachtmeester.

'Dat weet ik niet precies, maar voor mijn gevoel altijd al. Hij is altijd al anders geweest. Zonderling en mensenschuw. Had nooit vrienden. Ik geloof ook niet dat hij die wilde hebben. Zijn moeder stierf toen hij acht was en toen is het waarschijnlijk begonnen. Na haar dood nam zijn vader Errki en zijn zus mee naar Amerika, waar ze zeven jaar hebben gewoond, in New York. Volgens de geruchten ging Errki daar in de leer bij een magiër.'

'Een magiër?' Skarre glimlachte. 'Je bedoelt een goochelaar?'

'Ik weet het niet precies. Eerder een soort tovenaar, geloof ik. En toen ze weer naar Noorwegen kwamen, begonnen de geruchten te gonzen dat Errki dingen kon laten gebeuren. Je weet wel, door middel van wilskracht.'

'Mijn hemel', zei Skarre en hij schudde ongelovig zijn hoofd.

'Ja, lach maar. Maar ik ken mensen die veel slimmer zijn dan jij en ik, die merkwaardige dingen over Errki Johrma kunnen vertellen. Thorvald Horn heeft bijvoorbeeld eens verteld dat zijn hond altijd zijn oren platlegde en gromde als Errki in de buurt was. Vaak al een poos voordat hij inderdaad verscheen, alsof hij de man al van verre kon ruiken. Nou moet ik trouwens zeggen dat hij gewoonlijk niet erg lekker ruikt, hij is altijd erg onverzorgd. Er gaan verhalen over paarden die losbraken als hij er aankwam. Klokken zouden stil zijn blijven staan. Lampen knappen. Deuren slaan dicht. Hij is net een plotselinge, onverwachte windvlaag die de bladeren op de grond laat opwervelen. En dan die blik van hem. Alsof hij uit een ander en hoger universum komt. Sorry hoor', zei Gurvin ineens. 'Ik vertel niet veel goeds over hem, maar het is onmogelijk om enige verzachtende omstandigheden te vinden. Hij is op alle fronten zwart en gemeen en onaantrekkelijk.'

'We kunnen hem niet tot moordenaar bombarderen, alleen maar omdat hij een verdienstelijk illusionist is, of omdat hij op effect speelt of aan een ziekte lijdt', zei Skarre peinzend. 'We zullen contact opnemen met het psychiatrisch ziekenhuis en met de behandeld arts praten. Die zal ons wel het een en ander kunnen vertellen. Maar we moeten hoe dan ook proberen die vent te vinden om uit te zoeken wat hij daar deed. De vingerafdrukken op de hak waren slecht?'

'Twee volkomen onbeduidende afdrukken, buiten die van Halldis zelf. Wat in feite vreemd is. De hak had een glasfiber steel en haar vingerafdrukken waren buitengewoon duidelijk. Hij kan de hak niet hebben schoongeveegd zonder die van haar te verwijderen. Maar binnen hebben we verscheidene vingerafdrukken gevonden, plus een aantal voetsporen in het bloed op de trap en een paar in de gang en in de keuken. Waarschijnlijk gaat het om sportschoenen. Het patroon van de zool is vrij duidelijk, daar zouden we wat aan moeten hebben. De technici gaan er zwart-witschetsen van maken. Maar de moord is dus in de gang gepleegd. Halldis stond met haar rug naar de tuin toe en hij is van binnen uit op haar toegelopen. Misschien had zij de hak oorspronkelijk vast en heeft hij hem toen uit haar handen gerukt. Hij zou eigenlijk goede vingerafdrukken hebben moeten achterlaten. Ik begrijp overigens niet waarom hij haar moest vermoorden. Als hij op geld uit was, had hij het gewoon kunnen pakken en wegrennen. Ze zou hem nooit hebben ingehaald. Maar ik ken Halldis. Ze was koppig. Ik wed dat ze in de deuropening stond en weigerde opzij te gaan. Ik zie het zo voor me', zei hij zacht. 'Halldis spinnijdig, vol gerechtvaardigde woede.'

'Misschien heeft hij haar vermoord omdat ze hem kende. Iemand die ze zou hebben aangegeven.'

'Ja', zei Gurvin peinzend. 'En ze wist heel goed wie Errki was. En als hij uit die inrichting is ontsnapt, had hij vast geen geld. Hij had geld nodig.'

Skarre knikte.

'Maar het kan nooit veel zijn geweest', ging de wachtmeester verder. 'Ze bewaarde vast niet veel geld in huis. Ze woonde immers alleen.'

'Ja. Maar wel afgelegen. De gedachte overvallen te worden was misschien niet haar grootste angst? Had ze wel eens eerder iets dergelijks meegemaakt?'

'Nee. Bovendien was ze een taaie. Het zou me niet verwonderen als ze met de hak op hem is afgekomen.'

'Dan zou hij dus gewond kunnen zijn, theoretisch gezien.'

'Heb je de foto's van het lichaam gezien?'

'Ja, even.'

'Niet erg fraai, vind je niet?'

Skarre voelde zich een ogenblik onpasselijk, toen hij terugdacht aan wat hem 's morgens was voorgelegd. 'Waar woont de vader van Errki Johrma?'

'Hij is teruggegaan naar de vs.'

'En zijn zus?'

'Zij ook.'

'Hebben ze geen contact met hem?'

'Nee. Niet omdat zij dat niet willen, maar Errki wil hen niet meer zien.'

'Weet je waarom?'

'Hij voelt zich boven hen verheven.'

'O?'

'Hij voelt zich boven iedereen verheven. Hij leeft in een eigen wereld, volgens zijn eigen wetten. En in dat universum is hij de baas. Het is niet zo makkelijk uit te leggen. Je moet hem zien om het te begrijpen.'

'Maar zou hij niet radeloos kunnen zijn? Als hij ernstig ziek is?'

'Radeloos?' Gurvin proefde aan het woord, alsof die gedachte nog nooit bij hem was opgekomen. 'In dat geval verbergt hij het goed.'

Skarre knikte naar de weg. 'We hebben een opsporingsbevel laten uitgaan. Neem je me mee naar de boerderij? Ik wil haar huis graag zien.'

Gurvin pakte zijn jasje van de rugleuning. Hij bleef even staan. 'We nemen de Subaru', zei hij zacht. 'Het is verdomde steil naar Halldis' huis.'

Het bos rond de boerderij leek dichter dan anders. Alsof de bomen in de houding stonden, uit eerbied voor de vrouw die het allemaal in stand had gehouden. En hoewel er überhaupt nooit iets op het erf rondslingerde, geen gereedschap of kruiwagen of kleren die op het bankje in de zon waren blijven liggen, nu maakte de boerderij een volkomen verlaten indruk. Het huis ademde niet meer. De bloemen onder het keukenraam begonnen al slap te hangen, nauwelijks een etmaal na Halldis' dood dreigden ze het slachtoffer te worden van de brandende zon. De trap was schoongespoeld, maar er was nog een donkere vlek zichtbaar. Skarre staarde naar het bos.

'Wat deed die jongen hier?'

'Hij schoot met zijn pijl en boog op kraaien.'

'Mag hij dat?'

'Natuurlijk niet. Maar hij doet wat hij wil. Hij woont op Jongensheuvel.'

Dit laatste moest alles verklaren. Skarre begreep het.

'En hij wist wie Errki was?'

'Ja. Hij is makkelijk te herkennen. Ik heb echt medelijden met Kannick. Eerst vindt hij Halldis. En dan ziet hij Errki tussen de bomen verdwijnen. Hij had zijn longen bijna uit zijn lijf gelopen toen hij bij mijn kantoor aankwam. Hij moet gedacht hebben dat hij het volgende slachtoffer zou worden.'

'Heeft Errki gemerkt dat iemand hem gezien heeft?'

'Kannick dacht van wel.'

'Maar hij heeft niet geprobeerd de jongen tegen te houden?'

'Blijkbaar niet. Hij verdween tussen de bomen.'

'Laten we naar binnen gaan.'

Gurvin maakte de deur open en ging hem voor naar de keuken. Toen hij de linoleumvloer betrad en de ordelijke keuken zag, begon Halldis Horn vorm aan te nemen voor Jacob Skarre. De koperen ketels, blinkend schoon. De ouderwetse gootsteen. Een oude Evalet-koelkast. En de krant van gisteren, opgevouwen in de vensterbank. Alles was kraakhelder. Skarre tilde het deksel van de broodtrommel op.

'Waar hebben jullie die vingerafdrukken gevonden?'

'Op de deurkruk en op de deurpost van de keukendeur. Geen afdrukken op de broodtrommel, behalve van Halldis zelf. Als ze van de dader zijn, waarom waren ze op de hak dan zo slecht? En waarom zat er niets op de broodtrommel? Hoe kan hij haar portemonnee hebben meegenomen, zonder sporen achter te laten, terwijl hij verder wel verschillende dingen in het huis heeft aangeraakt? Dat begrijp ik niet.'

Skarre kneep zijn ogen toe.

'Maar er kwamen hier van tijd tot tijd toch ook wel eens andere mensen? Die dingen aanraakten?'

'Zo goed als nooit. We hebben trouwens een brief gevonden,' zei Gurvin, 'deze week gepost, in Oslo. "Ik kom een dezer dagen langs. Groetjes, Kristoffer."'

'Een familielid?'

'Dat weten we nog niet. Maar ik denk dat ze vermoord is door iemand die ze kende. Wat dat betreft heb ik de statistieken aan mijn zijde. Hij is natuurlijk in paniek geraakt.'

'Wij mensen zijn ook zó gevoelig.'

Skarre liep naar de woonkamer. Daar stond haar schommelstoel, met een wollige plaid. Hij tilde de plaid op en rook er voorzichtig aan, zeep en kamfer. Er kriebelde een haar in zijn neus. Hij pakte hem met twee vingers op. De haar was misschien een halve meter lang en zilverachtig van kleur.

'Had ze zulk lang haar?' vroeg hij verbaasd.

Gurvin knikte. 'Ze was een schoonheid, toen ze jong was. Als kind hadden wij dat nog niet door, wij vonden haar alleen maar heerlijk mollig. Daarginds hangt haar trouwfoto.'

Skarre liep erheen. De aanblik van Halldis Horn als bruid was adembenemend.

'Die jurk is gemaakt van parachutezijde,' zei Gurvin, 'en haar sluier van oude Engelse vitrage. Dat vertelde ze ons. En dan luisterden wij beleefd, zoals kinderen doen, want we moesten toch iets doen in ruil voor de frambozen en de rabarber.'

Hij draaide zich plotseling om en liep weer naar de keuken.

'Waar is de slaapkamer?' riep Skarre.

'Achter dat groene gordijn.'

Hij trok het opzij en stapte naar binnen. De kamer was klein en smal, haar bed had een hoog hoofd- en voeteneinde. De kant waar Thorvald had geslapen was nog steeds keurig opgemaakt. Door het slaapkamerraam kon hij het bos en een stukje van de schuur zien. Boven het bed hing een ingelijst gedichtje.

Ze hebben hem gezien tussen de valken.
Hij komt uit het zuiden, brandend.
Breng alles naar buiten, laat niets achter.
Want ook voor de mug die je in een kier verborg,
moet je rekenschap afleggen.

Eronder had iemand, misschien Halldis zelf, met blauwe pen het volgende commentaar geschreven: *Afgrijselijk!*

Hij glimlachte even. Zag dat de wachtmeester naar buiten was gegaan en wandelde achter hem aan. Hij liet zijn ogen lukraak over het gras gaan, hoopte op een of andere onthulling. Iets wat de anderen misschien over het hoofd hadden gezien. Een peuk, een lucifer, wat dan ook. Hij keek weer naar het huis. Vlak onder het keukenraam was een bres in het hout, gerepareerd, maar toch zichtbaar.

'Dat is van de dag dat Thorvald stierf', wees Gurvin. 'Halldis stond in de keuken. Thorvald zat op de tractor. Ze zwaaide naar hem. Wilde zeggen dat het eten bijna klaar was. Ze vond dat hij abnormaal hard reed, alsof hij op zijn oude dag ineens de waaghals wilde uithangen. De tractor kwam brullend aanrijden. Het volgende moment denderde hij zo tegen de muur. Ze stond bij het raam en staarde in de cabine. Zag dat hij over het stuur hing. Hij was op slag dood.'

Skarre keek weer naar het bos.

'Waar moeten we Errki zoeken, denk je?'

Gurvin tuurde naar de zon.

'Hij zal wel ergens rondzwerven. Slaapt dan eens hier, dan eens daar. In zijn flat is hij nog niet geweest, tot nu toe tenminste. Misschien is hij nog steeds in het bos.'

'En hier achter is verder niks dan woestenij?'

'Zo goed als, ja. Een onbewoond gebied van vierhonderdendertigvierkante kilometer. Aan de andere kant van de bergkam liggen een paar vakantiehuisjes. En de fundamenten van een aantal oude Finse keuterboerderijtjes. Op een paar ervan zijn zomerboerderijtjes gebouwd. Die worden in de herfst vaak gebruikt door jagers, en bessenplukkers rusten er soms uit. Errki kan enorm goed lopen. Het probleem is dat het vrij hopeloos is om zomaar het bos in te gaan en in het wilde weg te zoeken. Wie weet heeft hij zich in de kelder van het ziekenhuis verstopt, of misschien heeft hij een lift gekregen en is hij onderweg naar Zweden. Of terug naar Finland. Hij is altijd onderweg.'

'Als hij zo opvallend is als jij zegt, zou hij eenvoudig in de gaten moeten lopen.'

'Tja, eenvoudig... Hij sluipt stiekem rond. Plotseling staat hij voor je neus, terwijl niemand hem heeft gehoord.'

'We hebben een uitstekende hondenbrigade', zei Skarre optimistisch. 'Weet je of hij medicijnen gebruikt?'

'Vraag dat maar aan het ziekenhuis. Waarom vraag je dat?'

Skarre haalde zijn schouders op. 'Ik vraag me af wat er gebeurt als hij ze plotseling niet meer inneemt.'

'Misschien dat zijn innerlijke stemmen dan gaan overheersen.'

'Hebben we niet allemaal een of andere innerlijke stem?' vroeg Skarre glimlachend.

'O ja, zeker', zei Gurvin knikkend. 'Maar die schrijven ons niet de wet voor.'

Gurvin manoeuvreerde de auto door het bos omlaag. Er wervelde een flinke stofwolk achter hen op.

'Overal waar Errki zich vertoont, gebeurt iets verschrikkelijks', zei hij gespannen. 'Zijn moeder stierf toen hij acht was, heb ik dat al verteld?'

Skarre knikte.

'Ze is overleden na een val van trap. Errki nam de schuld op zich.'

'Nam de schuld op zich?'

'Hij joeg er de andere kinderen schrik mee aan. Ze werden doodsbang en bleven uit zijn buurt. Ik geloof dat dat was wat hij wilde. Een paar jaar later werd bij de kerk het lichaam van een oudere boer gevonden. De officiële lezing was dat hij van een ladder was gevallen. Maar er was iemand die Errki had zien wegrennen. Dus je begrijpt misschien dat het dorp zich al een mening heeft gevormd, ongeacht of hij wel of niet met de moord op Halldis heeft te maken. En als je het mij vraagt, neig ik naar hetzelfde. Kijk eens om je heen! Dit is een verlaten plek. Hier kom je niet zomaar, tenzij je hier bekend bent. En Errki was hier bekend, hij is hier opgegroeid.'

'Maar het is zo,' zei Skarre langzaam, terwijl hij zijn best deed om niet belerend over te komen, 'dat de mythe dat alle psychiatrische patiënten gewelddadig zouden zijn, sterk overdreven is. Ingegeven door vooroordelen. Door angst en onwetendheid. Jij moet nu het hoofd koel houden, want je zit er middenin. En je kent hem, en je kende Halldis. Als de kranten hier lucht van krijgen, wordt hij afgeschilderd als een monster.'

Gurvin keek hem aan. 'Dat is nou net het probleem. Omdat hij zich altijd afzijdig houdt en mensen uit de weg gaat en met bijna niemand praat, weten we eigenlijk helemaal niet wie hij is. Wat hij is.'

'Ziek', zei Skarre.

'Dat zeggen ze. Maar eigenlijk snap ik het niet.' Hij schudde zijn hoofd. 'Ik snap niet hoe vreemde stemmen je hoofd kunnen binnendringen en je kunnen dwingen tot handelingen waar je later niets meer van weet.'

'We weten niet of hij het heeft gedaan.'

'We hebben vingerafdrukken en een aantal voetsporen. Hij kan nóg zo gek zijn en van het ene moment op het andere dingen vergeten, maar van technische bewijzen kan hij niet weglopen. Deze keer hebben we technische bewijzen.'

'Het lijkt alsof je hem graag achter slot en grendel ziet?'

Skarres stem had een onschuldige klank. Gurvin doorzag hem niet. 'Dat zou uitstekend zijn. Het kwam ons allemaal goed uit toen ze hem eindelijk op grond van paragraaf vijf konden opsluiten. Eindelijk voelden we ons veilig. Nu loopt hij weer ergens buiten rond, met zichzelf te praten. God bewaar me, zolang hij vrij rondloopt, moeten mijn kinderen 's avonds in elk geval vroeg naar binnen.'

'Errki is misschien banger dan jouw kinderen', zei Skarre zacht.

Gurvin kneep zijn mond dicht en gaf gas. 'Jij komt hier niet vandaan. Jij kent hem niet.'

'Nee,' glimlachte Skarre, 'maar ik moet toegeven dat je me nieuwsgierig hebt gemaakt.'

'Jij bent misschien gezegend met een onwankelbaar geloof in de mens', zei Gurvin. 'Maar vergeet niet dat Halldis dood is. Iemand heeft het gedaan. Iemand heeft die hak in haar oog geslagen. Of Errki het nou heeft gedaan, of iemand anders, ik vind het gruwelijk dat diegene recht heeft op verdediging. Voor een daad die absoluut niet te verdedigen is.'

'De daad wordt niet verdedigd. Maar de dader wel', corrigeerde Skarre. 'En we weten helemaal niet waarom ze is gestorven. Mag ik in de auto roken?'

Gurvin knikte en tastte naar zijn eigen sigaretten. 'Hoe is die chef van je? Vertel eens wat over hem.'

Skarre glimlachte. Een automatische reactie als iemand Konrad Sejers naam noemde.

'Streng en grijs. Een beetje autoritair. Gesloten. Bekwaam. Messcherp. Grondig, geduldig, betrouwbaar en vasthoudend. Heeft een zwak voor kleine kinderen en oude dames.'

'Niet voor die er tussenin?'

'Hij is weduwnaar.'

Skarre keek naar buiten. 'Hij is vergeten dat de enige belofte die hij heeft afgelegd, de belofte was om bij haar te blijven tot de dood hen scheidde. Hij denkt dat het zijn eigen dood betreft.'

*

Sejer tuurde gespannen naar het grijze scherm.

De bank. De balie. De ramen aan de kant van de markt, waar het licht schuin naar binnen viel waardoor het beeld vervaagde. Het was er allemaal, van het begin tot het einde. Maar de opname was slecht. Het was moeilijk om de personen te identificeren. De auto was spoorloos verdwenen. Ze hadden alle uitvalswegen afgezet, maar er was geen wit autootje opgedoken. Misschien had hij hem allang ergens geparkeerd, of misschien was de overvaller ergens de rivier overgestoken en was hij langs de oever teruggereden, en had hij zowel zichzelf als de auto ergens in het centrum verstopt. Diep in zijn hart ging hij ervan uit dat de gijzelaar was vrijgelaten, maar daar kon hij niet zeker van zijn. Hij leunde achterover en strekte zijn lange benen. Had zijn stropdas wat losser gemaakt en zijn mouwen opgerold, zijn overhemd was gekreukeld. De kassierster en haar chef en een heleboel getuigen die buiten voor de bank hadden gestaan waren verhoord. Hij had zelf ook nagedacht over wat hij had gezien. Had zijn hersens gepijnigd om zoveel mogelijk details op te diepen. De politietekenaar had geluisterd en geknikt en een uitstekende tekening gemaakt. En hij had het resultaat beoordeeld als een sprekende gelijkenis. In eerste instantie, tenminste. Later was hij gaan twijfelen. Hij richtte zich op omdat er werd aangeklopt. Skarre kwam binnen, samen met Gurvin.

De wachtmeester keek Sejer geïnteresseerd aan. 'Ik hoor dat er een gijzeling aan de gang is.'

Hij frunnikte aan zijn zonnebril en ging in een stoel zitten. De rollen waren omgekeerd. Hij was hier op het hoofdbureau, waar de grote jongens zaten die over alle mogelijke hulpmiddelen beschikten.

'Ik zit deze hopeloze film te bekijken,' zei Sejer somber, 'de kwaliteit is slecht.'

'Mogen we hem zien?' vroeg Skarre nieuwsgierig.

'Natuurlijk. Zet een bril op, als je die hebt.'

Hij startte de video weer en wachtte op de uitbarsting. Daar was de balie. Eerst kwam het meisje binnen, door de ingang aan de kant van de markt. Ze keek een beetje onzeker om zich heen en liep naar de brochures. Nog geen vijftien seconden later verscheen de overvaller. Hij bleef staan toen hij zag dat er voor hem al een klant was binnengekomen. Meteen greep hij een formulier en begon te schrijven. Toen de deur voor de derde keer openging, kwam de uitbarsting waarop hij had gewacht.

'Wel heb je ooit!' riep Skarre. 'Ben jij dat, Konrad?'

Hij staarde zijn chef verrast aan. Sejer had besloten om alles beheerst over zich heen te laten komen. Hij begon te lachen. Gurvin staarde hen verwonderd aan.

'En of ik dat ben. Ik was op weg naar mijn werk, door de winkelpromenade, en vond ineens dat een tegemoetkomende man verdacht veel weg had van een bankovervaller. Dus draaide ik me om en keek hem na. Zag dat hij de bank binnenging. Toen ben ik hem gevolgd.'

'Ja? En toen?'

'Wat je op de film ziet. Ik heb even binnen rondgekeken, zag dat meisje, zag dat alles rustig was. En ben weer naar buiten gegaan.' Hij keek hen lijdzaam aan. 'Ik ben gewoon weer weggegaan.'

Skarre zette een trillende lach in. Gurvin voelde diep in zijn ziel het gemis van collega's.

'Ik was nog niet buiten of hij sloeg toe. Let op.'

De man liep naar voren en pakte zijn gijzelaar vast. Even later weerklonk het schot. Gurvin hapte naar adem. Knipperde met zijn ogen en staarde hen ongelovig aan.

'We moeten dat meisje vinden', zei Sejer. 'Als we haar hier niet heelhuids uitkrijgen, lopen we het risico dat gijzelingen in de mode raken. Dat is zo ongeveer het ergste wat er kan gebeuren. En deze tape is zo erbarmelijk, dat het bijna onmogelijk is om haar te identificeren, tenzij ze in de loop van de dag als vermist wordt opgeven. En toch', hij spoelde de band terug, speelde de opname nog eens af, 'klopt er iets niet.'

'Wat dan?' vroeg Skarre.

'Iets aan de manier waarop ze reageert. Of eigenlijk, het uitblijven van een reactie. Ze schreeuwt niet, heft haar armen niet op. Het lijkt wel alsof ze in trance is. Alsof ze, met andere woorden, niet verrast is. Alsof ze op de aanval heeft gewacht. Misschien was het doorgestoken kaart.'

Skarre keek hem verbaasd aan.

'Stel dat het afgesproken werk was. Dat ze het samen deden. Dat ze gewoon zijn vriendinnetje was.'

'Ik denk niet dat ze zijn vriendin was', mompelde Gurvin onduidelijk. Hij staarde strak naar het flakkerende scherm.

'Die gijzelaar is een man. En hij heet Errki Johrma.'

*

De waarheid begon hem ineens te dagen. Drong plotseling als een harde stoot tot zijn bewustzijn door. Hij had een gek meegenomen!

Hij reed zo snel als hij kon zonder de aandacht te trekken. Hij bleef in zijn spiegeltje het verkeer in de gaten houden. Zijn hart ging nog steeds tekeer, zijn lichaam was stijf en gespannen en hij ververste alleen de bovenste lucht in zijn longen. Dat maakte hem duizelig. Hij loerde naar de man naast hem. 'Ik vraag het nog eens. Wat moest je zo vroeg op de ochtend al bij de bank?'

Errki hoorde kleine trommels. Ze sloegen een donderende roffel, waar geen maat in te herkennen was. Hij gaf geen antwoord. Opende en sloot zijn vuisten, staarde naar de bodem van de auto alsof hij iets zocht. De woorden verdwenen in het kabaal van de trommels. Niet bewegen, niets zeggen. Hij wiegde heen en weer en sloot zijn ogen.

'Ik vroeg wat je verdomme zo vroeg op de ochtend al bij de bank moest!'

Nu hoorde Errki de opgewonden stem. De man was bang. Hij prentte dit in zijn geheugen en begon voor zichzelf een antwoord te formuleren. Nestor luisterde naar zijn gedachten, hij moest het antwoord goedkeuren voordat hij het losliet. Daarom duurde het even. Nestor was een pietje precies. Nestor was...

'Ben je doof, man?'

Ben ik doof? dacht Errki. Dat was een nieuwe vraag, die om een nieuw antwoord vroeg. Hij verdrong de eerste vraag en begon aan de tweede te werken. Nestor luisterde nog steeds. De Jas hield zich voorlopig koest. Nee, dacht hij, ik hoor prima. Ik hoor zijn hartslag in zijn aderen bonzen, want op dit moment is de druk te hoog en hij gebruikt krankzinnig veel energie voor zoiets simpels als contact maken. Maar wil hij echt een antwoord hebben waar niet goed is over nagedacht? Het getuigt toch juist van respect, als je de tijd neemt voor een antwoord? Aan de andere kant... heeft hij respect verdiend? Heeft hij daar iets voor gedaan?

Onder bedreiging een jonge vrouw geld afhandig maken was geen prestatie, tenminste niet volgens Errki. Bovendien was hij bewapend. Maar de man was duidelijk onder de indruk van zijn eigen succes. Dat gaf zo'n druk dat zijn wangen ervan opbolden en nu moest hij de druk verlichten.

'Zou ik misschien een antwoord kunnen krijgen?'

Zijn stem, een mooie tenor, werd overstemd door de trommels. Ze maakten een rommeltje van de woorden en gaven zijn stem een schelle klank. Jammer, dacht Errki. Mannen maakten zich om andere dingen druk dan om hun stem. Hun spieren. Hun kapsel. Het juiste type jeans. Dat soort onbeduidende dingen. Errki merkte dat hij, zonder enige moeite, in staat was een volwassen man bijna tot waanzin te drijven. Door simpelweg te zwijgen. Mensen vonden het moeilijk als ze geen antwoord kregen. Als ze er niet achter kwamen wie je was. Wat je was. Errki zweeg.

De overvaller naast hem ademde zwaar. Zijn kroezige haar was nat van inspanning. Hij keek in het spiegeltje en remde af, zette de auto aan de kant. De motor liep. Hij wierp een blik op Errki en siste tussen zijn tanden door: 'Ik moet wat kleren uittrekken. Waag het niet ervandoor te gaan!'

Errki was niet van plan ervandoor te gaan. De revolver zat hem dwars. Hij voelde het ding als een priemende straal tegen zijn lichaam. Maar nu legde de overvaller het wapen op het dashboard, boven het stuur. Hij had moeite om zijn trui en daarna de corduroybroek uit te trekken, zijn wanten hield hij aan. De auto was klein, het was niet makkelijk. Hij hijgde en vloekte binnensmonds en zwoegde met de broek, maar uiteindelijk was hij klaar en nog bezweter dan tevoren. Nu droeg hij iets wat vast een soort camouflage moet zijn, dacht Errki. Nestor grinnikte zacht in de kelder. Onder zijn broek droeg hij een felgekleurde bermuda met vruchten en palmen, en hij had een blauw hemd aan met Donald Duck op zijn borst. Plotseling boog hij zich voor Errki langs en opende het handschoenenkastje. Pakte een zonnebril en zette die op zijn neus. Zijn vermomming was perfect. Errki kon zijn ogen niet van hem af houden. De stevige man zag er wonderlijk uit in die kleurige shorts. Nu deed hij zijn uiterste best om zijn stem onder controle te krijgen.

'Jij begrijpt dit niet, dus hou je smoel maar! Hou je smoel tot ik iets tegen je zeg!'

Errki had geen woord gezegd. Ondanks zijn leren jack en zwarte broek transpireerde hij niet. Hij deed zijn best om volstrekt stil te blijven zitten. Als hij zich volkomen roerloos hield, was hij bijna onzichtbaar.

'Jezus man, wat stink jij!'

Hij haalde zijn neus op om zijn afschuw te tonen en draaide het raampje verder open. Errki vroeg zich af of hij een antwoord wenste op die uitval of dat hij zomaar wat agressie kwijt moest. Voor de zekerheid hield hij nog steeds zijn mond. Bovendien zong Nestor zacht een mooi gezang en als die eindelijk een goed humeur had, kon je daar maar beter van profiteren. Hij dacht niet na over waar ze naartoe op weg waren of wat er verder zou gebeuren. Hij gebruikte al zijn krachten om zichzelf op te sluiten, om alles buiten te sluiten. Deze man. Dit moment. De revolver. Maar hij kon zijn handen niet stilhouden. Die openden en sloten zich onophoudelijk, steeds sneller.

'Kun je je handen niet stilhouden?' zei de overvaller geïrriteerd. 'Het ziet er gestoord uit. Ik word er verdomme hartstikke gek van!'

Nu begon Errki heen en weer te wiegen. Hij kon zich hier onmogelijk onzichtbaar maken, hij had een storm in de stoel naast hem die niet zomaar zou afnemen. Hij probeerde zich af te wenden. Staarde door het raampje naar buiten. De trommels vermoeiden zijn oren. Hij wuifde een beetje met zijn hand om de man tot zwijgen te manen.

'Misschien ben jij niet in geld geïnteresseerd', zei de overvaller, iets kalmer. 'Je begrijpt misschien niet waar je het voor kunt gebruiken?'

Errki luisterde. De man praatte zachter. Plotseling was hij zeer nabij, de vraag werd gekenmerkt door nieuwsgierigheid. *In geld geïnteresseerd.* Ja hoor, best wel. Maar hij had al een paar kronen in zijn binnenzak. Het antwoord was in zekere zin dus zowel ja als nee. Zou hij dat zeggen?

'Je ziet eruit alsof je uit een of ander gesticht bent weggelopen, als je het mij vraagt. Het is moeilijk om aan het echte leven deel te nemen. Er zijn er veel die weglopen. Maar ze komen met de staart tussen de poten weer terug. Hoe zit dat met jou? Ben jij ook zo iemand?'

Ben jij ook zo iemand? Het was bijna ontroerend hoe hij in bedekte termen probeerde uit te vinden wie hij was. Errki sloot zijn ogen weer. De stad verdween langzaam achter hen. Kwade bedoelingen of geen bedoelingen. Hij ontdekte dat hij er niet achter kon komen waar hij deze man moest plaatsen. Erwten, vlees en spek, dacht hij, bloed, zweet en tranen. Dat baarde hem zorgen.

De weg begon te stijgen. Een eindje verderop, links op de heuvel, was een uitzichtpunt. Hij herkende het, kende dit gebied. Hij had hier jarenlang langs de wegen gezworven, en deze weg was er een van. Ze reden een tunnel in en de coupé werd plotseling in duisternis gehuld. Meteen werd de chauffeur nerveus, alsof hij een onverwachte aanval vreesde. Hij reed met de revolver in zijn rechterhand. Ineens rukte hij de zonnebril van zijn hoofd, het drong tot hem door hoe donker het was. Toen waren ze er alweer uit. Errki knipperde met zijn ogen. Ze waren nu nog slechts een kilometer verwijderd van de tolpoort. Hij zou moeten stoppen en betalen, of dwars door de versperring moeten rijden, wat trouwens niet meer was dan een houten slagboom, rood en wit geverfd. Die gedachte was blijkbaar ook tot de chauffeur doorgedrongen. Hij begon vaart te minderen.

'Haal geen geintjes uit!' snauwde hij.

Dat kwam niet in Errki's hoofd op. Hij probeerde roerloos te blijven zitten, onzichtbaar te zijn, maar zijn lichaam leek een eigen leven te leiden en wilde niet gehoorzamen.

De chauffeur remde. Hij had een besluit genomen. Plotseling sloeg hij linksaf en reed in de richting van het uitzichtpunt. Het was Errki niet duidelijk wat hij van plan was als ze boven aankwamen, maar het was rustig op de weg. Het was vroeg en het was boven vast nog uitgestorven. De overvaller omklemde de revolver en veegde met de rug van zijn hand het zweet van zijn voorhoofd. Naarmate ze hoger kwamen spoot er meer zand en stof op achter de auto. Ze waren al vrij hoog boven de hoofdweg en de auto's beneden leken net felgekleurd speelgoed. Hij maakte een laatste krappe bocht en stuurde op de balustrade af. Vanhier konden ze zo op de tolpoort kijken. En ze zagen het allebei tegelijk. Vlak voor het tolhuisje stonden twee politieauto's in de berm. De overvaller hapte naar adem en er klonk een sissend geluid toen hij vervolgens de lucht tussen zijn opeengeklemde tanden liet ontsnappen. Hij zette de auto in zijn achteruit en reed weg van de balustrade. Stopte weer. Begon met de revolver tegen het stuur te slaan. Errki kon de chaos in zijn hoofd horen. Hij was bezig zich op te blazen, het zweet spatte zowat van zijn voorhoofd en zijn hart werkte op het randje van wat het kon verdragen. Een klein scheurtje in zijn halsslagader en het bloed zou als een rode straal naar buiten spuiten, helemaal tot aan de slagboom.

'Oké, makker. Wat stel jij voor?'

Makker. Wat een zielige benaming. De stumper was ten einde raad, dit was bijna ondraaglijk. Errki wilde weg. Hij draaide voorzichtig zijn hoofd om en keek naar het bos, waar een bochtig weggetje omhoog ging. Hij deed het snel en bijna ongemerkt, maar de overvaller zag het toch. Hij tuurde dezelfde kant op. Zijn hersenen begonnen weer te werken. Hij zette de auto in de versnelling, keerde en reed de parkeerplaats over. De eerste vijftien tot twintig meter was het weggetje breed genoeg om erin te rijden, daarna versmalde het tot een goed belopen pad. Toen hij stopte, was de auto onzichtbaar vanaf het uitzichtplatform, verborgen tussen het dichte gebladerte. Hij draaide zich om en pakte de tas van de achterbank.

'We gaan lopen.'

Errki bleef zitten. De overvaller stapte uit, liep om de auto heen en wenkte met zijn wapen.

'Jij eerst. De grond is droog en goed te belopen. Ik kan hier in het bos wachten tot het donker wordt. Die politieversperring blijft daar niet lang staan, daar hebben ze niet genoeg mensen voor. Kom op! Een beetje tempo, graag.'

Niet bewegen, niets zeggen. Hij hoorde vaag het gewapper van de Jas die wakker was geworden. Nestor bracht hem op de hoogte van de laatste details. Hun gelach galmde binnen in hem, zodat zijn hele lichaam vibreerde. Hij legde een hand op zijn borst om de druk te verminderen.

'Wat heb je? Je hoeft niet te doen alsof je niet goed wordt, daar trap ik heus niet in. Kom verdomme uit die auto!'

Errki stapte moeizaam uit. De overvaller liep naar de achterkant van de auto, opende de kofferbak en keek erin. Een onbeheerst ogenblik was Errki bang dat hij zou worden opgesloten in de piepkleine bagageruimte, waar hij zich niet kon bewegen en niets kon zien. Maar de overvaller rommelde wat rond en haalde er iets uit. Een pakje van plastic. Hij maakte het open en trok er een parkeerhoes uit. Keek op naar het groene gebladerte. De hoes was groen. Hij keek naar Errki.

'Doe dit over de auto. Hij moet aan de onderkant worden vastgehaakt. Dan is de auto bijna onzichtbaar. Hoe langer het duurt voor ze hem vinden, des te beter.'

Hij gooide de hoes naar hem toe. Errki bleef met de groene stof in zijn handen staan. De hoes was van nylon, dun en glad en onhandelbaar, de stof gleed uit zijn slappe handen en viel op de grond.

'Kom op. Je moet hem eerst helemaal uitvouwen en dan trek je hem over de auto heen.'

Errki legde de groene doek op de grond en nam de tijd om hem helemaal open te vouwen. Aan iedere hoek hing een lus met een metalen haak eraan. Toen tilde hij hem aan een kant op en probeerde hem over de motorkap te leggen. De hoes gleed er onmiddellijk weer af. Hij had nog nooit zoiets akeligs in zijn handen gehad als deze groene, gladde stof, het was weerzinwekkend.

'Verdomme man, aan jou heb ik ook niks!'

Errki probeerde het opnieuw. Hij voelde de loop van de revolver als het ware constant in zijn zij steken. Uiteindelijk bleef de stof op het dak van de auto liggen, maar toen hij de hoes aan de zijkant rechttrok gleed hij er weer af. De overvaller zweette en gromde hartgrondig over al dit gestuntel. Hij stak de revolver in de band van zijn shorts, rukte de hoes uit zijn handen en trok hem in een paar seconden op zijn plaats. Toen nam hij het wapen weer in zijn hand.

'We moeten jou maar zo snel mogelijk terug in het gesticht zien te krijgen. Kun je je eigenlijk wel zelf aankleden? Of draag je die kleren altijd? Daar lijkt het wel op. Kom op, lopen.'

Eindelijk, eindelijk mocht Errki lopen. Hij kon goed lopen, kon uren achtereen lopen. Hij kwam in een ritme dat hem kalmeerde, zwaaiend en waggelend tegen de helling op. Achter hem liep de overvaller met opgeheven revolver, de tas over zijn schouder. De tas met geld. Het pad werd smaller, het bos sloot zich om hen heen, er viel slechts weinig licht door de bladeren. De overvaller werd rustiger. Voelde zich veiliger, ver weg van de mensen. Niemand kon hen hier zien, dit had hij veel eerder moeten bedenken. Ze zouden niet in het bos zoeken, alleen de wegen en de auto's controleren.

En hij had zijn belofte gehouden. Hij had het geld.

Errki stapte flink door, de overvaller kwam hijgend achter hem aan. Het was warm en de tas was best zwaar. Er zat een draagbare radio in, een fles whisky om het succes te vieren, een doosje munitie en het geld.

'Loop eens wat langzamer, er komt niemand achter ons aan.'

Maar Errki liep door. Achter zich hoorde hij de ander zwoegen om hem bij te houden. Al na een paar honderd meter hijgde hij enorm, het ging vrij steil omhoog en het terrein werd steeds ruwer.

'Hé, wacht eens even! Ik ben hier de baas!'

Drie trommels sloegen een roffel, ernstig uit de maat. Errki hoorde Nestor een klodder slijm ophoesten, zijn reactie op die uitspraak. Hij liep door, minderde geen vaart. Errki had maar één snelheid, óf hij liep snel, óf hij lag uit te rusten. Toch ging het na verloop van tijd iets langzamer, want het pad steeg geleidelijk naar een bergrug. Vanaf de top konden ze op de rijksweg kijken, of de politie er nog stond. Zijn magere lichaam zwaaide en slingerde heen en weer, de ander liep met verbeten passen. Hij was gespierder dan Errki, maar had weinig uithoudingsvermogen. Na een tijdje kwam ook de overvaller in een ritme. Bovendien waren zijn spieren warm geworden. En hij had een tas vol met geld. Hij voelde zich even de koning te rijk en besloot zijn vreugde te delen met de idioot. Hij kuchte luid.

'Hoe heet je?' riep hij.

Zijn stem klonk bijna vriendelijk. De vraag liet een futloos geklepper na, alsof zijn trommelvlies los zat. Errki zweeg, maar liep door. Het klonk onschuldig, maar je kon het nooit zeker weten. Nestor zat gehurkt in het halfduister en keek naar hem op. Het vuur in zijn ogen verspreidde een zacht, blauw licht.

'Dat kan je me toch wel vertellen!' hield de man achter hem vol en snoof beledigd. 'Als je nu niet snel antwoord geeft, denk ik echt dat je doofstom bent of zoiets. Of ben je misschien een buitenlander? Zo zie je er wel uit. Een *tater*, bijvoorbeeld. Of een zigeuner. Maar dat is misschien hetzelfde. Geef verdomme eens antwoord!'

Errki week uit naar links, omdat er een grote omgevallen populier over het pad lag. Hij werkte zich door het struikgewas heen en duwde met zijn dunne armen groene takken en bladeren opzij. De man achter hem had er nog meer moeite mee, hij moest met zijn ene hand de tas vasthouden, terwijl hij in zijn andere de revolver had. Hij was geen moment op de gedachte gekomen om zijn armen door de hengsels te steken en de tas als een rugzak op zijn rug te dragen. Ze kwamen weer op het pad. Zagen dat het verderop lichter werd.

'Aangezien jij zonodig je mond moet houden, zal ik maar wat loslippiger worden.'

Hij hoorde dat de overvaller achter hem bleef staan.

'Ik heet Morgan.'

Errki luisterde. Hij zei Morgan met scherpe medeklinkers, alsof het een naam was die hij al lang had willen hebben. Zo heette hij in ieder geval niet. Nestor gniffelde. Het klonk alsof iemand plechtig een dure wijn inschonk. Je kon van Nestor zeggen wat je wilde, maar stijl had hij. Errki liep onvermoeibaar verder en hoorde de ander, die zo graag Morgan wilde heten, achter zich roepen.

'We stoppen even. We hebben geen haast!'

Errki liep door.

'Nu stop je, of ik schiet!'

Doorlopen. Hij schiet niet.

Errki draaide zich om. Morgan keek naar zijn gezicht en moest aan een droog stuk graniet denken. Hij glimlachte niet, hij beefde niet, zijn uitdrukking was volkomen doods, hij knipperde niet eens met zijn ogen. Hij voelde een groeiend onbehagen. Een doofstomme, uitgestreken idioot, die liep als een robot. Wat was dit in godsnaam voor iemand?

'Wacht daar boven op die top. We moeten even rusten.'

Doe wat hij zegt. Ziekte, dood en ellende.

Nestor fluisterde tussen dunne lippen door. Errki gehoorzaamde. Hij zette koers naar een grijs rotsblok, twintig, dertig meter verderop.

Morgan was moe. Het wapen gaf hem niet de verwachte totale macht. Hij moest even een giftige vonk kwijt.

'Sorry dat ik het zeg, hoor, maar je loopt verdomme als een vrouw!'

Errki bleef ineens staan. Er kwam een gedachte in zijn hoofd op.

Terg de krokodil niet, voordat je de rivier over bent.

*

Sejer staarde Gurvin aan, met stomheid geslagen.

'Kun je dat herhalen?'

'Dat kan ik wel, maar je hebt het goed verstaan.'

'Je zegt dat de gijzelaar dezelfde persoon is als de patiënt die uit Het Baken is ontsnapt en die gezocht wordt in verband met de moord op Halldis Horn?'

Gurvin maakte een bevestigend gebaar. 'Heel zeker. Leuke verrassing voor die overvaller.'

Sejer moest een blik uit het raam werpen om zich ervan te vergewissen dat het uitzicht nog hetzelfde was. Hoe zag de huidige situatie er nu uit? Hij keek Gurvin aan. 'Maar is hij gevaarlijk?'

'Dat weten we niet zeker.'

'Wanneer is hij eigenlijk ontsnapt?'

'Eergisteren, 's nachts. Door een raam.'

Sejer startte de video weer en zette de band stil toen hij de gijzelaar scherp in beeld had.

'Ik dacht dat het een meisje was', mompelde hij.

'Dat snap ik wel', zei Gurvin. 'Dat komt door de manier waarop hij zijn hoofd houdt en hoe hij loopt. En door dat lange haar.'

'Is hij allang ziek?'

'Zolang ik me kan herinneren.'

'Schizofreen?'

'Waarschijnlijk.'

Sejer stond op en deed een paar stappen om de informatie te verwerken. 'Ja, dan heeft hij wel een verrassing gehad. We zitten dus met twee gezochte mannen, de een ernstig psychisch gestoord, mogelijk een moordenaar, de ander een wanhopige overvaller met een wapen dat op scherp staat. Leuke combinatie. Misschien sluiten ze een pact.'

'Niemand sluit een pact met Errki.'

Sejer keek hem ernstig aan. 'Psychiatrisch ziekenhuis Het Baken? Heb je zijn arts gesproken?'

'Alleen een verpleegkundige die bevestigde dat hij was ontsnapt. De arts heb ik nog niet te pakken gekregen.'

'En die jongen die Halldis Horn heeft gevonden, die hem op de plaats delict heeft gezien... is die betrouwbaar?'

'Over het algemeen waarschijnlijk niet. Hij woont in kindertehuis Jongensheuvel. Maar wat deze observatie betreft, ben ik vrij zeker. Ik moet toegeven dat ik twijfelde toen hij bij mij op kantoor kwam. Hij leek een beetje manisch, in feite. Maar dat klopte dus. Als het om Errki gaat, twijfelt men niet. En de jongen weet heel goed wie Errki is.'

'Wat deed hij zo vroeg op de ochtend in die bank? Zijn uitkering halen?'

'Geen idee. Ga er maar vanuit dat de overvaller hetzelfde heeft gevraagd en ik denk niet dat hij een zinnig antwoord heeft gekregen. Ik zou heel graag weten wat die twee momenteel uitspoken. Mijn fantasie laat het afweten', zei Gurvin ernstig.

'Als ze überhaupt nog samen zijn. Misschien heeft hij Johrma uit pure schrik laten lopen.'

'Dat zou me niet verbazen.'

'En als hij wel is vrijgelaten, komt hij zich hier natuurlijk niet melden. Hoe moeten we dit in godsnaam aanpakken?'

Hij sloeg een map op zijn bureau open en las hardop: 'Er is een melding binnengekomen dat er in Frydenlund een witte Renault Mégane is gestolen. Splinternieuw, afgelopen nacht. Ze zijn in een soortgelijke auto verdwenen, het zou deze kunnen zijn. Misschien zijn ze in een andere auto verder gereden. Misschien heeft hij Johrma laten lopen. Laten we het hopen.'

De ander zweeg. Overvallers konden heel verschillend zijn, zelden waren ze echt gevaarlijk, maar daar konden ze niet van uitgaan.

'Kan Johrma überhaupt worden verhoord?'

Gurvin haalde zijn schouders op. 'Ik neem aan van wel, als er een arts bij aanwezig is. Maar ik denk dat we nauwelijks antwoord op onze vragen krijgen. In ieder geval niet een begrijpelijk antwoord. En als hij het echt heeft gedaan, dan wordt hij waarschijnlijk niet eens veroordeeld.'

'Nee, dat zal wel niet.' Sejer wreef hard in zijn ogen en opende ze weer. 'Hij was gedwongen opgenomen?'

'Ja.'

'Dus hij is gevaarlijk?'

'Dat weet ik niet. Het kan best zijn dat hij in de eerste plaats een gevaar voor zichzelf was.'

'Zelfmoordpogingen?'

'Geen idee. Je moet maar met zijn arts praten. Hij was al een paar maanden opgenomen, dus ze zullen wel iets van hem weten. Hoewel ik betwijfel of er überhaupt iemand in staat is iets over hem te weten te komen. Op mij komt hij over als een chronisch geval. Toen hij klein was, was hij al anders.'

'Leven zijn ouders nog?'

'Zijn vader en zijn zus. Ze wonen in Amerika.'

'Heeft hij een eigen woning?'

'Een flatje van de sociale dienst. Daar zijn we al geweest. Ik heb contact gehad met een van de bewoners, die heeft beloofd te bellen als hij opduikt, maar tot nu toe is hij daar niet geweest.'

'Is hij Fins?'

'Zijn vader. Errki is geboren en getogen in Valtimo. Ze kwamen naar Noorwegen toen Errki klein was.'

'Verwikkeld geweest in drugs?'

'Niet dat ik weet.'

'Goede lichamelijke conditie?'

'Absoluut niet. De krachten zitten ergens anders.' Gurvin wees met zijn wijsvinger naar zijn voorhoofd.

Skarre staarde naar het televisiescherm. Hij probeerde tevergeefs de ogen onder het zwarte haar te vangen.

'Ergens begrijp ik het nu beter, als ik naar die film kijk', zei hij. 'Hij gedraagt zich niet zoals je zou verwachten van iemand die in een bank overvallen en gegijzeld wordt. Hij verzet zich niet. Zegt geen woord. Wat denk jij dat er in zijn hoofd omgaat?'

Skarre keek op naar de wachtmeester en wees naar het scherm.

'Hij luistert ergens naar.'

'Innerlijke stemmen?'

'Daar lijkt het op. Ik heb zelf wel vaker gezien hoe hij al lopend met zijn hoofd knikt, alsof hij intensief naar een soort innerlijke dialoog luistert.'

'Maar praat hij helemaal niet?'

'Een doodenkele keer. Hij praat op een vreemde plechtige manier, meestal begrijpen de mensen niet wat hij zegt. En die desperado met die muts daar zal er ook niet veel van begrepen hebben, als ze überhaupt een woord hebben gewisseld.'

'Kent hij de streek goed?'

'Heel goed. Hij zwerft altijd langs de wegen. Een enkele keer probeert hij te liften, maar er zijn niet veel mensen die durven te stoppen. Hij houdt ervan om met de bus te reizen, of met de trein. Maakt niet uit waarheen. In beweging zijn. Slapen doet hij waar het hem uitkomt. Op een bank in het park. In het bos. In een bushokje.'

'Geen vrienden?'

'Die wil hij niet hebben.'

'Heb je hem daarnaar gevraagd?' vroeg Sejer plotseling.

'Je vraagt Errki niets. Je blijft bij hem uit de buurt', zei Gurvin eenvoudig.

Sejer dacht na. De zon glinsterde in zijn korte haar. Hij deed Gurvin aan de Griekse asceten denken, miste alleen nog de beroemde lauwerkrans rond zijn kruin. Lange tijd zat hij afwezig voor zich uit te kijken, terwijl hij discreet aan zijn elleboog krabde.

'Ik dacht dat er alleen maar bejaarden in Het Baken zaten', zei hij ten slotte.

'Vroeger', zei Gurvin. 'Nu is er een jongerenafdeling met veertig patiënten, verdeeld over vier eenheden, waarvan er één beschermd is. Of gesloten, zoals wij zeggen. Bij de bewoners gewoonlijk Het Scherm genoemd. Ik ben er een keer geweest met iemand van Jongensheuvel.'

'Ik moet erachter komen wie Errki's arts is en een praatje met hem maken. Waarom is het zo moeilijk om te zeggen of hij gevaarlijk is of niet?'

'Er gaan zoveel geruchten.' Gurvin keek hem aan. 'Hij is iemand die overal de schuld van krijgt. Ik ken geen enkele situatie waarbij hij betrokken is geweest die crimineel genoemd kan worden, afgezien van zwartrijden met de trein en winkeldiefstal. Maar nu ben ik daar niet meer zo zeker van.'

'Wat pikt hij?'

'Chocolade.'

'En hij heeft geen contact met zijn familie?'

'Errki wil hen niet zien en ze kunnen hem ook niet helpen. Zijn vader heeft zijn zoon opgegeven als een hopeloos geval. En dat kun je hem niet verwijten. Voor Errki is er gewoon geen hoop meer.'

'Het is misschien maar goed dat zijn arts je niet kan horen', zei Sejer zacht.

'Mogelijk. Maar hij is al bijna zijn hele leven ziek. In elk geval sinds zijn moeder zestien jaar geleden overleed. Dat zegt toch iets.'

Sejer stond op en schoof de stoel aan. 'Laten we een kop koffie gaan halen. Vertel me alles wat je weet.'

*

Kannick troonde als een enorme boeddha op het bed. Het verbaasde de toehoorders die in een halve cirkel op de grond om hem heen zaten dat hij, ondanks al zijn kilo's, met gekruiste benen kon zitten. In eerste instantie had niemand hem geloofd. Het was moeilijk te geloven dat Kannick echt diep in het bos een lijk had gevonden. Een in mootjes gehakt lijk nog wel. Dat zei hij tenminste. In mootjes gehakt. Het was vooral moeilijk voor Karsten, die de oudste was en een soort alleenrecht op de waarheid had. Zijn gezicht toen Margunn het verhaal bevestigde stond Kannick nog helder voor ogen. Het was een van zijn grote overwinningen. Nu wilden ze alles horen, uit Kannicks mond, tot in detail. Maar ze waren allemaal lang genoeg op Jongensheuvel om te weten dat je hier op aarde niets gratis kreeg en de cadeaus lagen dan ook voor hem op de deken. Een dikke reep melkchocolade, een roze Hubba Bubba, een zak chips en een doosje mokkaboontjes. En nog tegoed: tien sigaretten en een wegwerpaansteker. Iedereen wachtte met schitterende ogen en Kannick snapte heel goed dat ze zich niet zouden laten afschepen met een droog, correct verslag. Ze wilden bloed zien, niet meer en niet minder. Bovendien kenden ze Halldis. Hier was geen sprake van een krantenberichtje, hier was sprake van een levend mens. Dat was ze in ieder geval geweest.

Het was Kannick verboden om over de moord te praten.

Margunn wilde niet dat de jongens al te opgewonden werden. Ze waren al druk genoeg van zichzelf, het kostte al genoeg moeite om het bonte gezelschap in toom te houden, met de weinige middelen die hen ter beschikking stonden.

Kannick kneep zijn donkere blauwe ogen dicht. Hij besloot om bij Simon te beginnen en te eindigen bij Karsten. Simon was nog maar acht jaar en deed denken aan een halfgesmolten chocolademuis. Net zo zoet en donker en zacht.

'Ik was op pad met mijn handboog', begon Kannick, terwijl hij zijn ogen in die van Simon boorde. 'Ik had net met mijn tweede pijl een vette kraai geschoten. Ik heb twee jachtspitsen in een geheim vakje in mijn koffer, die heb ik in Denemarken besteld. Tegen niemand zeggen. Ze zijn verboden in Noorwegen', zei hij gewichtig.

Karsten trok het lijdzame gezicht dat alleen hij kon trekken.

'De vogel landde als een zak suiker voor mijn voeten. Er was geen levende ziel te zien in het bos, maar ik had het rare gevoel dat er iemand in de buurt was. Jullie kennen mij. Jullie weten dat ik altijd in het bos ben. Ik voel het als er iets is. Dat komt misschien omdat ik zo vaak tussen de dieren ben.'

Hij haalde adem en was redelijk tevreden over deze dramatische opening. Simon hing aan zijn lippen. Ze durfden amper te zuchten, bang dat hij de draad van zijn verhaal kwijt zou raken.

'Ik liet de kraai liggen en liep op mijn gemak omlaag naar de boerderij van Halldis.'

Hij richtte zich nu tot Sivert, een sproetige elfjarige met een vlecht in zijn nek. 'Daar was het vreemd stil. Halldis is altijd vroeg op, dus ik keek of ik haar ergens zag. Dacht dat ze me misschien wel een glas limonade of zo zou geven. Er was geen mens te bekennen. Maar de gordijnen waren open, dus ik dacht dat ze misschien net als anders koffie zat te drinken en de krant las.'

Jan Farstad, kortweg Jaffa, keek Kannick recht in de ogen en wachtte gespannen.

'En dan', ging hij verder, 'zou ik ook een zelfgebakken boterham met *prim* kunnen bietsen. Ik heb eens acht boterhammen gegeten toen ik een keer bij Halldis was, maar daarna kreeg ik er niet meer.'

Hij knipperde even met zijn ogen bij de gedachte aan deze pijnlijke herinnering.

'Kom eens ter zake!' riep Karsten, met een strakke blik op de mokkabonen, zijn eigen bijdrage die daar op de deken lag.

'Ik zag haar meteen toen ik langs de waterput liep. En ik kan jullie vertellen,' hij slikte moeizaam, 'dat dat beeld me de rest van mijn leven zal blijven achtervolgen.'

'Ja maar, wát zag je dan!'

Karstens stem sloeg over. Hij was de enige onder de jongens die al een snorretje begon te krijgen en de eerste jeugdpuistjes naast zijn neusvleugels had.

'Ik zag het lijk van Halldis Horn!' zei Kannick lijzig en ademde uit, omdat hij soms vergat te ademen. 'Op haar rug op de drempel. Met een hak in haar oog. En uit het gat stroomde zuivere hersensubstantie. Dat zag er trouwens uit als havermout.' Hij kreeg plotseling een wazige blik in zijn ogen.

'Wat is hersensubstantie?' vroeg Simon zachtjes.

'De hersenen, natuurlijk', zei Karsten geprikkeld.

'Hersenen kunnen toch niet stromen?'

'Ja hoor, die stromen hartstikke. Dat wist jij niet, hè, dat het zo dun is als soep, wat jij tussen je oren hebt.'

Simon plukte aan een draad van zijn hemd en ging daarmee door tot die brak.

'Ik heb een keer hersenen gezien, in een glazen pot. Die stroomden helemaal niet.'

Zijn stem had een pruilerige en tegelijkertijd enigszins angstige toon, omdat hij het had gewaagd om in dit ervaren gezelschap ergens tegenin te gaan. Als je de kleinste bent, ben je nu eenmaal de kleinste.

'Nee, die stroomden niet, amateur, omdat die gefixeerd waren. En dan wordt het een soort paddenstoel en die kunnen ze dan in dunne plakjes snijden. Dat heb ik op televisie gezien.'

'Wat is gefixeerd?' vroeg Simon weer.

'Gestold', zei Karsten. 'Ze gieten er iets overheen waardoor het stolt. Maar dat hoeven ze met de hersenen van Kannick niet te doen. Die zijn allang gestold.'

'Hou eens op! Laat Kannick z'n verhaal vertellen.'

Ditmaal was het Philip die hem onderbrak. Als die twee begonnen te kibbelen, kregen ze wellicht nooit het einde te horen. Margunn kon ieder moment binnenkomen. Niet dat ze serieus geloofde dat ze zich aan het verbod zouden houden, ze wist wel beter, ze kende hen. De vraag was hoeveel tijd ze zouden krijgen. Hoeveel details.

Kannick wachtte met het geduld van een dominee, terwijl hij ondertussen naar de inkomsten loerde die voor hem op het bed lagen. Hij besloot bij zichzelf om met de mokkabonen te beginnen.

'Het lichaam begon al te rotten', ging hij verder, met extra nadruk op 'rotten'.

'Wát?' Karsten blies door zijn neus. 'Lul niet zo! Het duurt toevallig wel een paar dagen voordat een lijk begint te rotten. Als Errki nog niet eens had weten weg te komen, dan hoef je mij niet wijs te maken...'

'Weet je wel hoe warm het daar was?'

Kannick boog zich naar voren en zijn stem beefde van verontwaardiging. 'Met deze hitte begint het binnen een paar minuten te rotten.'

'Daar weet je niks van. Ik zal het aan de politie vragen, als ze hier komen. Maar jij bent vast niet erg belangrijk, Kannick, want anders waren ze hier allang geweest.'

'De wachtmeester zei dat ze zeker zouden komen.'

'Dat zullen we dan nog wel eens zien. Maar dat ze begon te rotten geloven we niet. Bovendien heb ik betaald voor de waarheid.'

'Prima! Ik kan de ergste dingen overslaan. Er zijn tenslotte kleine kinderen bij. Maar terug naar de hak...'

'Wat voor hak was het?' Dat was Philip weer.

'Zo-eentje waar je mee in de grond hakt. Om aardappelen te rooien en onkruid te wieden. Zag er uit als een bijl, met een langere steel. Het kon trouwens net zo goed een bijl zijn geweest, want het scheelde niet veel of haar hoofd was in tweeën gehakt. En haar oog hing los langs haar wang, aan een draadje, en...'

Karsten sloeg zijn ogen ten hemel. 'Je hebt te veel videofilms gezien. Vertel liever over Errki', zei hij.

'Wie is Errki?' vroeg Simon weer. Hij kwam van buiten de stad en woonde nog niet zo lang op Jongensheuvel.

'De schrik van het bos', grinnikte Karsten. Hij krabde aan een van zijn puistjes.

'Hij komt er vast mee weg. Hij komt overal mee weg. Bovendien is hij zo gek als een deur en gekken worden nooit veroordeeld. Die zitten in een gesticht, pillen te slikken, en dan worden ze weer vrijgelaten en dan gaan ze gewoon weer verder met moorden. Als ze hem in een dwangbuis zouden stoppen, zou hij zijn tanden gebruiken om te doden.'

'Komt hij weer vrij?' vroeg Simon bezorgd.

'Hij is al vrij, stommerd. Ze hebben hem immers nog niet gevonden.'

'Waar is hij dan?'

'In het bos.'

Simon keek angstig door het raam naar de boomtoppen.

'Errki is krankzinnig. Maar krankzinnig is niet hetzelfde als dom', zei Kannick nadenkend. 'Hij heeft gezien dat ik hem zag. Misschien komt hij achter mij aan. Ik zou eigenlijk politiebescherming moeten hebben.'

Hij gluurde hen met bezorgde ogen aan, om te zien of deze opmerking wel doel trof. Of ze wel begrepen wat het betekende om zo'n dreiging boven je hoofd te hebben hangen. Om een wraakzuchtige gek op je hielen te hebben. Erger kon het niet worden.

'Puh. Hij is er vast al vandoor. Zoals je zelf al zegt is hij niet dom. Hoe zag hij eruit?' wilde Karsten weten. 'Zat er bloed op zijn kleren?'

'Hij stond achter een boom', zei Kannick zacht. 'Hij stond op zo'n gekke manier, met zijn handen langs zijn lichaam, starend. Hij heeft van die vreemde ogen. Mijn oom houdt Groenlandhonden en Errki heeft net zulke ogen als die honden. Wit, lijkt het wel, net als van dode vis.'

Hij dacht terug aan het noodlottige moment, toen hij met bonkend hart op het erf van Halldis stond en angstig naar het bos staarde, naar de zwarte bomen, en plotseling die vreemde gestalte tussen de stammen zag. Eerst was alles stil, maar toen was er een beweging en boog er langzaam iets zwarts naar voren, en toen pas zag hij dat het een gezicht was. Een wit gezicht met een starende blik. Als het de duivel zelf was geweest, zou hij niet banger zijn geweest. Hij rende als een haas de weg af, wilde de koffer met de handboog loslaten, maar kon het niet, rende verder, zonder achterom te kijken.

'Heeft hij wel eens eerder iemand vermoord?' wilde Jaffa weten, hij bevrijdde zijn lichaam uit de lotushouding en strekte zijn stijve benen.

'Eerst zijn moeder. En toen die ouwe man bij de kerk', zei Kannick overtuigd. 'En toch loopt hij nog vrij rond. Het is onverantwoord om een huis als dit,' met zijn ogen omvatte hij de kamer en het erf, 'een huis vol met minderjarigen, in een dorp neer te zetten waar een massamoordenaar woont.'

'Idioot', zei Karsten nadrukkelijk. 'Dit huis was er eerst, daarna werd Errki pas gek.'

'Maar waarom wordt hij dan niet opgesloten?' vroeg Simon angstig.

'Hij was opgesloten. Maar hij is ontsnapt. Hij heeft waarschijnlijk een bewaker op zijn kop geslagen en de sleutels gejat.'

Simon had meer stof tot nadenken gekregen dan goed voor hem was. Hij schoof ongemerkt naar Karsten toe en leunde tegen hem aan.

'Rustig maar, Simon. Er zit een slot op de deur', stelde de oudste hem gerust. 'Bovendien blijft Errki nooit lang op dezelfde plek. Hij zwerft rond. Op dit moment is hij vast op weg naar de stad, om daar weer iemand te vermoorden.'

'Wie dan?' zeurde Simon.

'Zomaar iemand. Hij hoeft iemand niet te haten om hem te doden.'

'Ja maar, waarom vermoordt hij dan mensen?'

'Dat moet hij. Dat is een innerlijke drang.'

Simon wilde iets vragen over die 'innerlijke drang', maar zijn moed liet hem in de steek. Kannick pakte het doosje mokkaboontjes en maakte het open. Pakte het stukje golfkarton weg dat bovenop lag en liet het doosje gul rondgaan. Zijn nieuwe status overrompelde hem. Nog nooit had iemand zo lang stilgezeten om naar hem te luisteren. Ze deden allemaal een graai in het doosje en korte tijd was alleen hun gesmak te horen.

Karsten baalde. Hij kon het niet verkroppen dat hij het lijk niet had gevonden. Dat het die stommerd van een Kannick moest zijn, dat híj een dode had gezien, hoewel hij twee jaar jonger was dan hijzelf, en bovendien was hij te dik. Geen van de anderen had ooit een lijk gezien.

'Had ze haar ogen open?' vroeg hij kortaf.

Kannick kauwde en dacht even na. 'Wijdopen. Het ene oog dat nog over was.'

Plotseling mengde Philip zich in het gesprek. 'Ik heb eens over een meisje gehoord, dat een pop had die 's nachts levend werd. De nagels van die pop begonnen te groeien. Toen het meisje 's morgens wakker werd was ze blind. De pop had haar ogen uitgekrabd.'

'We hebben het hier niet over een videofilm!' schreeuwde Kannick geërgerd. 'Dit is echt gebeurd. Het probleem met jou is dat jij werkelijkheid en fantasie niet uit elkaar kunt houden. Daarom zit je hier, maar dat wist je zeker niet.'

Hij sloot zijn ogen om het zich beter te kunnen herinneren. 'Haar oog had een geschrokken uitdrukking, alsof ze de duivel had gezien.'

'Dat scheelde ook niet veel', zei Karsten droog. 'Ik vraag me af of hij iets tegen haar heeft gezegd voordat hij het deed. Of dat hij gewoon naar voren is gestormd en op haar heeft ingehakt. Lag ze op de drempel?'

'Ja.'

'Met haar hoofd buiten op de trap of binnen in de gang?'

'Buiten op de trap.'

'Dan was hij dus binnen', dacht Karsten. 'Hij zal wel naar chocolade hebben gezocht.'

'Als hij het had gevraagd, had hij vast wat gekregen.'

'Errki vraagt niet, hij neemt. Dat weet iedereen.'

Plotseling schrokken ze allemaal. De deur ging open en daar stond Margunn.

'Wat gezellig is het hier!'

Ze bekeek het groepje jongens dat in plechtige stilte chocolade kauwde. Niemand zou kunnen zeggen dat ze niet in staat waren om gezelligheid en sfeer te scheppen, zelfs in dit zielloze oord. Ze snapte heel goed waar ze mee bezig waren, toch was ze trots.

'Wie vertelt er sprookjes?'

Ze knipperde onschuldig met haar ogen. Alle jongens staarden naar de vloer. Het was alsof ze allemaal vleugels kregen, zelfs Karsten knipperde onschuldig met zijn ogen.

'Ik trakteer jullie op cola.'

Ze verliet de kamer weer.

Kannick moest ook aan die innerlijke drang denken, terwijl zijn bloedsuiker langzaam naar acceptabele hoogten steeg en hij voelde de heerlijke loomheid die alleen snoep hem kon geven. Het maakte hem heerlijk moe en een beetje suf, een vage roes. Een roes waarin hij rust vond. Hij wist niet waarvan, maar hij kreeg er nooit genoeg van.

'Het zal wel weer cola light zijn', zuchtte hij en scheurde het zakje Hubba Bubba open. Er was precies genoeg voor iedereen. Zijn gulheid kende vandaag geen grenzen. En de moord op Halldis had hen samengebracht op een manier die ze niet gewend waren. Gewoonlijk waren ze een tamelijk verdeeld en ruzie-achtig groepje, waar iedereen aan elkaar rukte en trok en iedereen voor zijn eigen erbarmelijke positie in de kleine, uitgestoten gemeenschap vocht. Ze droomden niet meer van een toekomst, afgezien van Simon, die een rijke oom scheen te hebben. Hij had laten doorschemeren dat Simon bij hem op de boerderij mocht komen wonen, waar hij dertig renpaarden had. Maar eerst moest hij nog een straf van vier maanden uitzitten, wegens onregelmatigheden in de boekhouding, en hij wilde de jongen niet ophalen zolang hij nog op de wachtlijst stond, zoals hij zei. Ze zouden samen een nieuwe start maken, maar dan moesten alle hindernissen uit de weg geruimd zijn.

Margunn kwam weer binnen, inderdaad met suikervrije cola en een blad met glazen.

'Niet morsen, jongens.'

Ze wierp Kannick een waarschuwende blik toe. Margunn vond het moeilijk om standjes uit te delen. Dat was omdat ze haar jongens waren en omdat ze van hen hield. Iedere poging om hen te berispen daalde als een lekke ballon op de aarde neer en ze waren allemaal dol op haar, omdat zij de enige in hun leven was die om hen gaf. Er werkten weliswaar meer mensen in het huis, Thorleif, Inga en Richard bijvoorbeeld. Prima mensen die deden wat ze moesten doen, maar ze waren jong en wilden verder komen in het leven. Voor hen waren de jongens een stukje moeilijk begaanbaar terrein dat je zo snel mogelijk achter je moest zien te laten. Margunn daarentegen had haar doel al bereikt. Margunn was bijna zestig en hoefde niet verder. Zij was uiteindelijk hier terechtgekomen, in dit lelijke huis, afgetimmerd met grijze asbestplaten, met in alle kamers de geur van iets groens en broeierigs. En ze hield ervan, zoals mensen soms van de muffe kamer achter in de kelder houden, omdat ze nooit de hoop opgeven op een dag iets waardevols tussen de rommel te zullen vinden. Zoiets voelden ze al snel aan. Alleen Simon was nog niet in staat zijn eigen conclusies te trekken. Hij vroeg de anderen en geloofde de antwoorden die hij kreeg.

Karsten schonk de cola in en gaf de glazen door. Alle kaken waren druk in de weer met de kauwgum. Kannick loerde weer naar de deken en vroeg zich af of hij nog meer zou uitdelen of dat hij de rest zou bewaren voor slechtere tijden. Dit was een gouden tijd voor hem en het kon best lang duren voor zich weer zo'n gelegenheid voordeed.

'Waar is Halldis nu?' vroeg Pålte, toen Margunn weer weg was. Eigenlijk heette hij Pål Theodor en eigenlijk hoorde hij hier niet. Alleen begreep niemand dat. Ergens in de toekomst, als hij volwassen was, wachtte hem een formidabele som smartengeld, van vele miljoenen kronen. Dat hield hem op de been.

'In het lijkenhuis natuurlijk', zei Kannick, die een slok cola nam. 'In een vriescel.'

'Koelcel', corrigeerde Karsten. 'Het lijk moet natuurlijk onderzocht worden en als ze bevroren is, kan je niet in haar snijden.'

'Snijden?' Simons ogen werden zwart van angst.

Karsten sloeg een arm om zijn schouder. 'Als iemand doodgaat, worden ze daarna opengesneden. Om de doodsoorzaak te vinden.'

'De oorzaak was een hak in haar hoofd', was Philips commentaar en hij boerde zacht.

'Ze moeten weten waar ze precies is geraakt. Ze kunnen niet maar wat raden.'

'Ze was midden in haar oog geraakt.'

'Ja. Maar ze moeten een overlijdensakte opmaken. Zonder overlijdensakte kun je niet begraven worden. Ik vraag me af waarom hij die hak heeft gebruikt,' ging Karsten verder, 'hij had haar vast ook wel met zijn blote handen kunnen vermoorden.'

'Dat wilde hij dan zeker niet', antwoordde Kannick, met een pruilmondje. Toen blies hij een enorme kauwgumbel, die zijn halve gezicht verborg en uiteindelijk knapte en tegen zijn neus en mond plakte. Hij schraapte met vuile vingers de kauwgum bij elkaar en kauwde verder.

'Maar de politie zoekt hem nu toch?' Simon trok zachtjes aan zijn oorlelletjes om te kalmeren.

'Zeker weten. Ik denk dat ze de buurt afzoeken met scherp geladen geweren. En met kogelvrije vesten. Ze krijgen hem heus wel te pakken.'

Karsten wierp moedeloos zijn hoofd in zijn nek. 'Het stomme is dat ze ze absoluut levend en ongedeerd willen pakken.' Hij keek hen aan. Hier had hij verstand van. 'In Amerika is dat beter. De politie schiet ze gewoon neer. Daar houden ze veel meer rekening met de bevolking. Ik ben voor de doodstraf!' proclameerde hij plechtig. En met dat commentaar werd de vergadering opgeheven.

*

De man die zich Morgan noemde zat met zijn kont op een steen.

Het wapen lag naast hem in het gras. Errki loerde stiekem naar zijn bermuda met de palmen en het fruit.

Morgan probeerde de situatie te doorgronden. Het had veel erger kunnen zijn. Hij had de bank, de stad, de auto achter zich gelaten. En hij had het geld, zoals hij had beloofd. De auto was verstopt en als het inderdaad een weinig gebruikt paadje was, kon het dagen duren voordat hij werd gevonden. Ze zouden zijn vingerafdrukken niet in de auto vinden. Hij had zijn wanten steeds aangehouden. Verder vroeg hij zich af of ze de gijzelaar hadden herkend. Het gebeurde wel vaker dat de kwaliteit van videobewaking in banken slecht was.

'Luister', zei hij zacht, het tromgeroffel klonk gedempter vond Errki, hij had de zaken dus blijkbaar een beetje op een rijtje gekregen. 'Hier kun je toch wel antwoord op geven?'

Hij keek naar Errki, die met zijn knieën tegen elkaar op een boomstronk zat. 'Je kunt toch wel zeggen of je bent weggelopen, uit een tehuis of zo? Of dat je op jezelf woont, in een flatje bijvoorbeeld, of dat je bij je moeder woont? Ik ben alleen maar nieuwsgierig. Is dat zoveel gevraagd?'

Hij wachtte en diepte een pakje shag uit de tas op. Errki gaf geen antwoord. Nestor was bezig om de houding in te nemen waarbij hij op zijn hurken zat, met zijn kin op zijn knieën en zijn handen om zijn schenen geslagen. Dat was *de positie.* Als hij zo zat kon Errki praten.

'Of je uit een inrichting of zo bent weggelopen, bedoel ik. Zijn er nu mensen naar je op zoek? Word je gezocht?'

Errki schudde een paar keer met zijn hoofd om deze vraag.

'Laten we iets afspreken', zei Morgan. 'Ik stel jou een vraag. En als je die beantwoordt, mag jij mij een vraag stellen, waar ik dan weer antwoord op moet geven om jou weer iets te mogen vragen. Oké?'

Hij was behoorlijk trots op dit voorstel en wierp een blik op zijn gijzelaar. Ondanks het zwarte leren jack en de donkere broek zag hij er niet bezweet uit. Vreemd. Zelf was hij doornat en zijn hemd vertoonde donkere vlekken.

'Alleen maar om te weten wie je bent', voegde hij eraan toe. 'Dat is heus niet zo gemakkelijk te zien.'

'Men ziet niet veel, waar de duivel de kaars houdt', zei Errki.

Hij zei het met een vermoeide stem, alsof het hem te veel inspanning kostte om woorden te verspillen aan een stumper als Morgan.

Morgan schrok bij het horen van zijn stem. Het was een mooie, lichte stem en hij sprak heel ernstig. Errki hield zijn hoofd scheef en luisterde intens naar Nestors gefluister. Morgans voorstel leek op iets wat hij kende. Een spelletje dat ze in het asiel vaak speelden. Tijdens de groepstherapie.

'Ik begin', zei hij toen.

Morgan glimlachte, opgelucht over deze normale reactie.

'Dan geldt voor jou hetzelfde, nietwaar? Als ik eerlijk antwoord geef, mag ik jou iets vragen en krijg ik ook een eerlijk antwoord.'

Errki beaamde dit door hem recht in de ogen te kijken.

'Wat ga je nu doen?' vroeg hij en hoorde meteen Nestors sissende gelach beneden in de kelderdiepte.

Morgan fronste zijn voorhoofd. Hij loerde naar de zwartgeklede man en bevochtigde zijn lippen.

Wat ga je nu doen? Die vraag had hij niet verwacht. Hij kon natuurlijk gewoon iets bedenken, want die halve gare was toch nauwelijks in staat het antwoord te begrijpen. Maar ze hadden beloofd niet te liegen. Het scheen trouwens onmogelijk om tegen die stralende ogen te liegen. In zekere zin voelde hij zich verschrikkelijk alleen. Hij begon nog erger te zweten. Wat ga je nu doen? Hij wist het verdomme niet. Hier zat hij, met een tas vol geld en een idioot die hij niet begreep. Hij haalde aarzelend zijn schouders op.

'Wachten tot het donker wordt.'

Wachten tot het donker wordt. Nestor vertrok zijn lippen in een soort glimlach. *Zeg het tegen hem, Errki! Open die vent zijn ogen.*

'Het wordt niet donker', zei Errki. 'Het is midden in de zomer.'

'Ik ben niet gek, hoor', snauwde hij terug.

O jawel, dat is hij wel, grinnikte Nestor, die als een oude vrouw die overal schijt aan had heen en weer begon te wiegen.

'Tussen twaalf en twee vannacht is het bijna schemerdonker. Als het zover is, zien we wel weer verder.'

De stem klonk weer dreigend en de trommels sloegen er wild op los.

'Nu is het mijn beurt. Wat mankeert jou?'

Errki spreidde zijn vingers. Morgan walgde van dit gebaar. Zonder die gespreide vingers en dat nare getrek met zijn hoofd, zou hij nog te harden zijn.

Een eerlijk antwoord, dacht Errki. Wat mankeert mij? Een huivering deed het grijze stof in de kelder opdwarrelen. Nestor gromde zacht. Wat mankeert mij? Hij keek omlaag. In het gras werd een bloedrode vlek zichtbaar, vlak bij zijn voeten. Die begon te groeien, werd langzaam groter. Als hij zijn voet een centimeter verplaatste, zou hij bloed aan zijn sportschoen krijgen.

'Nou? Geef je nog antwoord?' Morgan staarde hem pruilend aan. 'We hadden een afspraak. Wat mankeert je? Een eerlijk antwoord. Kom op.'

Errki zat als vastgenageld en staarde naar zijn voeten.

'Goed, ik zal je matsen,' ging Morgan verder, 'omdat je een beetje apart bent. Je krijgt een andere vraag. Maar als je daar geen antwoord op geeft, word ik echt boos.'

Hij keek Errki streng aan om te benadrukken dat het hem ernst was.

'Je liep verrekte snel tegen de helling op, zoiets heb ik nog nooit gezien. Ben je hier bekend?'

'Ja', zei hij en tilde zijn hoofd op. Hij zorgde ervoor om zijn voeten niet te bewegen.

Morgan werd enthousiast. 'Echt goed bekend? Dan ken je misschien een plek waar we de avond kunnen afwachten? Misschien kunnen we een hut van takken bouwen, wat denk je?'

Nu had Errki weer twee vragen gekregen. Hij dacht diep na en ergerde zich over het gebrek aan duidelijkheid van de ander. *Echt goed bekend? Een hut?*

'Ja', zei hij, terwijl hij de bloedvlek in de gaten hield. Een paar insecten werden erdoor aangetrokken, ze krabbelden in het bloed rond en deden zich eraan tegoed.

'Ja, je bent hier echt goed bekend en ja, we bouwen een hut', zei Morgan tevreden. 'Oké. Jij bouwt een hut. Ik hou de revolver vast. Bovendien heb ik de pest aan die prikkende dingen hier.'

Hij wees lui naar de onderste takken van een spar. Errki staarde naar het wapen dat in het gras lag, dertig centimeter van zijn voeten.

'Trouwens,' ging Morgan verder, 'vertel eens hoe goed je details observeert? Als je mij zou moeten identificeren, bijvoorbeeld voor de politie. Niet dat het zover komt, maar gewoon voor de grap. Hoe zou je mij dan beschrijven?'

Errki fluisterde: 'Nu is het mijn beurt.'

'Sorry, je hebt gelijk. Ga je gang.'

Hij likte aan het vloeitje en stak het shagje in zijn mond. Zocht naar een aansteker.

'Wat mankeert jou?' vroeg Errki.

Morgan keek hem verbaasd aan. Hij kneep ontevreden zijn ogen samen. Nestor grinnikte. Verderop in de hoek wapperde de Jas wat met zijn mouwen. Hij was altijd zo slap. Krachteloos, als het ware. Errki dacht wel eens dat hij alleen maar een snoever was. Niet meer dan een verdomde snoever.

'Ik mankeer verdomme helemaal niets', zei Morgan hard. 'En tot nog toe heb ik je nog met geen vinger aangeraakt. Of dat zo blijft, hangt van jou af en hoe goed je meewerkt.'

Hij voelde zich slecht op zijn gemak. Het was moeilijk om iets over gekke mensen te weten te komen, ze waren zo onberekenbaar. Maar ze hadden een bepaalde logica, zoveel wist hij wel. Het was alleen zaak om achter die logica te komen.

'Ik zal je wat vertellen,' ging hij verder, 'ik weet wel wat af van jouw probleem. Ik heb namelijk vervangende dienstplicht gedaan in een psychiatrisch ziekenhuis. Dat had je niet gedacht, hè? Ik ben namelijk dienstweigeraar. Op pacifistische gronden.'

Hij gluurde naar het wapen in het gras en brulde van het lachen. 'Ik kan me vooral nog één specifieke gek herinneren, die altijd aan zijn onderbroeken liep te snuffelen. Verder deed hij geen vlieg kwaad. Hoe zit dat met jou? Ruik je ook aan je onderbroeken?'

Errki vond het vervelend om te ontdekken hoe kinderachtig deze man in feite was. Hij hield de bloedvlek in de gaten. Die was er nog steeds.

'Nu ik er toch aan denk,' zei Morgan, 'het is mijn beurt om een vraag te stellen. Wat voor signalement zou je de politie geven, als je mij moest beschrijven? Kom op, laat maar horen als je kunt.'

Een malloot, dacht Errki. Een kreukelige clown met een achterlijke broek aan. Het grootste deel van de tijd is hij bang. Zonder zijn revolver is hij hulpeloos. In het asiel zouden ze vast zeggen dat hij als kind over het hoofd was gezien.

De brandende blik waarmee Errki hem observeerde maakte Morgan nerveus.

Lengte: tegen de één meter zeventig, zeker niet meer.

Morgan wachtte zwijgend.

Gewicht: twintig kilo zwaarder dan ik. Leeftijd: misschien tweeëntwintig. Dik zandkleurig, kroezig haar. Rechte grijze wenkbrauwen. Ogen, grijsblauw. Kleine mond met dikke lippen.

Morgan nam een trek van zijn sigaret en zuchtte ongeduldig.

Kleine oren met dikke oorlellen. Korte worstvingers, bolle dijen en kuiten. Een beetje opgeblazen. Kleding: idioot. Intelligentie: binnen de norm, maar aan de lage kant.

Het was doodstil. Zelfs de vogels hielden hun snavel. Alleen Errki hoorde het gegiechel beneden in de kelder. Morgan stond plotseling op en greep de revolver.

'Je doet maar net zo geheimzinnig als je wilt. Kom op, opstaan, we gaan weer verder!'

Hij had het akelige gevoel dat hij voor de gek werd gehouden, al begreep hij niet waarom.

'Je bent maar een afbeelding', zei Errki ineens.

'Bek houden, zei ik!'

'Zo eentje waar niemand de moeite voor neemt hem om te draaien om de tekst op de achterkant te lezen.'

'Lopen!'

'Heb je daar wel eens over nagedacht?' vroeg Errki indringend. 'Niemand weet wie je bent. Is dat niet afschuwelijk, Morgan!'

Morgan keek hem verbaasd aan. Errki stond overdreven langzaam op, nam een grote pas om niet in het glibberige bloed te stappen en begon weer omlaag te lopen, naar het uitzichtpunt, waar de auto stond. Het punt vanwaar hij de zee kon zien, koud en blauw. En de weg met de auto's.

'Nee, godver! We gaan verder omhoog! Ben je helemáál gek?!'

'Wat doe je als ik mijn eigen weg ga?' zei Errki zacht.

'Dan schiet ik een kogel door je kop en zoek ik een gat om je in te dumpen. Schiet een beetje op!'

En Errki liep. Sneller dan ooit. Hij was uitgerust en hij voelde zich beter wanneer hij kon bewegen.

'Ja, dat is snel genoeg. Als het waar is dat je hier zo goed bekend bent, zoek dan een oude verlaten blokhut of zoiets op, waar we naar binnen kunnen.'

Een oude hut. Daar waren er verscheidene van, de meeste aan de andere kant van de bergkam. Een paar kilometer verderop. Het terrein bleef oneffen en het was moordend heet. Errki had dorst. Hij zei niets, maar ging ervan uit dat voor Morgan hetzelfde gold. Hij hoorde hem achter zich hijgen en even later zijn stem, rustiger nu.

'Als je een beekje of zo ziet, zeg het dan. Ik heb dorst als een paard.'

Errki liep slingerend verder. Zijn lange, zwarte haren zwaaiden heen en weer, net als zijn jack en zijn wijde broek. Morgan staarde hem verward na. Deze man was onbegrijpelijk anders dan alle andere mensen. Waarom laat ik hem niet gaan? dacht hij. Waarom sleep ik dit zwarte monster mee? Ik had hem in de auto kunnen achterlaten. Was het uit angst dat hij mijn signalement aan de politie zou kunnen doorgeven? Of was het iets anders? Hij realiseerde zich ineens dat de man geen woord zou zeggen, als hij in de klauwen van de politie zou vallen. Hij wierp een blik op zijn horloge. Over een halfuur waren de nieuwsberichten op de radio, dan zou hij stoppen om te horen wat er tot dusver bekend was. Hij stapte zo goed hij kon door, terwijl de dorst zijn mond en zijn keel teisterde. Hij had whisky bij zich, maar hij had ook genoeg verstand om daarmee te wachten. Geestelijk gestoorden konden gevaarlijk zijn. Ook al stelden ze fysiek gezien niet veel voor, hij wist dat waanzin en gebrek aan remmingen hen enorme krachten konden geven. Misschien was het maar het veiligst om vriendschappelijk met hem om te gaan. Niet te veel te provoceren. Ze waren tenslotte geen vijanden, hij had de idioot zuiver impulsief meegenomen. Toen hij met de gek voor zich de bank uitstormde, was het alsof hij een groot schild voor zich hield. Rustig nu maar, zei hij tegen zichzelf. Hij praat alleen maar een beetje raar.

Denk eens aan dat jaar toen je in die inrichting werkte, aan hoe bang ze waren.

Errki bleef staan en voelde aan de zakken van zijn jack. Eerst de ene, daarna de andere. Stak een hand in zijn broekzak, draaide zich om een staarde naar het gras.

'Wat is er?' Morgan keek hem aan. 'Ben je iets kwijt? Afgezien van je verstand, bedoel ik?'

Errki voelde nog eens al zijn zakken na.

'Je kunt van mij wel een shagje rollen, als je sigaretten zoekt.'

'Mijn potje', mompelde Errki, om zich heen kijkend.

'Wat voor potje?'

'Mijn medicijnen.'

'Slik je medicijnen? Waar ben je het verloren?'

Errki gaf geen antwoord. Hij liet zijn ogen door het bos gaan en hij schudde een paar keer met zijn hoofd.

'Van die antipsychotica? Oké, als je ze verloren bent, moet je je maar zonder redden. Ik bedoel, je wordt dan toch niet agressief?'

Agressief. Nestor zoemde het geluid weer, als elektriciteit door een kabel. *Hij weet niet eens wat het woord betekent.* Errki begon weer te lopen.

'Bovendien is het allemaal chemische rotzooi', mompelde Morgan, terwijl hij overdacht wat dit probleem betekende en waar het misschien toe kon leiden. 'Het onderdrukt alleen maar. Je kunt in plaats daarvan straks wel een whisky van mij krijgen', eindigde hij.

Errki bleef weer staan. Hij keek Morgan aan.

'Ik heet Errki.'

'Errki?'

'Ik ben alleen maar op bezoek. De hand die je niet kunt afhakken, moet je kussen.'

Hij liep weer door. Morgan bleef in de heide staan en staarde hem na. Ineens besefte hij dat hij, de bewaker, als een hond achter zijn eigen gevangene aandrentelde. Hij was snel, liep veel sneller dan hijzelf en veel gemakkelijker. De rollen waren omgekeerd. Hij werd als een vrouw meegesleept. Niemand wist waar ze waren, niemand kon hem te hulp schieten als er iets gebeurde. Hij klemde zijn hand om de revolver. Een schot in zijn dij zou genoeg zijn als er iets gebeurde. Hij had eigenlijk geen enkele kans. Als het maar eenmaal nacht was, dan zou hij alleen verdergaan, hem misschien vastbinden om zeker te zijn van zijn voorsprong. Verder niets. De man was afstotelijk. Toch fascineerde hij hem ook. Zijn ogen. De vreemde woorden. De sfeer van plechtstatigheid die hen omringde, het gevoel dat hij uit een andere wereld kwam. Verbaasd moest hij dit erkennen. Misschien had hij een briljant stel hersens, was hij bijna een genie. Hij meende een keer gehoord te hebben dat de mensen die echt getikt waren, in werkelijkheid de scherpste hersens hadden. Misschien was dat wel het probleem. Hij had teveel begrepen. Iets had hij wel opgepikt, dat jaar in het gesticht. Plotseling zag hij dat de afstand tussen hen snel groter werd. Hij holde achter hem aan. Na een tijdje werd hij onrustig. Waar gingen ze eigenlijk naartoe, waar moest dit eindigen?

'We stoppen nu. Er is nieuws op de radio!'

Hij riep onnodig hard, om zijn positie te onderstrepen, alsof hij daaraan twijfelde, en dat boezemde hem angst in. Errki liep door. Liep walsend verder, negeerde hem volkomen.

'Hé! Errki!'

De trommels lieten een paar dreunen horen. Errki bleef staan en draaide zich om. De man achter hem trilde van woede. Niets is zo meelijwekkend als een man die zijn grip op de situatie verliest, dacht hij.

'Je hoeft niet iedere keer als ik je een order geef te doen alsof je me niet hoort. Ik ben hier de baas.'

Fout. Hij is degene met de revolver.

Errki's mond verstrakte.

'Ga zitten, het is tijd voor de nieuwsberichten. Ik wil horen wat ze weten.'

Ze waren bijna op de top van een brede bergrug en daarachter was weer een andere bergrug, zachtgroen en oneindig ver door de heiige lucht. Morgan zocht in de tas naar de radio. Hij zwaaide een tijdje rond met de antenne. Errki ging op zijn rug in de heide liggen en sloot zijn ogen.

'Je ziet eruit als een dooie, als je zo ligt.'

Morgan probeerde zich in te houden. Hij sloeg Errki met oprechte verbazing gade. 'Hoe kun je zo spierwit blijven, als de zon zo brandt als nu?' Hij hinnikte een beetje. 'Maar je leeft dan ook in een andere wereld en daar is het pikkedonker, nietwaar?'

Hij vond een plaatselijke zender. Trommelde ongeduldig met zijn vingers toen de laatste tonen van een blaaskapel wegebdden.

'Hier zijn de nieuwsberichten.'

Er klonk geritsel van papier. *'Een man van begin twintig is met bijna honderdduizend kronen ontkomen, nadat hij vanochtend de Fokus Bank heeft overvallen. De overval vond kort na openingstijd plaats en de overvaller heeft, toen hij de bank verliet, een klant meegenomen als gijzelaar. Er werd ook een schot gelost, maar er vielen geen gewonden. Voorlopig zijn de overvaller en de gijzelaar spoorloos verdwenen, maar de politie heeft een uitzonderlijk goed signalement van de dader.'*

Morgan fronste zijn voorhoofd. 'Een uitzonderlijk goed signalement?'

'Ze hebben het centrum in een kleine witte auto verlaten, maar wegversperringen hebben niets opgeleverd.'

'Waar hebben ze het over? Ik heb mijn muts pas afgedaan toen we allang uit het zicht waren!'

Hij zette de radio in het gras neer. 'Ze bluffen!'

Geërgerd pakte hij zijn shag uit zijn zak en rolde een sigaret. Errki luisterde naar een vlieg die onvermoeibaar voor zijn ogen zoemde.

'Het onderzoek naar de moord op de zesenzeventig jaar oude Halldis Horn, die gisterochtend werd vermoord, heeft nog niets opgeleverd. De vrouw werd in haar huis aangetroffen, op brute wijze doodgeslagen met een scherp voorwerp. De portemonnee van de vrouw bleek uit haar woning verdwenen. Het lichaam was ernstig toegetakeld en werd gevonden door een jongen die in de buurt speelde.'

Morgan staarde voor zich uit.

'Dat noem ik nou een echte rotstreek. Snap je het verschil? Niemand zal het geld missen dat ik heb meegenomen. De bank is verzekerd. Er is niemand gewond geraakt. En de auto heeft geen schrammetje. Maar dan heb je lui die iemand afslachten om een armzalige portemonnee.'

Errki luisterde nog steeds naar de vlieg. Hij was ervan overtuigd dat het insect iets van hem wilde, al die ijver moest een bedoeling hebben. Het was ondraaglijk zoveel als die clown praatte, hij begreep de betekenis van het woord niet, dat je het woord moest vasthouden en bewaren voor belangrijker momenten.

'En dan zo'n oude vrouw! Zoiets snap ik niet. Dan moet je toch hartstikke gek zijn.'

Die laatste woorden deden hem naar Errki loeren.

'Kun je trouwens goed hutten bouwen? Bij de padvinderij geweest of zo?'

Errki opende een oog en staarde hem aan. Morgan moest aan een lamp achter een dun gordijn denken, het verspreidde een mat schijnsel.

'In ieder geval moeten we water vinden. Weet je niet toevallig een stroompje? Of een meertje?'

Nestor wiegde heen en weer, hij zat zoals gewoonlijk op zijn hurken met zijn kin op zijn knieën. Errki was altijd weer onder de indruk van deze manier van zitten, hij kon urenlang zo blijven zitten zonder moe te worden. De Jas – die niet rechtop kon staan, niet eens zitten, omdat hij niets bevatte, afgezien van stomme commentaren – wapperde even met een klep van een zak. Alleen maar om te laten zien dat hij er nog was en van plan was om daar te blijven, tot iemand hem naar buiten sleepte, aangezien hij niet zelf kon lopen.

'Hou je van whisky? Long John Silver, lekker op temperatuur.'

Morgan nam nog een trek van zijn sigaret en staarde voor zich uit. Krabde even aan zijn onderbeen omdat hij aldoor een strootje of een insect voelde kriebelen. Hij raakte bezweet van het voortdurende wegslaan van insecten en hij staarde even wantrouwend naar Errki, die roerloos in het gras lag.

'Hoe kun je zo stil liggen', zei hij wrevelig. 'Er hangt een hele zwerm vliegen boven je gezicht.'

Hij drukte de sigaret uit in het gras. Stond plotseling op en liep op hem toe. Bukte zich, pakte hem stevig bij zijn schouders vast en trok hem omhoog. Errki wankelde. 'Blijf van me af!'

'Dus dat vond je niet prettig, hè, dat ik je aanraakte? Ben je soms bang om ergens mee besmet te raken? Lui zoals jullie zijn altijd bang voor bacillen en zo, of niet soms? Maar mij mankeert niets en ik heb gisteren nog gedoucht, en dat is meer dan je van jou kan zeggen.'

De Jas wapperde op door een plotselinge windvlaag, hij rolde over de vloer. Errki schrok en hief zijn handen op.

'Wat is er met je?' Morgan keek hem aan. 'Voel je je niet goed of zo? Die medicijnen kan ik je niet geven, maar echt, dat zou ik wel gedaan hebben als het mogelijk was geweest. Ik ben niet krenterig. En die overval', hij slikte moeizaam. 'Je snapt het misschien niet, maar die overval was eigenlijk een vriendendienst.'

De woorden klonken heel oprecht. Errki was verward. Het ene moment blies de man zichzelf zowat op, als een airbag, en het volgende ogenblik was hij zo vriendelijk als een ziekenhuisdominee. Hij draaide zich om en liep weer verder. Hij liep geweldig snel en voordat Morgan zich vermand had was hij al ver weg.

'Doe eens rustig, ik kom eraan.'

Maar hij stapte gewoon door, verdween plotseling gedeeltelijk achter een paar struiken. Morgan hoorde het droge geluid van knappende takken. 'Wacht daar! Ik heb een zware tas te dragen!'

Hij liep maar door. De twee in de kelder keken hem na, Nestor draaide onmerkbaar zijn hoofd om. Misschien gaf hij een seintje aan de Jas, die met een mouw zwaaide om het op te vangen. Het zag eruit of ze een plannetje smeedden, of een belangrijk besluit namen. Hij liep sneller. Dat wilden ze, om te zien wat er gebeurde. Achter hem hoorde hij de voetstappen van de ander en zijn hijgende ademhaling. Hij dacht aan de revolver, aan wat die zou kunnen uitrichten, en aan alle macht in de hemel en op aarde.

'Errki, verdomme. Ik schiet, hoor!'

Morgan rende. Hij besefte dat het bos hierboven zo dicht was dat Errki ineens zou kunnen verdwijnen, simpelweg achter een bosje kon hurken en doodstil blijven zitten, terwijl hij zelf langs hem rende. Hij was hier zelf immers helemáál niet bekend. Zou hij de rijksweg weer terug kunnen vinden?

'Ik schiet, Errki, ik heb nog meer kogels. Weet je wat deze kogel doet als ik je in je kuit schiet? Die wringt je been binnenstebuiten!'

Zijn kuit? Errki moest geconcentreerd nadenken om zich te herinneren welk lichaamsdeel kuit heette. Hij zag dat deel nooit, het was altijd achter hem. Daarom liep hij gewoon door, tot hij een harde knal hoorde en er ter hoogte van zijn oor iets langs floot. De kogel veroorzaakte een zuchtje wind toen hij langsvloog. De volgende seconde boorde het projectiel zich in een boomstam vlak voor hem. De witte spaanders staken als borstelige haren uit de stam. Hij bleef staan.

'Zo ja! Dat begrijp je. Dat dacht ik wel.' Morgan hijgde als een hond. 'De volgende keer schiet ik in je kuit. Nu loop je langzamer. We moeten zo dadelijk stoppen, ik heb geen zin meer in dit gedraaf. We zijn al een tijd onderweg.'

Errki beet hard in zijn lip. Dat was op het nippertje. Hij voelde dat hij iets naderde, hij was er vlakbij, maar hij was er nog niet klaar voor. Hij keek om zich heen. Hij wist precies waar ze waren. Dat wist de ander niet. Hij liep nu rustiger. Hij moest ervoor zorgen hem niet te irriteren. Hij zag de wond in de boom voor zich. En dezelfde wond in zijn eigen rug, een explosie binnen in het merg, zijn huid in stukken gescheurd, het bloed dat als uit een openstaande kraan naar buiten spoot, en de grote sprong in de eeuwigheid.

Daar verlangde hij naar. Maar hij schoof het voor zich uit tot hij er klaar voor was, tot de juiste dag, het juiste moment. Dat zou niet lang meer duren. Hij voelde het. Er was zoveel gebeurd. Misschien was de man achter hem naar hem toe gestuurd om hem te helpen. Zo dacht hij dat het was: hij zou in het eindeloze universum duiken, in een baan die de zijne was, waar anderen links en rechts passeerden, buiten zijn bereik, als slechts zwakke trillingen in de atmosfeer, windzuchtjes die voorbij streken. Misschien zweefde zijn moeder zo, met haar armen als vleugels gespreid en het licht van de sterren als kristallen in haar zwarte haar. En achter haar, de donkere fluittoon. Het alternatief was doorgaan zoals nu. Altijd met iemand achter hem aan. Ik ben moe, dacht hij. Wie heeft ons naar de start van deze wedstrijd gestuurd, wie zit er bij de finish te wachten, en hoe verrekte lang moeten we eigenlijk lopen? Bloed, zweet en tranen. Pijn, verdriet en wanhoop!

Ze liepen door een bosje. De bomen weken uiteen en onthulden een boerderijtje. Morgan haalde hem eindelijk in. De tas viel met een plof op de grond. Zijn ogen lichtten op.

'Nee maar, kijk nou eens! Een huisje, voor ons alleen. Hier kunnen we vadertje en moedertje spelen.' Hij glunderde. 'Jeetje, wat ben ik blij dat we ergens naar binnen kunnen.'

Hij draafde langs hem naar de deur. Errki zag de donkere vlek boven aan het trapje, waar slechts een dag geleden zijn ingewanden nog hadden liggen dampen. Morgan trok zich er niets van aan, hij pakte de vermolmde deur vast, die langzaam en knerpend openging. Toen keek hij naar binnen.

'Donker en koel', constateerde hij. 'Kom.'

Errki stond nog steeds in het gras. Hij probeerde zich iets te herinneren, maar het schoot als een elastiekje terug. Het zat hem al jaren dwars, dat hij elastische gedachten had.

'Het is lekker binnen. Kom maar.'

Hij duwde Errki naar binnen in wat de woonkamer was geweest, toen hier nog geitenhoeders woonden. Hij liep meteen naar het raam.

'Een meertje. Perfect. Daar kun je vast zwemmen.'

Hij stak zijn hoofd door het gebroken glas en knikte. Errki voelde plotseling een geweldige matheid. Voorzichtig deed hij een paar stappen naar het slaapkamertje.

'En waar ga je heen?'

Morgan keek naar hem. Errki opende de deur en staarde naar de gestreepte matras. Trok zijn jack en zijn T-shirt uit en liet zich op het bed vallen.

'Jeetje. Een bed!' Morgan glimlachte. 'Prima. Blijf jij daar maar liggen. Dan weet ik waar je bent.'

Errki gaf geen antwoord. Dacht alleen dat hij nu maar beter kon slapen, want hij werd toch maar achtervolgd door dood en ellende, en wie slaapt zondigt niet. Hij ademde rustig en zwaar.

'Je bent een prima gids geweest. Ik spreek je later nog wel.'

Voor de zekerheid controleerde hij het raam nog even. Of hij via die weg kon ontsnappen. Het glas was gebroken, maar de vensterroeden zaten er nog in en het raam ging met geen mogelijkheid open. Het zat vast in het kozijn. Als hij iets probeerde, zou het te horen zijn. Hij ging weer naar buiten. Toen de voetstappen zich uiteindelijk verwijderden, opende Errki zijn ogen. Hij lag op iets hards en scherps, daarom schoof hij een beetje opzij om het niet te hoeven voelen. De revolver.

*

Het psychiatrisch ziekenhuis torende groots en imposant boven de bomen uit. De aanblik benam Sejer even de adem, hij zette de auto aan de kant en stapte uit. Bleef even staan kijken, voelde hoe het beeld in hem neerdaalde. Hij had het idee dat het gebouw hem toeschreeuwde: NU IS HET MENENS!

Het lag op het hoogste punt van het terrein. Zo moest een inrichting eruitzien en zo moest het de hele wereld tonen dat de weg naar inzicht niet over rozen ging. Als ze dat nog niet hadden begrepen, zouden ze het nu zeker begrijpen, degenen die hier diep wanhopig naartoe kwamen en in deze reusachtige inrichting naar binnen werden geleid.

De weg was slecht, smal en vol gaten. Hij had gedacht dat die in de loop van alle jaren die verstreken waren sinds hij hier voor het laatst had gereden zeker verbeterd zou zijn, maar dat was niet zo. Hij herinnerde zich dat hij als jonge agent een keer een meisje hierheen had gebracht, ze was gevonden in het toilet van het busstation, waar ze zichzelf had opgesloten, naakt. Ze hadden de deur geforceerd. Haar gezicht was vertrokken van angst. In haar hand hield ze een rol toiletpapier en ze begon direct van het papier te eten, alsof het geheime inlichtingen bevatte die van levensbelang waren en die ze met haar leven moest verdedigen. Zijn hand hing in de lucht tussen hen in. Ze staarde ernaar alsof het een klauw was. Hij had een plaid bij zich die hij over haar schouders wilde leggen. Hij praatte zacht tegen haar en hoewel ze luisterde leek het net alsof ze omringd werd door een enorm geroezemoes en zich tot het uiterste moest inspannen om hem te horen. Maar haar gezicht had een eigen duidelijke taal gesproken: hij was eigenlijk gekomen om haar een gruwelijke straf op te leggen. Zijn woorden, de garanties, de milde toon, al die vertrouwen inboezemende dingen waar hij over beschikte ketsten af. Daarom moest hij doen wat hij het minst van alles wilde: haar met geweld meenemen. Hij herinnerde zich haar gegil nog, haar dunne, spitse schouders.

Het Baken was een schitterend gebouw, maar van dichterbij werd de autoriteit die het gebouw uitstraalde iets verminderd door het slechte onderhoud. De rode bakstenen waren verschoten en begonnen dezelfde grijze kleur te krijgen als het asfalt ervoor. Langzaam zakte het weg in de eeuwigheid. Toch was het mooi, maar dat was nu, in deze stralende zonneschijn. Het kostte hem geen moeite om zich er een voorstelling van te maken dat het in ander weer, in de herfst bijvoorbeeld, als de bomen kale takken hadden en wind en regen tegen de ruiten sloegen, meer op het kasteel van Dracula leek. Op het dak stond een imposante toren, bedekt met groene koperen platen. De gevel had verscheidene fraaie uitsteeksels, maar de ramen waren smal en hoog, ze pasten niet bij de rest van het gebouw. De hoofdingang was een prachtig portaal met een stijlvolle trap. Ernaast was een klassieke ziekenhuisingang met brede glazen deuren gemaakt, waar een ambulance achterwaarts in kon rijden en waar een brancard naar binnen kon.

Hij liep naar binnen. Passeerde, zonder het te merken, een bijna onzichtbare receptie.

'Pardon? Waar gaat u naartoe?'

Een jonge vrouw riep hem na.

'O, sorry. Ik ben van de politie. Ik kom voor dokter Struel.'

Hij liet zijn legitimatie zien.

'Dan moet u naar de eerste verdieping en daar verder vragen.'

Hij bedankte en liep naar boven. Op de eerste verdieping moest hij opnieuw de weg vragen, hij werd naar een wachtkamer verwezen met een raam dat uitkeek op de tuin en het bos. Het sproeiverbod gold blijkbaar niet voor de gemeente, deze gazons waren groen en donker als fluweel. Misschien konden ze hun geld beter aan andere dingen besteden. Hij kon zich niet voorstellen dat de mensen die hier woonden dat nu werkelijk zo belangrijk vonden. Hoewel... daar had hij in feite geen verstand van. Dacht hij en draaide zich op datzelfde moment om, omdat hij het eigenaardige gevoel had dat er iemand naar hem stond te kijken.

Er stond een vrouw in de deuropening.

'Ik ben dr. Struel', zei ze.

Hij gaf haar een hand.

'Laten we naar mijn kantoor gaan.'

Hij volgde haar de gang door naar een ruim kantoor. Daar bood ze hem een plaats op een bank aan. Hij kwam midden in een streep zonlicht te zitten en begon meteen vreselijk te transpireren. Zelf liep ze naar het raam. Ze stond een tijdje met haar rug naar hem toe en staarde naar het gazon. Plukte wat aan een troosteloze potplant die duidelijk slecht gedijde.

'Zo', zei ze en draaide zich uiteindelijk om. 'Dus u bent de man die op zoek is naar mijn Errki?'

Mijn Errki. De manier waarop ze het zei, had iets ontroerends. Geheel zonder ironie.

'Ziet u hem echt zo?'

'Er is verder niemand die hem wil hebben', zei ze eenvoudig. 'Ja, hij is van mij. Mijn verantwoordelijkheid, mijn opdracht. En dat blijft hij, of hij die vrouw nu vermoord heeft of niet.'

'Met wie heeft u gesproken?'

'Wachtmeester Gurvin heeft me gebeld. Maar ik kan het bijna niet geloven', zei ze. 'Ik vertel het u maar meteen, zodat u weet hoe ik erover denk. Laat hem een poosje met rust, dan komt hij vanzelf wel weer terug.'

'Ik geloof eigenlijk niet dat hij vanzelf terugkomt. In ieder geval niet op korte termijn.'

Het moest iets in zijn stem zijn geweest, iets zeer ernstigs, waardoor ze onraad rook.

'Wat bedoelt u? Is hem iets overkomen?'

'Hoeveel heeft de wachtmeester u verteld?'

'Hij heeft me over de moord in Finnemarka verteld. Dat Errki in de buurt van het huis is gezien, op wat hij een opmerkelijk tijdstip noemde.'

'Niet in de buurt. Hij is op haar erf gezien. En dan begrijpt u zeker wel dat we hem moeten vinden. Het is een bijzonder verlaten plek.'

'Typisch Errki, om zich in het bos te verstoppen, hij gaat mensen uit de weg. En daar heeft hij goede redenen voor.'

Ze was erg kortaangebonden. Sejer voelde iets uit het diepst van zijn hart opstijgen. Irritatie.

'Vergeef me mijn arrogantie,' zei hij langzaam, 'maar ik zal de mogelijkheid toch in overweging moeten nemen. Het is een ernstig misdrijf en volkomen zinloos, aangezien het ernaar uitziet dat het enige wat uit haar woning mist, een portemonnee is met een paar kronen. De dader loopt vrij rond. De mensen in de omgeving zijn bang.'

'Errki krijgt altijd de schuld', zei ze stilletjes.

'Het is een feit dat hij bij haar huis is gezien en ze woonde echt heel afgelegen. Het wemelt daarboven niet bepaald van de mensen. En aangezien hij geestelijk gestoord is, kunnen we niet uitsluiten dat hij er iets mee te maken heeft.'

'Dus u bedoelt dat hij in ernstige mate verdacht wordt, omdat hij ziek is?'

'Nou ja, ik...'

'U vergist zich. Hij pikt alleen uit winkels. Chocoladerepen en dat soort dingen.'

'Er doen een aantal verhalen over hem de ronde.'

'Inderdaad. Verhalen.'

'Komen die zomaar uit de lucht vallen, denkt u?'

Ze gaf geen antwoord.

'Maar dit is slechts het halve verhaal', ging hij verder. 'Vanmorgen heeft er in het centrum een overval plaatsgevonden. Een gewapende overval op de Fokus Bank.'

Ze barstte in lachen uit. 'Het spijt me wel, maar een dergelijke krachtsinspanning gaat Errki's concentratievermogen te boven. Daar gaat uw laatste restje geloofwaardigheid.'

'Ik ben nog niet klaar', zei hij kortaf. Haar opmerking over zijn geloofwaardigheid zat hem dwars. 'De bank werd overvallen door een jongeman, mogelijk iets jonger dan Errki. Hij droeg donkere kleren en een bivakmuts, waardoor hij vanzelfsprekend nog niet is geïdentificeerd. Maar het grootste probleem is dat hij iemand gegijzeld heeft. Een klant van de bank. Hij heeft de gijzelaar met een revolver in de auto gedwongen en is toen verdwenen. Die gijzelaar is geïdentificeerd als Errki Johrma.'

Toen werd het stil. Hij kon haar verlegenheid bijna horen.

'Errki?' stamelde ze. 'Gegijzeld?' Ze stond op. 'En jullie hebben geen idee waar ze zijn?'

'Helaas niet, nee. We hebben alle uitvalswegen afgezet en de auto waarmee ze gevlucht zijn is mogelijk een witte Mégane, die afgelopen nacht is gestolen. Waarschijnlijk hebben ze die auto allang ergens achtergelaten, maar we hebben hem nog niet gevonden. We weten ook niet wat voor soort man deze overvaller is en in hoeverre hij gevaarlijk is. Maar hij heeft in de bank een schot gelost, waarschijnlijk om het personeel de stuipen op het lijf te jagen, en hij leek nogal wanhopig.'

Ze ging weer zitten. Pakte iets van de tafel en klemde dat in haar handen.

'Hoe kan ik u helpen?' vroeg ze zacht.

'Ik moet weten wat voor iemand Errki is.'

'Dan zou ik hier tot vannacht zitten.'

'Daar heb ik geen tijd voor. U wijst de mogelijkheid dat hij die vrouw vermoord kan hebben van de hand. Hoelang is hij uw patiënt al?'

'Hij was hier vier maanden. Maar hij heeft een groot deel van zijn leven in verschillende instellingen doorgebracht. De stapel rapporten en verslagen over Errki is eindeloos.'

'Heeft hij ooit gewelddadige neigingen vertoond?'

'Weet u,' zei ze, 'hij is in feite heel erg defensief. Alleen als hij echt in het nauw wordt gedreven, zou hij van zich af kunnen bijten. En ik zie niet hoe een oude vrouw hem zo bang kan hebben gemaakt, of hem zo geprovoceerd heeft, dat hij haar heeft vermoord.'

'We weten niet wat er gebeurd is of wat die oude vrouw heeft gedaan. Maar haar portemonnee is dus verdwenen.'

'Dan kan Errki het in ieder geval niet zijn geweest. Hij pikt alleen chocolade en dergelijke. Nooit geld.'

Sejer zuchtte zacht. 'Het is fijn dat u zo in hem gelooft. Waarschijnlijk heeft hij dat meer nodig dan veel anderen. Verder is er misschien niemand die op zijn hand is, of wel?'

'Luister.' Ze keek hem aan. 'Ik ben niet honderd procent zeker. Een dergelijke vaste overtuiging kan ik niet uitstaan. Ik beschouw het echter als mijn plicht te geloven dat hij onschuldig is. Vroeg of laat zal ik daar namelijk antwoord op moeten geven. Als hij op de bank zit waar u nu zit en mij vraagt: denk je dat ik het gedaan heb?'

Dr. Struel was midden veertig. Blond en een beetje hoekig, met zeer kort haar en een lange pony. Haar gezicht was verrassend vrouwelijk bij de verder zo sterke verschijning en ze had ronde wangen met minuscule blonde donshaartjes, hij zag ze in het schijnsel van de zon die onbarmhartig door het raam naar binnen scheen. Ze droeg een spijkerbroek en een witte blouse en onder haar armen had ze natte zweetplekken. Ze haalde een hand door haar haren om ze uit haar gezicht te vegen, maar de lange pony viel ogenblikkelijk weer terug, als een blonde golf.

Sejer ging verzitten. 'Ik wil zijn kamer graag zien.'

'Die is op de begane grond. Ik zal hem u laten zien. Maar kunt u mij misschien eerst vertellen hóé ze vermoord is?'

'Ze is doodgeslagen met een soort schoffel.'

Er gleed even een grimas over haar gezicht.

'Dat is niet echt iets voor Errki, die zo introvert is.'

'Iedereen die hem gelooft en zich verantwoordelijk voor hem voelt, zou zoiets zeggen.'

Hij stond op en veegde het zweet van zijn voorhoofd. 'Het spijt me, ik zit midden in de zon. Kan ik ergens anders gaan zitten?'

Ze knikte en hij liep naar haar bureau toe, waar een stoel met een hoge rugleuning stond.

Zijn oog viel op de pad die achter een stapel papieren zat te loeren. Hij was groot en vet, grijsbruin van boven en lichter aan de onderkant. Hij bewoog niet, omdat hij niet echt was natuurlijk, maar hij zou niet verbaasd zijn geweest als het dier plotseling een sprong had gemaakt, zo levensecht zag hij eruit. Nieuwsgierig pakte hij hem op. Ze volgde hem met haar ogen en glimlachte toen hij de pad op zijn hand legde. Hij kneep er voorzichtig in en toen begreep hij het. Er zat een geleiachtige stof in, waardoor je hem in een andere vorm kon knijpen. Hij deed het, heel voorzichtig. Je kon de inhoud van zijn lichaam in zijn dunne poten drukken. Hij was meteen volkomen gedeformeerd en leek net een misgeboorte. Hij kneep verder. Voelde dat de pad langzaam warm werd tussen zijn handen.

De ogen van de pad staarden hem aan. Ze waren bleekgroen, met een zwarte streep. Zijn rug was ribbelig en oneffen, maar aan de onderkant was hij gladder. Hij begon in zijn onderlichaam te knijpen en drukte de inhoud naar boven. Nu zag hij er zeer atletisch uit, met brede schouders en een opgezwollen borstkas.

Daarna probeerde hij een andere variant. Hij drukte de inhoud naar zijn buik, zodat de kop van de pad als een slap zakje opzij hing. Hij legde hem op de tafel neer. De gelei gleed niet, zoals hij gedacht had, vanzelf weer terug op zijn plaats. Hij pakte hem weer op en probeerde hem weer zo goed mogelijk in zijn oorspronkelijke vorm te knijpen. Toen hij vond dat hij weer op een pad leek, legde hij hem terug.

'Grappig', zei hij zacht.

'Nuttig', zei dr. Struel, terwijl ze met een vinger over de rug van de pad streek.

'Waar dient hij voor?'

'Hij is om vast te pakken, zoals je daarnet zelf deed. En de manier waarop iemand dat doet, vertelt mij iets over wie die persoon is.'

Hij schudde zijn hoofd. 'Daar trap ik niet in.'

Ze glimlachte nu bijna moederlijk. 'O ja, absoluut. Het vertelt mij hoe iemand de dingen aanpakt. Jij, bijvoorbeeld.'

Hij luisterde aarzelend, maar werd tegelijkertijd gevangen door haar stem.

'Jij tilde hem heel voorzichtig op en dacht even na voordat je begon te knijpen. Toen je zag dat hij van vorm kon veranderen, moest je alle manieren uitproberen. Veel mensen vinden hem eng, maar jij niet. De manier waarop je je hoofd scheef hield toen je in zijn ogen keek, zegt mij dat je de wonderen van het leven onbevooroordeeld en welwillend tegemoet treedt. Je kneep voorzichtig, bijna teder, alsof je bang was dat je hem misschien kapot zou maken. Maar hij kan niet kapot gaan. Dat garandeert de producent tenminste. Tenzij je abnormaal scherpe nagels hebt of zo', voegde ze eraan toe. 'Maar je gaf het relatief snel op, alsof je dacht dat het zich tot een gevaarlijk spelletje kon ontwikkelen als je doorging. En last but not least: voordat je hem weglegde, drukte je hem zorgvuldig weer terug in zijn vorm.'

Ze pauzeerde even en keek hem lang aan. 'Dat zegt mij dat je een voorzichtige man bent, maar wel nieuwsgierig. Je bent ook een beetje ouderwets en bang voor nieuwe, onbekende vormen. Je hebt graag dat de dingen eruitzien zoals ze er horen uit te zien, dat ze blijven zoals ze zijn, zoals de dingen die je kent en waar je iets van weet.'

Hij lachte onzeker. Haar stem maakte hem op een merkwaardige manier week. Eigenlijk voelde hij zich ook een beetje geleiachtig.

'En met behulp van deze pad, samen met duizend andere kleine dingen, andere spelletjes en opdrachten, en in de allereerste plaats met behulp van de tijd, kan ik bijna meer over jou te weten komen dan je zelf weet.'

Het ontbreekt je niet bepaald aan zelfvertrouwen.

'Heeft Errki hem gezien?' vroeg hij hardop.

'Natuurlijk. Hij ligt hier altijd.'

'Wat deed hij ermee?'

'Hij zei: haal dat enge, afstotelijke beest weg voordat ik zijn kop eraf bijt en hem boven de tafel leegknijp.'

'Geloofde je hem?'

'Hij heeft nog nooit gelogen.'

'Toch zeg je dat hij niet gewelddadig is?'

Plotseling pakte ze de pad op en begon hard aan zijn poten te trekken. Ze rekten uit als elastiekjes, Sejer kreeg bijna medelijden met het beest. Ten slotte knoopte ze ze vast, eerst de voorpoten en daarna de achterpoten. Toen legde ze hem op zijn rug op de tafel. Zijn hulpeloosheid was meelijwekkend. Toen ze Sejers gezicht zag, lachte ze hartelijk. 'Ik zal je zijn kamer laten zien.'

'Moet je hem niet uit de knoop halen?' vroeg hij bezorgd.

'Nee', lachte ze plagerig.

Er gebeurde iets binnen in hem, alsof er een golf tegen de rotsen aanspoelde. Hij luisterde er verbaasd naar.

Ze keken in Errki's kamer. Een eenvoudige kamer met een bed, een kastje, een wastafel en een spiegel. Er hing een krant voor de spiegel. Misschien wilde hij zichzelf niet zien als hij er langs liep. Het raam was hoog en smal en stond open. De kamer was volkomen kaal. Niets op de vloer of aan de wanden.

'Het lijkt een beetje op wat wij te bieden hebben', zei Sejer peinzend. 'Het is niet meer dan een cel.'

'Maar wij doen de deuren niet op slot.'

Hij ging naar binnen en bleef met zijn rug tegen de muur staan. 'Waarom ben je psychiatrie gaan studeren?'

Tegelijkertijd las hij haar naamplaatje. Dr. S. Struel. Hij vroeg zich af waar de S voor stond. Misschien voor Solveig. Of Sylvia, bijvoorbeeld.

'Omdat,' antwoordde ze en ze sloot haar ogen, 'omdat gewone mensen,' ze legde de nadruk op 'gewone', ietwat neerbuigend, 'ik bedoel de mensen die slagen in het leven, begaafde, doelbewuste mensen die de regels volgen, die zonder moeite hun doelen bereiken, die perfecte sociale antennes hebben, die met de grootste vanzelfsprekendheid navigeren, mensen die komen waar ze willen en krijgen wat ze willen... zijn die nu zo interessant?'

De vraagstelling was grappig. Hij kon een glimlach niet onderdrukken.

'De enige interessante mensen op deze wereld zijn de verliezers,' ging ze verder, 'of wat wij verliezers noemen. Aan alle vormen van afwijking ligt een zekere rebellie ten grondslag. En ik heb dat gebrek aan rebellie nooit kunnen begrijpen.'

'En jij zelf?' vroeg hij ineens. 'Jij bent toch ook een van die geslaagde, doelbewuste mensen? Rebelleer jij weleens?'

'Nee', gaf ze toe. 'En dat begrijp ik niet. Want in wezen ben ik een ontzettende twijfelaar.'

'Een twijfelaar?' vroeg hij bezorgd.

'Jij niet?' Ze staarde hem aan. 'Je kunt op deze aarde geen ruimdenkend, intelligent, geëngageerd mens zijn, zonder tegelijkertijd vreselijk te twijfelen. Dat is gewoon onmogelijk.'

Ben ik eigenlijk een ontzettende twijfelaar? dacht hij.

'Bovendien houden de meest consistente persoonlijkheden zich het beste staande in deze samenleving', ging ze verder. 'Perfecte, zelfverzekerde, consequente mensen. Je weet wel... de sterke karakters!' Ze kon haar lachen niet meer inhouden. 'Hierbinnen is ruimte voor rebellie en we zijn niet bang voor uitbarstingen. En we zijn niet bang om tekort te schieten.' Ze veegde haar pony uit haar gezicht. 'Het is denk ik zo, dat ik in een ander soort gemeenschap dan die we hier hebben niet zou kunnen functioneren.'

Hij werd geboeid door het feit dat ze hardop nadacht en hem daarin liet delen, hoewel hij een vreemde was. Tegelijkertijd voelde hij zich geen vreemde.

'Hoe is dat bij jullie?' vroeg ze toen.

'Bij ons?' Hij dacht even na. 'Bij ons heerst orde en structuur en het barst er van de vervelende, geslaagde persoonlijkheden.' Hij probeerde zijn stem, die iets te opgewekt begon te klinken, onder controle te houden. 'Weinig ruimte voor improvisatie en fantasie. Een groot deel van het werk bestaat uit het zoeken naar minuscule tastbare dingen, zoals haren, vingerafdrukken of bloedsporen. Sporen van schoenen of misschien autobanden. Pas daarna komt het filosofische deel en hoewel dat nooit erg veel ruimte in onze rapporten krijgt, is dat er wel. En dat is natuurlijk het enige aan het werk wat echt interessant is. Als daar geen ruimte voor was, zou ik nu waarschijnlijk iets anders doen.'

'En hoe zit het met de mensen die je oppakt en in een kooi stopt?'

Hij keek haar onthutst aan. 'Dat is niet echt een uitdrukking die wij gebruiken.'

Nu provoceert ze, dacht hij, misschien heeft ze het gevoel dat ze zich niet aan de geldende beleefdheidsregels hoeft te houden. Ze is immers zo geobsedeerd door rebellie.

'Ik zou ze graag ergens anders heen sturen', zei hij rustig.

Hij werd zo gefascineerd door deze vrouw, door haar brede, lichte gezicht en haar donkere ogen met lichte ringen, dat hij bijna bang werd dat hij zich ineens iets zou laten ontvallen. Terwijl hij zichzelf nooit verraste. 'Als er een andere mogelijkheid was geweest', voegde hij eraan toe. 'Maar in al onze armoede zijn we niet verder gekomen dan die eh... kooi.'

'Trek je je hun lot aan?' vroeg ze meteen. Hij moest opkijken om haar gezicht te zien. Ze zag eruit alsof ze kattenkwaad in de zin had.

'Ja, zeker. Maar daar heb ik eigenlijk geen tijd voor. Bovendien ben ik geen cipier. Maar ik weet dat de cipiers zich hun lot aantrekken.'

'Nou ja.' Ze haalde haar schouders op. 'Wij beschikken waarschijnlijk toch over de meest humane strafinrichtingen ter wereld.'

'Humaan?' Hij kon het niet helpen dat zijn stem scherp klonk. 'Ze zitten onder de dope. Ze ontsnappen, springen uit de ramen, breken hun benen of zelfs hun nek, worden gek, verkrachten elkaar, gaan met elkaar op de vuist en plegen zelfmoord. Zo humaan is het!'

Ze haalde diep adem. 'Je trekt het je echt aan!' glimlachte ze.

'Dat zei ik toch.'

'Ik moest het zeker weten.'

Het werd weer stil en hij verbaasde zich opnieuw over dit merkwaardige gesprek. Het was alsof ze geen enkel respect had voor het gezag waarvan hij deel uitmaakte, waardoor de mensen gewoonlijk met ontzag spraken of hun mond hielden. Goed, dan moest hij maar proberen deze uitzondering op de regel de baas te worden.

'Errki', zei hij uiteindelijk. 'Vertel eens over Errki.'

'Alleen als je echt geïnteresseerd bent.'

'Maar dat ben ik toch!'

Ze verliet de kamer. 'Laten we naar de kantine gaan en een cola nemen. Ik heb dorst.'

Hij betrapte zich erop dat hij achter haar aan drentelde, terwijl hij zijn best deed om het verwarrende, verstorende gevoel in zijn hoofd, of in zijn borst, of zijn maag, of waar het ook maar zat, te verdringen. Hij was nergens meer zeker van.

'Welke weg denk je dat Errki genomen heeft?'

'Door het bos.'

Ze wees iets links van Het Baken. 'Daar ligt een vennetje, dat we de Bron noemen, daar hebben we al gezocht. Als hij die weg heeft genomen en verder het bos in is gelopen, komt hij uit op de rijksweg, op de plaats waar die onder de snelweg doorgaat. Als hij in Finnemarka is gesignaleerd, dan kan dat kloppen met de richting.'

Toen ze even later in de kantine zaten en zij citroensap in haar cola druppelde, vroeg hij nieuwsgierig: 'Zou je aan een doodnormaal iemand kunnen uitleggen wat een psychose eigenlijk is?'

Hij zag dat de cola langzaam lichter werd door het citroensap.

'Ben jij dan doodnormaal?'

Haar toon had iets plagerigs. Hij wist niet of dat een compliment was of iets anders. In zijn verwarring frunnikte hij aan de mobiele telefoon die aan zijn broekriem hing.

'In zekere zin is dat onmogelijk, het is zo abstract', zei ze zacht. 'Maar ik zie het als een schuilplaats. Het heeft ermee te maken dat alle normale verdedigingswerken tot de grond zijn afgebroken. De weg naar de ziel ligt volkomen open. Iedereen kan zomaar binnenstappen. Zelfs de meest onschuldige toenadering wordt ervaren als een vijandige aanval. Errki heeft een schuilplaats gevonden. Hij probeert te overleven door middel van een innerlijke overlevingsstrategie. Een soort corrigerende instantie die na verloop van tijd de leiding overneemt en die zijn vrijheid en de mogelijkheid om zelf keuzes te maken beperkt. Begrijp je dat?'

Ze nam een slok van haar cola en veegde met de rug van haar hand haar mond af.

Hij knikte.

'Wil hij er zelf uit?'

'Waarschijnlijk niet en dat is nu juist het probleem. Aangezien elke ziekte ook winst oplevert. Je weet wel, iemand die voor ons zorgt als we met koorts in bed liggen. Dat is toch heerlijk.'

Zeg dat wel, dacht hij met pijn in zijn hart.

'En hoe ziek is Errki?'

'Er zijn wat problemen. Maar hij ligt niet in bed. Hij eet, hij neemt zijn medicijnen. Met andere woorden: hij werkt in zekere zin mee.'

'En... schizofreen? Wat is dat?'

'Dat woord gebruiken we, in al onze machteloosheid, omdat het praktisch is om wat hokjes te hebben waar we dingen in kunnen stoppen... wanneer de psychose een behoorlijke tijd duurt. Laten we zeggen een paar maanden.'

'Is Errki al lang ziek?'

'Hij is in feite door de meesten opgegeven. Hij trekt van de ene inrichting naar de andere, als een soort aanklacht.' Ze zuchtte diep. 'Als hij die vrouw heeft vermoord, ben ik bang dat er geen hoop meer voor hem is. Dan krijgt hij waarschijnlijk geen hulp meer. Niet op de manier waarop ik hem zou helpen.'

'Maar', hij keek haar aan en tilde zijn glas op, 'wat weet je over de oorzaak van Errki's ziekte?'

'Niet veel. Maar ik heb een paar theorieën.'

'Kun je daar iets over zeggen?'

'Ik heb me wel eens afgevraagd of het iets met de dood van zijn moeder te maken heeft.'

'Volgens de geruchten was Errki schuldig aan haar dood', zei Sejer snel. Iets te snel, eigenlijk.

'Ja, dat heb ik gehoord. Hij heeft dat verhaal zelf in omloop gebracht.'

'Waarom?'

'Omdat hij denkt dat het zo is.'

'En jij denkt dat niet?'

'Dat hou ik liever open. Iedereen moet een kans krijgen', zei ze stellig.

Ja, dacht hij. Ik moet ook een kans krijgen. Maar ik zou hem misschien niet eens grijpen, al kreeg ik hem in mijn schoot geworpen. Ze draagt geen ring, maar dat hoeft niets te betekenen.

Vroeger was dat een duidelijk teken. Je pikte degenen die vrij waren er gemakkelijk uit. Zoals toen bij Elise. Gladde, lange vingers zonder ring. Wat zijn dit in vredesnaam voor hersenspinsels? dacht hij plotseling.

'Hoe is ze gestorven?' vroeg hij.

'Ze is van een trap gevallen.'

'Hij heeft haar niet geduwd?'

'Hij was acht jaar.'

'Achtjarigen doen niet anders dan duwen en trekken. Bijvoorbeeld per ongeluk, of tijdens het spelen. Was Errki binnen?'

'Hij was er getuige van.'

'Verder niemand?'

'Nee.'

'Wat weet je precies?'

'Bijna niets. Toen er hulp kwam zat hij op de trap, waarschijnlijk al een hele tijd, niet in staat zich te verroeren.' Ze stak een hand in de zak van haar blouse waar ze een pakje sigaretten had. 'Het is zo lang geleden', voegde ze eraan toe.

'Iets anders: wachtmeester Gurvin vertelde dat hij een tijdje in Amerika heeft gewoond?'

'Hij heeft zeven jaar in New York gewoond, samen met zijn vader en zijn zusje. Ze kwamen regelmatig terug naar Noorwegen, met kerst en zo.'

'En... klopt het dat hij daar contact had met een enigszins merkwaardige man?'

Ze glimlachte plotseling. 'Dat heb ik niet kunnen checken. Ik heb zijn vader gesproken en die geeft toe dat hij niet zo in de gaten hield wat zijn zoon buiten schooltijd uitspookte. Hij hield zich meer bezig met Errki's zus. In tegenstelling tot Errki is het haar voor de wind gegaan, vooral in sociaal opzicht. Maar je bedoelt die tovenaar, nietwaar?'

'Misschien heeft hij daar wat rare ideeën opgedaan?'

'Die had hij al. Maar het maakte de zaak er niet beter op. Het ergste is...'

Ze zweeg opeens en staarde in haar cola. Het was duidelijk dat ze overwoog of ze zou doorgaan of niet, of dat ze dan over de schreef ging.

'Het ergste is,' herhaalde ze, 'dat ik me af en toe heb afgevraagd of hij dat vermogen echt heeft. Of hij werkelijk meer ziet dan wij en echt dingen kan laten gebeuren. Door diepe concentratie. Dingen die niet anders verklaard kunnen worden, dan dat hij ze door wilskracht in gang zet.'

Zo. Dat was er uit.

Sejer fronste zijn voorhoofd. Het was vervelend dat ze, net nu hij haar zo aardig begon te vinden, toch niet zo helder in haar hoofd bleek te zijn. Dat ze toch niet de nuchtere, intelligente vrouw was waar hij haar in eerste instantie voor had gehouden. Verdorie nog aan toe!

'Vertel', verzocht hij.

Ze vestigde haar blik op een standbeeld buiten in de tuin, een naakt meisje dat op haar knieën gezeten over het ziekenhuisterrein uitkeek.

'Ik zal je vertellen over de allereerste sessie die we hadden, Errki en ik. Alle patiënten hebben een vaste therapeut en maken daarnaast deel uit van een groep waarmee ze groepstherapie krijgen. De dag en het tijdstip van de sessie waren aangebroken. Ik zat in mijn kantoor te wachten, wilde zien of het hem lukte om op tijd te komen, nadat ik hem eerst had laten zien waar het was. En hij was stipt op tijd. Ik knikte naar de bank bij het raam en hij ging zitten. Op zijn gemak, zwijgend. Ik kon zijn ogen niet zien. Het was stil in de kamer. Juist dat ogenblik had iets magisch. De eerste sessie, de eerste woorden.'

Ze sprak gedempt en erg langzaam. Sejer voelde hoe hij haar gedachten in werd getrokken en bijna aanwezig was in de kamer waar de twee hadden gezeten.

'We hebben precies een uur, begon ik. Vandaag bepaal jij hoe we die tijd gebruiken. Hij gaf geen antwoord. Ik liet de stilte duren, ik ben niet bang voor stiltes, het is heel gewoon dat ze niet veel zeggen of soms zelfs helemaal niets, de eerste keer. En de tweede. Dus ik was niet verbaasd of zo. Hij zat lekker ontspannen, alsof hij uitrustte. Niet nerveus of bang. Na een tijdje besloot ik om zelf te praten, over mezelf, zacht en rustig.'

'Waar praatte je over? Kun je op zo'n moment überhaupt over jezelf vertellen?'

'Natuurlijk, binnen bepaalde grenzen.' Haar stem kreeg een zangerige toon. 'Ik moet persoonlijk zijn, zonder privé te worden. Geëngageerd, zonder iemand te overdonderen. Beslist, maar niet scherp of autoritair. Meelevend, maar niet sentimenteel. Enzovoorts, enzovoorts. Ik zei tegen Errki dat wij, hij en ik, moesten proberen een taal te vinden die speciaal voor ons was, die alleen hij en ik begrepen. Die niemand anders kon verstaan. Met "anderen" bedoelde ik de stemmen binnen in hem, die hem heen en weer slingeren en hem het leven zuur maken. Ik zei dat we een manier van communiceren konden vinden, die óns geheim zou zijn. Een code. Dus als hij iets tegen mij wilde zeggen, kon hij dat in code doen. En dat ik, als ik maar voldoende tijd kreeg, die code zou kunnen verstaan en dat het bovendien mijn probleem was om die code te kraken.' Ze stopte om adem te halen. 'Maar hij bleef zitten zoals hij zat, de tijd verstreek en ik wachtte op een of ander teken. Ten slotte werd ik een beetje doezelig. Dat kwam ook omdat hij zo'n rust uitstraalde. Hij zat erbij alsof hij de kamer bezat. Ik schrok op toen hij opstond. Zonder mij aan te kijken liep hij naar de deur. Ik hield hem tegen, omdat dat tegen de regels is. Maar hij draaide zich om en wees naar zijn linkerhand, waar hij géén horloge droeg. Het uur was voorbij. Er hangt in mijn kantoor geen klok aan de muur. Toch klopte het dat er precies zestig minuten waren verstreken.'

'Wat deed je toen?' vroeg Sejer nieuwsgierig.

Ze lachte zacht. 'Ik probeerde me eruit te redden door te zeggen dat we nog vijf minuten hadden, maar ik zei het met een glimlach. En toen kwam het allereerste woord over zijn lippen. Het eerste woord dat hij ooit tegen mij zei: *Leugenaar.*'

Sejer keek door de kantineramen naar buiten, naar de groene gazons. Hij besefte dat het al laat was, dat hij binnen afzienbare tijd terug moest naar het bureau, liefst met een paar belangrijke aantekeningen. Hij had niet eens gebeld, in de lange tijd dat hij hier nu was. Misschien waren ze allebei al gevonden. Terwijl hij hier zat weg te dromen in de psychiatrie en haar geheimen. Of in haar. In alles wat had kunnen zijn. Een andere toekomst dan hij voor ogen had gehad.

'Daarna', zei ze, 'noteerde ik in mijn dagboek: 1-0 voor Errki.'

'Hoe denk je dat Errki reageert als hij zich bedreigd voelt?'

Ze keek hem aan en er verscheen een bezorgde trek op haar gezicht bij de gedachte aan hoe het nu met hem ging. 'Hij trekt zich uiteindelijk terug. Hij is defensief.'

'Maar als hij zich niet meer kan terugtrekken? Als hij bedreigd wordt of flink wordt uitgedaagd, wat doet hij dan?'

'Ik probeerde het je al eerder te vertellen, maar je begreep de hint niet. Dan bijt hij.'

'Bijten? Waar dan?'

'Waar hij maar bij kan.'

*

Errki sliep. Morgan stond in de deuropening naar hem te kijken. Een rood, vertakt litteken liep van het kuiltje in zijn hals naar zijn navel. Het was lelijk geheeld. Hij dacht even na. Kon niet bedenken hoe Errki aan zo'n lelijk litteken kon zijn gekomen. Daarom bleef hij staan kijken, hoewel hij hem eigenlijk kwam wekken. Hij had een hele tijd alleen op de oude divan in de kamer gezeten, doelloos voor zich uit starend. Had naar de radio geluisterd. Ze hadden niets nieuws te melden. Honderdduizend kronen, zeiden ze. Hij had het nageteld, het klopte.

Morgan stond doodstil. Om zo naar een slapende man te kijken, had iets intiems. Het zou anders zijn geweest als hij naar een slapend meisje had staan kijken. Dacht hij. Errki ademde licht en zijn oogleden trilden zwak, alsof hij droomde. Het zwarte jack en zijn T-shirt lagen op een hoopje op de vloer. Waarom wil ik hem wakker maken? dacht Morgan. Voel ik me soms eenzaam? Als een hond die behoefte heeft aan gezelschap? Laat hem toch liggen. Hij praat toch niet, wordt veel te veel door zijn eigen verknipte innerlijk in beslag genomen om naar mij te luisteren. Toch, als hij slaapt ziet hij er net zo uit als ieder ander.

Hij vroeg zich af of de waanzin er ook was als hij sliep. Of zijn dromen ook gek waren. Of dat hij ergens diep vanbinnen een hol had, waar alles was zoals het hoorde. Maar wat hij niet wilde toegeven.

Toen schrok hij. Zonder waarschuwing opende Errki zijn ogen. Van het ene moment op het andere was hij wakker. Hij had zich niet bewogen, zoals mensen gewoonlijk doen wanneer ze wakker worden, een beetje draaien, grommen en kreunen. Had gewoon zijn ogen geopend. Ze waren verrassend groot, totdat ze Morgan zagen, toen versmalden ze.

'Wat is er met je borst gebeurd?' flapte Morgan eruit. 'Het ziet eruit als een mislukte harakiri.'

Errki zweeg, omdat de twee beneden in de kelder nog bezig waren hun positie weer in te nemen. Af en toe waren ze zo verschrikkelijk traag.

'Ik heb behoefte aan gezelschap', verklaarde Morgan. Hij vond dat hij maar beter eerlijk kon zijn. 'Het is al laat. We nemen een whisky.'

Errki stond langzaam op. Er gebeurde niets. Hij loerde naar Morgans revolver, trok zijn T-shirt over zijn hoofd en volgde hem naar de kamer. Morgan had de radio op de vensterbank gezet, de antenne stak door het kapotte raam naar buiten. De temperatuur in het oude huis was prettig, maar er hing een warme nevel over het bos en het meertje in de verte leek te trillen in de hitte.

'Ik heb honger', zei Morgan. 'Daarom neem ik een whisky.'

Hij pakte de fles uit de tas en schroefde de dop eraf. Het was een literfles. Errki keek afwachtend toe, zoals gewoonlijk loerde hij omhoog en zoals gewoonlijk leek hij ergens over te piekeren.

'Whisky helpt tegen alles', zei Morgan, terwijl hij zich nog steeds verwonderde over die intense blik, alsof Errki iets heel bijzonders wist, iets noodlottigs over het leven en de dood, wat verder nog niemand had gezien. 'Het helpt tegen honger en dorst. Liefdesverdriet en verveling. Wanhoop en angst.'

Hij nam een grote slok. Zijn gezicht golfde als rubber rond de sterkedrank. 'Niets is zo prettig als een gematigd alcoholprobleem', ging hij verder. 'Begrijp je wat ik bedoel met het woord gematigd?'

Errki begreep het. Morgan veegde zijn mond af.

'Ik drink regelmatig. Maar nooit 's morgens en nooit teveel, en nooit als ik moet rijden. Ik heb het onder controle.'

Hij nam nog een slok. 'En als je nu denkt dat ik me helemaal laveloos ga drinken, zodat jij ervandoor kan gaan, dan heb je het mis.'

Hij hield de fles naar hem op. Errki keek er een beetje verbaasd naar. Hij gaf niet erg om drank, maar hij voelde zich moe en leeg van binnen en als dit het enige was wat ze hadden, hoefde hij niet te kiezen. Dit was inderdaad het enige wat ze hadden, een fles whisky. En hij had er immers niet om gevraagd, het werd hem nagenoeg opgedrongen. Hij bestudeerde het etiket en draaide de fles langzaam rond. Toen rook hij aan de hals van de fles.

'Kom op, het is geen vergif.'

Hij zette de fles aan zijn mond en dronk. Er sprong geen enkele traan in zijn ogen toen de whisky omlaag vloeide.

Een plotselinge warmte verspreidde zich in zijn middenrif. Het begon boven in zijn mond te branden, zakte omlaag, vulde zijn hele maagstreek. Langzaam kwam de zoetige smaak, bijna als van bonbons.

'Lekker, hè?' Morgan glimlachte. 'Waar woon je eigenlijk? Je hebt zeker een flatje?'

Aan de fjord, dacht Errki. Bij het recreatiegebied, fraai gelegen en betaald door de gemeente. Een kamer, een keuken en een badkamer. Boven woont de oude man die 's nachts altijd rondloopt en wel eens huilt. Ik hoor het, maar ik trek me er niets van aan. Als ik hem een helpende hand bied en naar hem luister, geef ik hem hoop, en er is geen hoop. Voor niemand.

'Waarom maak je er zo'n geheim van?' ging Morgan verder. Hij deed een greep naar de fles.

'Het stinkt er', zei Errki zacht.

'Wat stinkt er? Je flatje? Dat geloof ik graag. Jij stinkt ook. Het werd misschien tijd dat je eens buiten kwam.'

'Rauw vlees stinkt. Vooral in deze hitte.'

'Wat wauwel je nou?'

'Het ligt op het aanrecht. Ik eet het iedere ochtend als ontbijt.'

Zijn gezicht stond doodernstig toen hij dit zei. Morgan keek hem argwanend aan. 'Maak je nu een geintje of heb je hallucinaties? Je maakt een geintje, nietwaar? Ik twijfel er niet aan dat je gek bent, maar ik weiger te geloven dat je rauw vlees als ontbijt eet.'

Ondanks de warmte voelde hij een langzame rilling langs zijn rug gaan. Wat was dit voor iemand die hier voor hem stond?

'Neem nog wat whisky. Het is misschien niet goed als je je medicijnen niet neemt. Als je het mij vraagt denk ik dat je net zo goed whisky kunt nemen.'

Hij liet zich op de vloer zakken en legde het wapen naast zich neer.

'Vertel eens. Wanneer had je door dat je bezig was gek te worden?'

Errki staarde hem aan, hield zijn hoofd scheef.

'Was het zoals je wel in de boeken leest? Dat je op een ochtend opstond en je ellendig voelde en toen liep je naar de spiegel en daar zag je tot je schrik dat er rode wormen uit je oogkassen kropen?'

Hij lachte hinnikend en draaide de dop op de fles.

Errki sloot zijn ogen. Het gonsde zacht beneden in de kelder, als een waarschuwing. 'Het waren geen wormen', zei hij, met zijn zachte stem. 'Het waren torren. Met glimmende schilden. Ze glinsterden in het licht van het raam, zwart als olie.'

Morgan knipperde verward met zijn ogen. 'Je lult maar wat, hè? Zo gaan dat soort dingen niet. Al ben je nog zo gestoord, je hoeft mij niet te behandelen alsof ik ook gek ben. Ik ga ervan uit,' zei hij peinzend, 'dat het heel erg belangrijk is om erachter te komen waarom je ziek bent geworden. Daarom vroeg ik het. Is het misschien erfelijk? Was je moeder gek?'

Errki luisterde zwijgend. Naar de woorden die als vuil uit Morgans mond tuimelden. Als nat papier, aardappelschillen, koffiedrab en klokhuizen.

'En jij?' vroeg Errki zacht. 'Wanneer had jij het door?'

'Had ik wat door?' Morgan knipperde met zijn ogen en keek weer uit het raam. 'Het is verdomme niet gemakkelijk om een gesprek met jou te voeren. Als er iets is waar je wél over wil praten, dan kunnen we het daarover hebben. Jij bepaalt het thema.' Hij zuchtte diep. 'Het duurt nog lang voor het donker wordt.'

Opnieuw een pauze. Errki zat met opgetrokken benen op de divan.

'Grote delen van de wereld zijn in oorlog', zei hij uiteindelijk.

'O ja? Ja, dat zal wel. Kun je niet iets over dat gesticht vertellen?' vroeg Morgan. Hij klonk nu bijna smekend.

Ja, dat zou hij onderhand wel eens kunnen doen. Als hij er zin in had gehad. Hij zou bijvoorbeeld over Ragne kunnen vertellen, die zich er nooit mee had kunnen verzoenen dat ze als meisje was geboren en die herhaaldelijk met snijwonden in haar bed of in de douche werd gevonden, in een plas bloed, omdat ze geprobeerd had haar geslachtsorganen af te snijden. En dat is niet gemakkelijk als je een meisje bent. Limonade, thee en koffie, dacht Errki, bier, wijn en jenever. Dat aan deze gekrulde malloot vertellen? Nooit.

'Ook goed', zei Morgan gelaten. Hij keek Errki aan. 'Ben jij een genie? Een begaafd, briljant brein? Ik meen het, ik sluit niet uit dat je vrij scherp bent, al zie je er niet zo uit.'

Errki gaf geen antwoord. De man was niet alleen een malloot, hij was zielig.

Morgan zuchtte. Hij was bekaf. De ander wilde niet praten. Hij had geen zin meer om naar zijn eigen stem te luisteren, bovendien kraamde hij toch alleen maar onzin uit. Hij kon niet slapen. Hij kon ook niet nog meer whisky drinken. Hij was er niet aan gewend om samen met een andere man in een kamer te zitten en geen antwoord te krijgen. Hij werd er zenuwachtig van.

'Wat ga je met het geld doen?' vroeg Errki plotseling, uitermate vriendelijk.

'Het geld?'

'Het geld van de overval. Ga je een Nintendo kopen? Alle jongens willen een Nintendo hebben.'

Morgan stond ineens op en liep naar het raam. Hij keek naar het water. Het glom als glas en had een diepe roodbruine kleur, als van erts. Hij zag het kale schiereilandje en de droge den die over het water hing. Nog even en dan was er weer nieuws op de radio. Hij dacht aan de auto, wanneer die gevonden zou worden. Dan zouden ze begrijpen dat ze het bos waren ingegaan.

'Ik moet pissen', zei hij, terwijl hij naar de deur liep. Hij nam de revolver mee. 'Jij blijft hier. Ik sta voor de deur.'

Hij ging naar buiten en snoof de warme lucht op. Het was nu op zijn allerwarmst. Hij verlangde naar de duisternis die niet zou komen. Niet voordat het weer herfst was. Het is allemaal gezanik, dacht hij mistroostig.

Errki stond op van de divan en ging op de grond zitten, met de muur als ruggensteun. Hij hoorde hoe de straal het droge gras trof en het zipje toen Morgan zijn rits dichttrok. De whisky maakte zijn lichaam lekker warm. Hij wilde meer hebben. Morgan kwam weer binnen. Hij kon om meer vragen, maar dat druiste in tegen een principe dat hij onmogelijk kon schenden. Ergens om vragen. Nee, dat was ondenkbaar. Daar kwam Morgan, met koppige passen. Stapte over de tas heen. Bleef met zijn rug naar hem toe staan en prutste aan de radio. Draaide weer aan de antenne. Errki staarde naar zijn lichaam en naar zijn gespierde kuiten. Stel je voor dat je een man bent en de uitrusting hebt gekregen die bij een man hoort, en je er dan zo onharmonisch uitziet, alsof je bent samengesteld uit toevallige losse onderdelen die niet bij elkaar passen. Alles was stil. Errki zou een gebed moeten opzeggen. Hij kon zich niet herinneren wanneer hij voor het laatst had gebeden, in geen jaren. Hij had het idee dat de woorden zich samenbalden tot een klont die niet omhoog wilde.

Daarom begon hij maar naar de tas te staren. Hij concentreerde al zijn kracht in zijn ene oog en voelde hoe zijn blik als een lichtstraal door de kamer ging. De straal raakte het zwarte canvas van de tas en al snel kwam er een dun rookpluimpje van de zwarte stof. Daarna rook hij de vage geur van iets wat brandde. Morgan draaide zich om. Er klonk een dof gerommel in de kelder, alsof grote steenmassa's waren losgeraakt en naar beneden raasden. Het gerommel nam toe, het leek wel onweer. Nestor vlamde op. Even later zag Errki iets tussen de smerige vloerplanken tevoorschijn groeien. Een rivier van bloed. Hij staarde ernaar, het bevond zich ongeveer een duimbreed van zijn voeten. De tas stond aan de andere kant ervan.

'Wat is er met je?' vroeg Morgan onzeker. 'Word je niet goed?'

Errki staarde intens naar de tas.

'Volgens mij moet je nog wat whisky nemen. Misschien helpt dat.'

Hij klonk benauwd. Errki bleef zitten. Hij staarde naar het bloed.

'Neem gerust, zei ik.'

Maar Errki bleef zitten. Zijn hand kon niet bij de tas, hij zou een stap moeten nemen om hem te bereiken. Zijn voeten zouden wegglijden in het warme, kleverige bloed.

'Jezus man, wat maak jij alles moeilijk! Moet ik je soms een speen in je mond douwen en je in mijn armen nemen?'

Morgan trok de tas met een ruk naar zich toe, pakte de fles en gaf die aan hem. Errki pakte hem aan en dronk. De tas hield op te branden.

Daar kwam je goed weg. Reken er niet op dat je de volgende keer net zoveel mazzel hebt.

'Ik ben niet gierig', zei Morgan ineens. 'Je kunt van Morgan zeggen wat je wilt, maar gierig ben ik niet.'

Hij loerde naar Errki, die gulzig dronk.

Toen liep hij naar de keuken. Errki voelde dat het waar was. Morgan was van alles, maar niet gierig. Hij hoorde hem in de laden rommelen en de deur van de provisiekast openen. Terwijl hij even uit zijn gezichtsveld was, nam Errki een paar grote slokken. Morgan vloekte zachtjes en er werden nijdig dingen in de rondte geslingerd. Er ritselde iets. Dat betekende dat hij met de kaarsen stond te prutsen, die in plastic waren verpakt. Daarna ging hij het slaapkamertje binnen. Errki dronk nog meer, hoorde dat hij tegen de wanden schopte. Toen galmde zijn stem door het huis: 'Hé, verdraaid, moet je nou eens zien!'

Errki stond op en waggelde achter hem aan. 'Riep u, Heer?'

Hij stond daar met de fles in zijn hand. Morgan had de revolver in het raamkozijn gelegd.

'Kijk eens wat ik heb gevonden!'

Hij liet hem iets zien. Bruine, droge papieren, een paar keer dubbelgevouwen. 'Op de vloer onder het bed. Een kaart van Finnemarka. Laten we eens uitzoeken waar we zijn.'

Hij las hardop: 'Kaart van Finnemarka, Kartografische dienst, 1965. Help eens, Errki.'

Morgan pakte de revolver op en ging weer naar de kamer. Errki volgde hem.

'Heb jij verstand van landkaarten? Je moet me helpen. Kun jij vinden waar dit huis ligt?'

De kaart verkruimelde bijna tussen zijn vingers, toen hij hem openvouwde. Errki keek naar de kaart. Toen zette hij zijn vinger op een kleine, bleekblauwe vlek. 'We zijn hier', zei hij zacht.

'Zo eenvoudig?' Morgan keek hem aan. 'Hoe weet je dat zo zeker?'

'Kijk naar het meertje buiten', zei Errki. 'Kijk naar de vorm ervan. Vergelijk het met de kaart. Het heet het Hemelrijk.'

'Jeetje. Je hebt zo je heldere momenten.'

Morgan liep naar het raam en keek naar buiten. Het water had precies dezelfde vorm als het meertje op de kaart. 'Verdomd, ben je hier zo goed bekend? Eigenlijk hebben we niet zo ver gelopen', zei hij toen. 'Vannacht kan ik over die bergrug heen lopen en hier uitkomen,' hij wees weer op de kaart, 'en voor de grap trek ik dan jouw kleren aan.'

Hij griste de whiskyfles naar zich toe. Eindelijk voelde hij zich weer wat beter. Hij wist waar ze waren. Hij bevond zich niet langer in een witte vlek, alles had een naam, de bergtoppen en de meertjes, en eromheen liep het wegennet, duidelijk genummerd.

'Jij loopt dezelfde weg terug als we gekomen zijn. En ik ga verder naar... dat moet het noordwesten zijn. Je mag mijn broek lenen. Je zult er fantastisch uitzien in die Hawaiibroek. Ik laat je dus gaan. Tussen twaalf en één vannacht.'

Hij zag er tevreden uit. Hij had een doel.

'De nieuwsberichten', zei hij plotseling. Hij sprong op, struikelde op de radio af en schroefde het volume op. Het nieuws werd nu door een vrouw gelezen. Errki zakte weer op de vloer neer en sloot zijn ogen. Zijn lippen waren gevoelloos en aangenaam slap door de drank.

'En dan nu de moord in Finnemarka. De buitengewoon brute moord op de zesenzeventig jaar oude Halldis Horn krijgt de hoogste prioriteit van de politie, naast de overval op de Fokus Bank. De politie heeft verklaard de mogelijke dader wellicht op het spoor te zijn, maar omwille van het onderzoek worden er geen mededelingen gedaan over de aard van het spoor. De politie gelooft echter in een spoedige opheldering van de moord.'

Morgan keek Errki aan. 'Waar denk je dat ze woonde? Kende je haar?'

Hij krabde op zijn hoofd. 'Zouden ze hier in de buurt zoeken? Snap jij nou wat iemand denkt, die zoiets gruwelijks doet?'

Errki schudde onwillig zijn hoofd, zijn haren zwaaiden heen en weer. Maar hij gaf geen antwoord.

*

'Waarom werd hij opgenomen?' vroeg Sejer. 'Had hij iemand bedreigd?'

Dr. Struel schudde haar hoofd. 'Hij at niet meer. Toen hij bij ons kwam was hij ernstig ondervoed.'

'Waarom at hij niet?'

'Hij kon niet besluiten waar hij zin in had. Aan tafel wilde hij eerst het ene en dan weer het andere beleg pakken.'

'Wat deed je toen?'

'Toen hij het opgaf en naar zijn kamer ging, heb ik een boterham met worst voor hem klaargemaakt en die naar hem toegebracht. Geen melk of koffie erbij, alleen maar die boterham met worst. Ik heb het bord op zijn nachtkastje neergezet. En dat is daar onaangeroerd blijven staan.'

'Waarom?'

'Ik beging een blunder. Ik sneed de boterham in tweeën en toen wist hij niet welk stukje hij het eerst moest nemen.'

'Zeg je nu dat het mogelijk is dood te hongeren, omdat je geen beslissing kunt nemen?'

'Ja.'

Hij schudde zijn hoofd, terwijl hij probeerde te begrijpen hoe onnoemelijk moeilijk het kon zijn om zich in dit leven te handhaven.

'En denk je echt dat de man bovennatuurlijke krachten heeft?'

Ze maakte een hulpeloos gebaar met haar handen. 'Ik vertel alleen maar wat ik heb gezien. Anderen vertellen andere dingen.'

'Heb je hem gevraagd hoe hij het doet?'

'Ik heb hem gevraagd van wie hij het had geleerd. Toen glimlachte hij en zei: *The Magician.* De magiër uit New York.'

'Maar is het niet gewoon toeval?'

'Dat geloof ik niet. Er komen in een mensenleven wel vaker dingen voor die we niet kunnen verklaren.'

'Bij mij niet', zei hij met een glimlach.

'Niet?' Ze lachte plagend. 'Dus jij begrijpt bijna alles?'

Hij had het gevoel dat hij belachelijk werd gemaakt.

'Zo bedoelde ik het niet. Wat kon hij nog meer?'

'We zaten een keer met een aantal mensen in de rookkamer te kaarten. Errki was er ook, maar hij speelde niet mee, hij haat spelletjes. Het was 's avonds laat en buiten was het donker, we hadden het grote licht aangedaan. Plotseling zei Errki, op zijn stille, vreemde manier: we zouden kaarsen op tafel moeten zetten. Ja, dacht ik, dat zou gezellig zijn. Ik vroeg of hij er een paar uit de keuken wilde halen, maar dat wilde hij niet. En niemand anders ook. Ze dachten dat ze in de weg zouden staan bij het kaarten. Toen had ik met hem te doen. Voor het eerst deed hij een voorstel en niemand wilde naar hem luisteren. Op dat moment viel de stroom uit. Het werd pikdonker in de kamer en in de rest van het huis en we gingen allemaal struikelend op zoek naar een lamp. Ik probeerde jullie te waarschuwen, zei Errki droog.

Maar niet alles was even geslaagd. Hij wilde bijvoorbeeld leren vliegen en op een gegeven moment is hij uit een raam op de tweede verdieping gesprongen. Het is een wonder dat hij het overleefde. Hij kwam terecht op een fietsenrek, wat hem een lelijk litteken op zijn borst opleverde. Dat gebeurde toen ze in New York woonden.'

'Gebruikten ze LSD of zo?'

'Ik weet het niet. En zijn vader wist het ook niet. Hij lette niet zo erg op hem.'

'Is hij zo lelijk als gezegd wordt?'

'Lelijk?' Ze keek hem verstoord aan. 'Hij is niet lelijk. Een beetje onverzorgd misschien.'

'Is hij ongelukkig?'

Hij vond het meteen al een nogal onzinnige vraag, maar ze lachte niet.

'Natuurlijk. Maar dat weet hij niet. Dergelijke gevoelens laat hij niet toe.'

'Wat voor gevoelens laat hij überhaupt toe?'

'Minachting. Hoogmoed. Arrogantie.'

'Nu klinkt hij niet meer zo aardig.'

Ze slaakte een diepe zucht. 'Eigenlijk is hij niet meer dan het getalenteerde jongetje dat zijn best deed om het iedereen naar de zin te maken. Dat alles goed wilde doen. En dat zo bang was een fout te maken, dat hij ten slotte helemaal niets meer deed. Op school uitte hij zich mondeling slecht, hij zat maar een beetje uit het raam te mompelen, waardoor niemand kon verstaan wat hij zei. Maar schriftelijk was hij een klasse apart.'

'Maar jij hebt hem na verloop van tijd dus aan de praat gekregen?'

'Hij praat wanneer het hem uitkomt. Soms is hij extreem welsprekend, grappig zelfs. Hij heeft een dodelijke humor.'

'Heeft hij wel eens geprobeerd zelfmoord te plegen?'

'Afgezien van die vliegreis uit het raam in New York, waarvan ik het hoe en wat niet helemaal duidelijk heb gekregen, geloof ik niet.'

'Dus hij wordt niet als suïcidaal beschouwd?'

'Nee. Maar in dit werk is niets zeker.'

'Zou jij hem begrijpen, als hij zelfmoord pleegde?'

'Natuurlijk. Zelfmoord plegen is een recht.'

'Een recht? Zie je dat zo?'

Ze staarde naar haar handen. 'Ik heb iets tegen therapeuten die tegen hun patiënten zeggen dat ze toch moeten begrijpen dat doodgaan geen oplossing is. Natuurlijk kan het voor desbetreffende een oplossing zijn. Dat iemand de dood verkiest, is een logische en onvermijdelijke consequentie van het feit dat we kunnen kiezen, en de mens heeft die oplossing door de eeuwen heen gezien en gekozen.'

'Maar jij doet toch je best om het te verhinderen?'

'Ik zeg altijd: het is jóúw keus. En ik vind het niet altijd even prettig als ik ze zonodig een lang leven moet opdringen. Of als ik ze een psychose ontneem, die ze ondanks alles als hun enige uitweg zien.'

Ik ga vannacht moeite krijgen met slapen, dacht hij. Haar gezicht zal in het donker voor me zweven en me vasthouden. Haar woorden zullen in mijn oren naklinken. Hij merkte dat hij met zijn trouwring zat te spelen en dacht op datzelfde ogenblik, mocht ze tegen alle verwachting in hem geïnteresseerd zijn geraakt, dan zou ze dat nu wel meteen van zich afzetten. Misschien zou hij de ring af moeten doen. Maar aan de andere kant had hij lang geleden al besloten dat die ring daar altijd zou blijven zitten en dat hij hem mee zou nemen in het graf. Toch zond de ring een signaal uit dat er een vrouw was. Dat had zij nu ook gezien. Die gedachte zat hem dwars.

'Errki houdt ervan om door het bos en langs de wegen te zwerven. Klopt het dat hij zich gewoonlijk niet in de buurt van huizen begeeft?'

'Ja', moest ze toegeven.

'Aangezien hij dat nu klaarblijkelijk wel heeft gedaan, zelfs helemaal de stad is ingegaan en een bank is binnengestapt, zou dat kunnen betekenen dat hij ergens mee zit? Dat hij voelde dat hij hulp nodig had? Omdat er iets was gebeurd?'

Ze zag er plotseling bang uit. Weer spoelde er een golf binnen in hem. Toen de golf zich terugtrok, kon hij zijn eigen hart zien, dat lange tijd een leeg en verlaten strand was geweest. Voor het eerst sinds jaren stond daar nu een vrouw.

*

'Is er iets gebeurd?'

Skarre keek hem aan.

'Wat bedoel je?'

'Je bent lang weggebleven.'

Sejer gaf geen antwoord. Hij stond bij de wastafel, met zijn rug naar hem toe. Skarre werd onzeker. Sejer kon weliswaar erg gesloten zijn, maar nu duidde zijn rechte rug erop dat er iets gistte.

'Ik heb heel wat nuttige informatie gekregen', antwoordde hij, zonder zich om te draaien. Hij draaide de kraan open en plonsde koud water in zijn oververhitte gezicht. Pas toen hij zich zorgvuldig had afgedroogd en zijn vingers door zijn korte haar had gehaald, vroeg hij: 'Hebben we de foto's van de sporen op de plaats delict al gekregen?'

'Nee, maar ze komen eraan. Volgens het lab zijn het mooie zwart-witfoto's. Ze gaan ervan uit dat het hardloopschoenen zijn. Ze hebben het typische zigzagpatroon van hardloopschoenen. De sporen zijn negenendertig centimeter lang, wat overeenkomt met maat drieënveertig. Dat is wat ik tot nu toe weet.'

'Dr. Struel kan zich maar moeilijk voorstellen dat Errki in staat is iemand te vermoorden. Ze zegt dat hij bijt als hij geprovoceerd wordt.'

'Ze? Bijt?' Skarre staarde hem aan. 'Was het een vrouw? Kon ze iets zeggen over hoe hij zich als gijzelaar zal gedragen?'

'Ze denkt dat hij zich afsluit. Zegt dat hij defensief is. Maar wij weten ook niet veel over die overvaller, wat voor iemand hij is.'

'Misschien hebben ze het hartstikke gezellig samen.'

'Dat zou niet voor 't eerst zijn. Maar iets anders... Wat denk jij dat er gebeurt als de overvaller erachter komt dat zijn gijzelaar gezocht wordt in verband met een moord?'

Skarre glimlachte vaag. 'Misschien wordt hij bang en laat hij hem gaan.'

'Misschien. En het is in feite niet onwaarschijnlijk dat hij naar de radio luistert om te horen hoe de zaken ervoor staat.'

'Maar de pers weet het toch niet? Dat de gijzelaar dezelfde is als de man die bij Halldis' boerderij is gesignaleerd?'

'Dat is slechts een kwestie van tijd, denk je niet?'

Hij keek naar de deur, aan de lange gang erachter lag een hele rij kantoortjes. 'Dit is een groot gebouw. Het kan nooit lang meer duren voor het uitlekt.'

'En dan kan het gevaarlijk worden, nietwaar?'

Sejer keek hem aan. 'Wat zou jij doen? Probeer met het criminele deel van je hersenen te denken.'

'O, maar dat is zo klein!' klaagde Skarre. 'Ik zou bang worden en hem wegsturen. En aangezien hij geestelijk gestoord is, is hij vast niet erg makkelijk in de omgang. Maar als ze wel contact hebben gekregen,' ging hij verder, 'kan het ook zo zijn dat ze een soort steun bij elkaar vinden. En waarom zou de een de ander dan aangeven? Ze staan allebei aan de verkeerde kant van de wet. Als het daarentegen tot een conflict komt...'

'En de een is gek en de ander heeft een wapen. We móéten ze vinden.' zei Sejer. 'Voordat ze elkaar afmaken. Ik stel voor dat we deze informatie naar de radio laten uitlekken.'

'Jij denkt dat hij hem dan laat gaan?'

'Misschien. In de tussentijd ga jij naar Briggens Supermarkt om met de kruidenier van Halldis te praten. Hij is de enige die haar regelmatig sprak. Eens per week en dat gedurende vele jaren. Ze moeten elkaar goed gekend hebben. Je moet ook uitzoeken wie die Kristoffer is, die haar die brief heeft gestuurd. Heb je al iets gegeten?'

'Ja. En jij?'

'Ik ga naar Jongensheuvel om met de jongen te praten die Halldis heeft gevonden. Daarna ga ik naar het Rijkshospitaal.'

'Waarom?'

'Om te zien of er een dossier over Errki's moeder is, met betrekking tot haar overlijden.'

'Maar dat is zestien jaar geleden!'

'Ik vind vast wel iets. Maar voor je weggaat... haal eens een zwabber uit de gang.'

'Een wat?'

'In de schoonmaakkast. Een zwabber.'

'Niemand gebruikt tegenwoordig nog een zwabber', zei Skarre minzaam. 'Tegenwoordig gebruik je een mop.'

'Haal dan een mop. Iets met een lange steel.'

Skarre vertrok en kwam terug met een mop. Net als de hak van Halldis had deze een glasfiber steel.

Sejer ging klaarstaan. 'Ik ben Halldis Horn', zei hij serieus, 'en jij bent de moordenaar.'

'Net zo makkelijk', beweerde Skarre en ging voor hem staan.

'Ik sta op het trapje voor de deur en heb de hak vast. Ik ben uiteraard langer dan zij en de steel is ook langer. Maar waarschijnlijk zou ik hem zo vasthouden, met mijn handen in het midden van de steel.'

Skarre knikte.

'Dan kom jij op mij af, uit het huis. Je probeert de hak te pakken. Doe het, Jacob.'

Hij staarde even naar de steel en pakte hem toen met beide handen vast. Automatisch zette hij zijn ene hand boven Sejers greep en de andere eronder.

'Blijf zo staan.'

Sejer staarde naar de vier handen. 'Halldis' vingerafdrukken zaten ongeveer hier, in het midden van de hak. Bovenaan de steel hebben we een andere afdruk gevonden, heel klein. En hetzelfde onderaan. Hij heeft de hak dus op deze manier vastgepakt, in één beweging, en daarna heeft hij hem losgerukt, opgetild en toen heeft hij toegeslagen. Maar kun jij me zeggen, Jacob... waar de rest van zijn vingerafdrukken is?'

Skarre wist het niet. 'Stel dat hij ze er in alle haast heeft afgeveegd, maar nog wat heeft laten zitten.'

'Terwijl die van haar er nog opstaan? Dat lijkt me niet erg waarschijnlijk.'

'Stel dat hij vingers heeft die om een of andere reden slechte afdrukken achterlaten.'

'Waardoor bijvoorbeeld?'

'Geen idee. Maar als hij een keer zijn vingers heeft verbrand, dan kunnen de lijnen op zijn vingertoppen beschadigd zijn.'

'Nu begin je wel heel erg te speculeren, vind ik.'

'Mee eens.' Skarre knipoogde. 'Ik snap het ook niet.'

'Komen de afdrukken overeen met die in het huis zijn gevonden?'

'Op het lab zijn ze nog steeds bezig met vergelijken.'

'Er is hier iets merkwaardigs', zei Sejer.

'Ik geloof niet in merkwaardige dingen', wierp Skarre tegen. 'Ik denk dat er een logische verklaring is, want die is er meestal. Misschien is Errki iemand die op zijn vingers sabbelt. Daar heb ik wel eens over gehoord. Misschien heeft hij zijn vingertoppen kapotgesabbeld. Hij is tenslotte nogal apart. Heeft ze daar niets over gezegd, die arts van hem?'

'Of hij op zijn vingers sabbelt?'

'Kijk', zei Skarre en hij hield een hand omhoog. 'Kijk naar mijn wijsvinger, naar het topje. Wat zie je?'

'Niet veel. Die is... blanco, als het ware?'

'Dat klopt. Deze vinger laat geen afdrukken achter. Weet je waarom?'

'Omdat je hem gebrand hebt?'

'Nee. Ik heb er superlijm op gehad. Lang geleden.'

'Maar dat is één van tien vingers.'

'Ik zeg alleen maar dat er een logische verklaring kan zijn. Dus zijn arts denkt niet dat haar patiënt iemand kan vermoorden?' ging hij verder.

'Nee.'

'Geloof je haar?'

'Ze weet ontegenzeglijk erg veel van hem en ze is behoorlijk ervaren in haar vak.'

'Maar gewoonlijk houd jij daar geen rekening mee. Zelf denk ik dat het zo simpel is. Ik denk gewoon dat hij het heeft gedaan.'

'Je hebt teveel met Gurvin gepraat.'

'Ik probeer alleen maar logisch na te denken. Hij is daar opgegroeid. Hij kende haar. Afgezien van de kruidenier kwam er nooit iemand bij haar thuis. Hij is bij haar boerderij gezien, op de ochtend van de moord. En hij is heel erg ziek.'

'Zullen we wedden?' vroeg Sejer met een glimlach.

'Ja, waarom niet.'

'Dan wed ik dat hij het niet heeft gedaan.'

'Als je verliest, ga je met mij mee naar Het wapen van de Koning en drinken we ons een stuk in de kraag.'

Sejer huiverde bij de gedachte.

'En als jij verliest, ga je mee parachutespringen. Is dat goed?'

'Eh. Oké.'

‘Kan ik dat zwart op wit krijgen?’

‘Vertrouw je een christen niet op zijn woord?’

‘Natuurlijk.’ Sejer zette hoofdschuddend de mop tegen de muur. ‘En nu wegwezen. Maar ik wil je nog één ding zeggen. Niet alles is met gezond verstand uit te leggen.’

Hij dook in een lade om aan te geven dat het gesprek voorbij was. ‘Koop een paar schoenen met hoge schacht’, besloot hij.

‘Waarom?’

‘Voor het parachutespringen. Om te voorkomen dat je je enkels breekt.’

Skarre verbleekte lichtelijk en verdween.

Zelf maakte Sejer haastig wat aantekeningen van het gesprek met dr. S. Struel. Toen hij klaar was, sloeg hij het telefoonboek open bij de letter S. Met één oog op de deur, alsof hij bang was dat hij op heterdaad zou worden betrapt. Hij vond haar naam al snel, onder de naam Strougal en boven de naam Stryken. Struel, Sara. Arts.’

Sara, dacht hij. Romantisch. Exotisch.

En daaronder stond: Struel, Gerhard. Arts. Met hetzelfde nummer. Hij zuchtte diep en sloeg het telefoonboek dicht. Sara en Gerhard. Het klonk fraai. Teleurgesteld als een klein kind duwde hij het telefoonboek van zich af.

*

Briggens Supermarkt was zo vervuild door borden en reclame dat het wel een kermis leek. Overal felle oranje, roze en gele plakkaten. Visburgers uit eigen keuken, diepgevroren runderlever.

Verder was het best een mooi gebouw, een roodgeverfd huis van twee verdiepingen. Skarre veronderstelde dat Briggen zelf boven de winkel woonde. Hij parkeerde de auto en ging naar binnen. De zaak had twee kassa's, achter een ervan zat een jong meisje een tijdschrift te lezen. Een stevige permanent hield haar ronde hoofd in een houdgreep. Ze keek op en zag zijn uniform. Het blad viel met een klap op haar schoot.

Skarre was knap. Ronduit knap, met een vriendelijk gezicht en een wolk van blonde krullen. En hij had het zeldzame vermogen om iedereen dezelfde welgemeende aandacht te geven. Ook als ze hem niet interesseerden, zoals deze dame hier. Ze droeg een bril met een zwart montuur en haar mollige lichaam was ruim tien kilo te zwaar. Hij glimlachte oogverblindend.

'Is de chef in de buurt?'

'Oddemann? Hij is in het magazijn bezig diepvriesproducten uit te pakken. Als je daar langs de melk loopt, zie je bij de groenten een deur.'

Hij knikte en liep de winkel in. Op dat moment kwam Briggen met een krat bevroren vis in zijn handen naar buiten. 'Politie? We gaan naar mijn kantoortje. Kom maar mee.'

Hij sjokte weg.

De caissière sloeg haar blad weer open, maar ze las niet verder. Ze draaide haar hoofd naar links, waar ze in het plexiglasscherm van de andere kassa net haar eigen spiegelbeeld kon zien. Haar haren en gezicht werden zacht en een beetje vaag, als ze haar bril afdeed had ze wel iets weg van een oudere uitgave van Shirley Temple. In gedachten nam ze door wat ze over Halldis Horn wist, want ze sloot niet uit dat hij ook met haar zou willen praten. Daarom bereidde ze zich zorgvuldig voor. Over twee of drie minuten zou hij bij de kassa staan en als ze een paar antwoorden uit haar hoofd leerde, kon ze de tijd gebruiken om zijn gezicht te bestuderen en ieder detail in zich op te nemen. Dat ze nou verdorie niets wist, in ieder geval niet iets wat echt belangrijk was en waar hij wat aan had. Dat zou haar een plaatsje in zijn geheugen geven. O ja, die kleine, mollige caissière bij Oddemann Briggen, die hem die kleine maar doorslaggevende inlichting had gegeven, waardoor de zaak in feite was opgelost. Hoe heette ze ook alweer?

Jammer dat ze zo'n stomme naam had. Ze keek weer in het blad, naar de foto van Claudia Schiffer. Uit het kantoor hoorde ze hun stemmen, een geheimzinnig gemompel.

'Hoelang', zei Jacob Skarre, die zijn notitieboekje uit zijn zak haalde, 'heeft u boodschappen bij Halldis Horn bezorgd?'

Briggen maakte zijn rood met groene nylonjas open voordat hij antwoordde. 'Dat zal bijna acht jaar zijn geweest. Vroeger deed Thorvald de boodschappen. Ik kende hem ook. Ze hebben hier hun hele leven gewoond.'

De kruidenier was ergens tussen de vijftig en de zestig, groot en rond met een frisse, bruine kleur en rode wangen. Dik, kort haar met een pony. Zijn ogen waren donker en zijn ene mondhoek hing een beetje. Hij had korte armen en benen, en kleine handen met mollige vingers die hij naarstig ineen vlocht. Een beetje neurotisch misschien, als een kind zo ijverig om zijn steentje bij te dragen in deze schokkende zaak. Zijn nagels waren afgekloven, alleen bij de nagelriem zat nog een stompje.

'Wat kocht ze zoal?' wilde Skarre weten.

'Alleen het allernoodzakelijkste. Melk en boter en koffie. Wc-papier en eieren. Ze gunde zichzelf niet veel luxe. Niet omdat ze het zich niet kon veroorloven, want dat kon ze namelijk wel. Ze had geld op de bank. Niet zo'n beetje ook, als je haar mocht geloven. Dat zal haar zus nu wel allemaal erven. Haar zus in Hammerfest. Helga Mai.'

'Heeft ze u over haar spaargeld verteld?'

'Ja. Ze was er trots op.'

'Zouden anderen daar ook van geweten hebben?'

'Dat neem ik wel aan.'

Als bekend wordt dat iemand geld heeft, dacht Skarre, dan rennen ze zo snel als een hagedis over gloeiend heet zand. In de begeerte er de klauwen in te slaan, vergeten ze dat het op de bank staat. Uiteindelijk neemt zo'n gerucht onwerkelijke dimensies aan. Halldis heeft geld, veel geld! Misschien bewaart ze het onder haar bed of zo. Daar verstoppen oude mensen het toch altijd? Ze had er geen gevaar in gezien om het aan de kruidenier te vertellen, die ze zo goed kende. Een geheimzinnig glimlachje slechts, een kleine hint. En toen ging het de wereld in. Misschien tegen een van zijn vaste klanten. O, Halldis, je weet wel, die zit niet bepaald op zwart zaad. Ze hadden het misschien verder verteld, toen haar man stierf en sommige mensen zich zorgen om haar maakten. Heel wat mensen konden het geweten hebben. In ieder geval wist Briggen het.

'Weet je,' zei Briggen, 'ze hadden geen kinderen. Daardoor konden ze aardig wat geld sparen, bovendien gaven ze niet erg om luxe. Thorvald verzorgde zijn tractor alsof het een kind was. Smeerde en oliede en poetste en wreef. God weet waar ze het aan hadden willen besteden. Als het inderdaad zoveel is als ze overduidelijk wilde doen geloven.'

Skarre noteerde: bankrekening van Halldis Horn checken.

'En haar zus? In Noord-Noorwegen?'

'Die heeft het daar goed, met man en kinderen en kleinkinderen.'

'Dus als Halldis geld had, zijn zij degenen die er plezier aan gaan beleven?'

'Dat denk ik. Thorvald had geen familie, alleen een broer die allang dood is. Een deel van het geld hadden ze van hem geërfd.'

'U ging dus eens per week naar haar toe? Altijd op dezelfde dag?'

'Nee, dat varieerde, ze belde. Maar ik ging er vaak op donderdag heen.'

'Wanneer bent u er voor het laatst geweest?'

'Woensdag.'

'Hoeveel mensen werken er bij u in de winkel?'

'Alleen Johnna. Die achter de kassa zit.'

'Verder niemand?'
'Niet meer.'
'Vroeger wel?'
'Lang geleden. Een jongeman. Maar hij is snel verdwenen.'
'Kende hij Halldis Horn?'
Briggen vlocht zijn vingers ineen. 'Tja, dat zal wel. Hij is een paar keer mee geweest om boodschappen te bezorgen, maar hij toonde niet veel interesse.'
Hij klonk bezorgd en afwijzend toen hij dit zei.
'Ik moet u om zijn naam vragen.'
Het leek alsof Briggen die het liefst voor zich hield. Hij draaide op zijn stoel en ondanks de warmte begon hij zijn jas weer dicht te knopen.
'Tommy. Tommy Rein.'
'Een jonge man?'
'Begin twintig. Maar hij toonde geen enkele interesse voor ons, of voor het dorp.'
'Weet u waar hij nu is?'
'Nee.'
'U heeft eerder verteld dat ze haar portemonnee altijd in de broodtrommel bewaarde?'
'Dat klopt. Maar daar zat nooit veel geld in. Ja, niet dat ik het ding zelf ooit heb aangeraakt, maar ik zag natuurlijk dat ze hem openmaakte en er geld uitnam om te betalen. Gewoonlijk niet meer dan een paar briefjes van honderd.'
Skarre noteerde. 'En Errki Johrma... kent u die?'
'Natuurlijk. Hij kwam vaak in de winkel.'
'Wat kocht hij?'
'Niets. Hij pakte wat hij wilde hebben en vertrok dan weer. Als ik hem aansprak, draaide hij zich bij de deur om, zogenaamd verrast dat ik er een punt van maakte, en dan toonde hij wat hij had gepakt, alsof hij wilde laten zien dat het alleen maar een reep chocolade was. En aangezien hij is zoals hij is, ging ik hem nooit achterna. Hij is niet iemand die je graag op

zijn schouder tikt. En natuurlijk ging het nooit om grote bedragen, het waren maar kleinigheden. Maar af en toe werd ik echt nijdig. Hij lapt wetten en regels gewoon aan zijn laars.'

'Juist ja', zei Skarre. 'Wie kan, denkt u, afgezien van uzelf, geweten hebben dat Halldis haar portemonnee in de broodtrommel bewaarde?'

'Niemand, voor zover ik kan beoordelen.'

'Maar Tommy Rein kon het weten, nietwaar?'

'Eh, dat weet ik niet zeker.'

'Hoe zit het met colporteurs, lotenverkopers en predikanten, die komen hier toch ook wel in het dorp? Kreeg ze die wel eens aan de deur? Heeft ze daar wel eens iets over gezegd?'

'Die gaan nooit naar Halldis. Daar hebben ze geen trek in. Het is veel te afgelegen en de weg is slecht. Nee, dat kun je vergeten. Concentreer je op Errki. Hij is tenslotte bij haar boerderij gezien.'

'Dus dat wist u al?'

'Dat weet iedereen.'

'Die portemonnee,' ging Skarre verder, 'die was rood?'

'Knalrood, met een messing knipsluiting. Ze bewaarde er een foto van Thorvald in, een oude foto uit de tijd dat hij nog niet kaal was. Weet je,' zei Briggen, 'ik was opgelucht toen Errki eindelijk naar het ziekenhuis ging. En ik hoop echt dat jullie hem vinden en ik hoop ook dat hij schuldig is.'

'Waarom?'

Briggen sloeg zijn armen over elkaar. Ze reikten maar net rond zijn buik.

'Dan wordt hij tenminste voor eens en voor altijd opgesloten. Hij is immers een gevaarlijke gek. En als hij dan eindelijk ergens de schuld van kan krijgen, met echte bewijzen, komt hij er misschien nooit meer uit. Dan krijgen we een poosje rust. Ik bedoel maar... wie zou het anders gedaan moeten hebben?'

'Kreeg Halldis wel eens bezoek?'

'Zo goed als nooit.'

'En wie is de uitzondering?'

'Haar zus Helga heeft een kleinzoon. Die woont in Oslo op kamers. Ik weet dat hij er weleens is geweest, maar niet echt vaak.'

'Weet u hoe hij heet?'

'Zijn achternaam is in ieder geval Mai. Kristian of Kristoffer.'

Kristoffer, dacht Skarre. Die de brief heeft gestuurd.

'Ik meen me te herinneren dat hij in de keuken van een of ander restaurant werkt. En niet om onaardig te zijn, maar dat zal wel geen driesterrenrestaurant zijn.'

'Waarom niet?'

'Ik heb hem een keer gezien. Zo zag hij er niet uit.'

Skarre vroeg zich af hoe keukenassistenten in driesterrenrestaurants eruitzagen, vergeleken met andere keukenassistenten in Oslo.

'Mai dus. En Tommy Rein. Zijn hier al mensen van de pers geweest?'

'Van de kranten en van de lokale radio. En er hebben mensen gebeld.'

'En u heeft met hen gepraat?'

'Niemand heeft me gevraagd dat niet te doen.'

Nee, helaas, dacht Skarre mistroostig. 'We hebben u op het bureau nodig. Het liefst vandaag nog.'

'Mij nodig? Waarvoor?'

'We moeten zicht krijgen op de vingerafdrukken die in haar huis zijn gevonden.'

Briggen zag eruit alsof hij moeite had met ademhalen. 'Gaan jullie mijn vingerafdrukken nemen?'

'Dat was de bedoeling, ja', glimlachte Skarre.

'En waarom zouden die in haar huis te vinden zijn?'

'Omdat u daar acht jaar lang eens per week bent geweest', zei Skarre bedaard.

'Ik kwam alleen maar boodschappen brengen!'

Zijn gezicht kreeg een panische uitdrukking.
'Dat weten we.'
'Maar wat moeten jullie er dan mee?'
'Ze isoleren.'
'Wat?'
Skarre probeerde kalm te blijven. 'We zitten met allerlei vingerafdrukken en we moeten voor elk ervan een eigenaar zien te vinden. Sommige zijn van Halldis. Sommige kunnen van die Kristoffer zijn en sommige kunnen van u zijn. En sommige kunnen van de dader zijn. We hebben die van u nodig om uiteindelijk een paar afdrukken zonder eigenaar over te houden. En die persoon kán de moordenaar zijn. Begrijpt u?'
Briggen kreeg zijn normale kleur weer terug. 'Ik hoop dat jullie dit stilhouden. De mensen zouden kunnen gaan denken dat ik er iets mee te maken heb.'
'Niet als ze ook maar een greintje benul van politiewerk hebben', zei Skarre troostend.
Hij bedankte de kruidenier en liep de winkel weer in. Johnna zat net voorzichtig plannen te maken om haar wenkbrauwen bij te plukken, toen hij plotseling voor haar kassa stond. Dat zijn ogen mooi waren, dat was één ding. Maar wat een mond, dacht ze, want de mond was altijd het eerste waar ze naar keek als ze een man ontmoette, en vervolgens werd ze beheerst door de gedachte hoe gevoelig die was. Skarres mond was absoluut perfect, een brede mond met volle lippen, niet te gebogen, dan zou hij vrouwelijk zijn geweest. Zijn mond was recht en symmetrisch, en hij had een puntgaaf gebit. De zwakke boog van zijn bovenlip herhaalde zich in zijn wenkbrauwen.
'Jacob Skarre', glimlachte hij.
Hij móést wel een bijbelse naam hebben, dacht ze.
'Mag ik je even wat vragen? Ben je wel eens op de boerderij van Halldis Horn geweest?'
'Eén keer, met Odd.' Ze knikte met haar hoofd. Geen krul bewoog. 'Op een zaterdagmiddag. Mijn auto was kapot en hij

bood aan me naar huis te brengen, als ik het niet erg vond om even via Halldis te rijden. Ze had geen koffie meer. Dat is al een hele tijd geleden.'

Ze had haar bril afgedaan en op haar schoot gelegd.

'Weet je of er wel eens andere mensen kwamen?'

Ze dacht even na. 'Er heeft een tijdje iemand bij ons gewerkt. Ze belden van de reclassering met de vraag of we plaats voor hem hadden.'

'De reclassering?' vroeg hij verrast.

'Reïntegratie', voegde ze eraan toe. 'Ze namen contact op met Oddemann om te horen of hij hier kon werken, op proef, zeg maar. Eigenlijk is het een soort nazorg voor mensen die hun straf hebben uitgezeten en...'

'Ja, dat weet ik', zei Skarre snel. 'Tommy Rein?'

'Ja, zo heette hij.'

'Ging hij wel eens mee naar Halldis?'

'Misschien een of twee keer. Hij vertrok al snel weer, hij vond het hier te saai. Nog niet eens één armzalig cafeetje. Ik weet niet waar hij nu is en ik heb hem sindsdien ook niet meer gezien.'

'Vond je hem aardig?'

Ze dacht na en probeerde zich zijn gezicht voor de geest te halen, maar ze herinnerde zich alleen maar de blauwzwarte tatoeages op zijn armen. En de onrust die ze voelde als hij in de buurt was, ook al keurde hij haar geen blik waardig, in ieder geval niet het soort blik dat ze toch al zo zelden kreeg. Daar was ze in feite een beetje gepikeerd over, als ze erover nadacht. Zelfs een simpele schoft keek geen twee keer naar Johnna.

'Of ik hem aardig vond? Absoluut niet', zei ze wraakzuchtig.

'Briggen heeft niet verteld dat hij een strafblad had', zei Skarre voorzichtig. Hij wierp haar tegelijkertijd een vertrouwelijke blik toe die ze niet kon weerstaan.

'Natuurlijk niet. Het was zijn neef en hij schaamt zich waarschijnlijk voor zijn familie. Tommy is de zoon van Oddemanns zus.'

'O, zit het zo!'

Hij maakte geen aantekening, om haar niet het gevoel te geven dat ze geklikt had.

'Weet je waarvoor hij heeft gezeten?'

'Gewoon diefstal.'

'Is Briggen getrouwd?'

'Hij is weduwnaar.'

'Hm.'

'Hij is al elf jaar alleen.'

'Juist. Elf jaar.'

Hij glimlachte geduldig.

'Ze heeft zelfmoord gepleegd', fluisterde ze plotseling, op een toon alsof ze het over overspel had.

Skarre knikte veelbetekenend. Zoiets zegt eigenlijk bijna alles, over de mensen en het leven, en waarom de dingen zijn zoals ze zijn, dacht hij. Hij keek haar aan met een blik die vertelde dat hij haar informatie op prijs stelde.

'Hoelang werk je hier al?' vroeg hij vriendelijk.

'Acht jaar. Al voordat Halldis' man stierf.'

Ze deed haar best om duidelijke antwoorden te geven en niet te veel overbodige dingen te vertellen, want hij was natuurlijk een drukbezet man en had vast een hekel aan breedsprakige getuigen. Maar zolang ze praatte moest hij daar blijven staan, en er waren tenslotte geen klanten.

'Ken je Errki Johrma?'

'Ik ken hem niet. Maar ik weet wie hij is.'

'Ben je bang voor hem?'

'Eigenlijk niet. Maar als ik hem in mijn eentje op een donker landweggetje zou tegenkomen, zou ik wel bang worden. Maar dan zou ik voor iedereen bang zijn.'

Behalve voor jou, dacht ze. Jij ziet eruit als een engel.

'En,' vroeg hij toen, 'hoe gaan de zaken? Dertien vijfenzeventig voor een bruinbrood, dat lijkt me niet echt goedkoop.' Hij knikte naar het plakkaat bij het broodschap.

Ze zuchtte gelaten. 'Ik ben bang dat hij zich volledig uit de markt prijst. Er wonen hier niet veel mensen. We verdienen niet veel. En nu komt er ook nog een nieuw winkelcentrum, een halfuurtje hiervandaan. En dan is het waarschijnlijk snel met ons afgelopen.'

Ze keek hem plotseling zorgelijk aan.

'Een winkelcentrum?' Hij glimlachte bemoedigend. 'Maar daar maak je vast kans. Als Briggen ermee moet stoppen.'

Bij die gedachte maakte haar hart even een sprongetje, omdat ze daar al stilletjes over had gedroomd, maar dat had ze nog tegen niemand durven zeggen.

'Zeg,' vroeg hij zacht en hij boog zich naar voren, 'alleen maar om nog even te checken. Was Briggen gisteren de hele dag hier in de winkel?'

'Gisteren niet. Toen was ik alleen. Hij was naar het Detailhandelsinstituut, op cursus.'

'En als de baas weg is, run jij de tent alleen?'

'Dat zal wel moeten.'

Hij richtte zich op. 'Als je iets hoort of ziet, of als je nog iets te binnen schiet dat belangrijk kan zijn, wil je me dan bellen? Bijvoorbeeld als Errki weer mocht opduiken om chocolade te gappen.'

Hij knipoogde en haalde een kaartje uit zijn zak. Ze pakte het met trillende vingers aan. Het zou nooit gebeuren. Er zou geen enkele aanleiding komen om contact met deze man op te nemen. Toen ging hij naar buiten, het was voorbij. Ze zette haar bril weer op. Was niet meer geïnteresseerd in haar spiegelbeeld in het plexiglas. Briggen riep dat ze moest helpen met de vis. Hij keek haar argwanend aan.

*

Morgan staarde verlangend door het kapotte raam naar buiten. Daar beneden lag het meertje, fonkelend fris. Door de hitte en de vermoeidheid voelde zijn lichaam zwaar aan en hij had ontzettend behoefte aan verkoeling.

'Een ijskoude duik', mompelde hij. 'Dat zou iets zijn, nietwaar Errki?'

Errki gaf geen antwoord. Hij rilde bij de gedachte. De whisky had hem loom gemaakt en hij lag een beetje te doezelen. Hij baadde nooit, niet eens in een badkuip. Zijn lichaam gedroeg zich vreemd in water, hij hield er niet van.

'Ik ga zwemmen en jij gaat mee', zei Morgan plotseling.

Hij keek Errki vastbesloten aan. Dat was verontrustend. Errki voelde een toenemende spanning in zijn lichaam. Hij wilde er niet aan denken. Er kon van alles gebeuren, in dat zwarte water.

'Ga jij maar zwemmen', zei hij zacht. 'Dan pas ik wel op de revolver.'

'Doe niet zo verschrikkelijk grappig. We gaan allebei zwemmen en jij gaat er als eerste in.'

'Ik zwem nooit.'

'Je zwemt als ík dat wil.'

'Je begrijpt het niet! Ik zwem nooit!'

Errki werd gedwongen iets te doen wat hij niet kon uitstaan. Hij moest zijn stem verheffen.

'Maar je kunt het verdomme goed gebruiken! Kom op, ik meen het.'

Errki verroerde zich niet. Niets ter wereld zou hem het water in krijgen. Niet eens een revolver. Hij ging nog liever dood. Hij was er nog steeds niet klaar voor en hij wilde deze aarde graag met een zekere gratie verlaten, maar als het niet anders kon, dan maar niet.

'Kom op, we gaan!'

Morgan was vastbesloten. Hij praatte met bijna zijn hele lichaam, liep naar de divan, pakte Errki's T-shirt vast en trok hem omhoog. Errki verloor bijna zijn evenwicht.

'Erin en eruit. Het duurt hooguit een paar minuten. Dat frist het denkvermogen op. Behalve het jouwe dan.'

Met de revolver duwde hij Errki voor zich uit, naar het erf.

'We gaan daar links naar beneden, dan komen we bij die uitstekende rots uit.'

Errki keek naar de gladde rots en haalde zijn schouders op. Hij ging het zwarte water niet in, nooit! In de kelder bleef het stil. Niemand zou hem nu helpen, het leek alsof ze zaten te luisteren, benieuwd naar wat hij zou doen. Zijn lichaam begon te kriebelen, een verontrustende jeuk. Hij kon niet zwemmen. Hij kon zich niet uitkleden en zich naakt vertonen, kon zich niet zo laten vernederen. Aarzelend daalde hij de droge helling met heide en gras af. Ooit was hier een paadje geweest, maar dat was nu bijna helemaal dichtgegroeid. Hij staarde naar het water en dacht dat hij zo naar de bodem zou zakken, als het er niet ondiep was. Morgan kwam enthousiast achter hem aan. 'Ik wed dat het water koud is. Heerlijk!'

Hij duwde Errki de rots op. 'Trek die lorren uit. Of ga je met kleren en al het water in? Mij maakt het niet uit, als je maar ziet dat je erin komt.'

Errki stond als versteend naar het water te staren. Hier beneden aan de oever leek het water niet rood meer, alleen nog maar zwart en diep. Hij kon de bodem niet zien. Zag alleen wat lang, zacht gras in het water zweven, dat zich als akelige vingers rond zijn benen zou wikkelen. Misschien zat er ook vis, of nog erger, paling.

'Spring je er zelf in of moet ik je duwen?'

Morgan was ongeduldig. Het bad was een obsessie voor hem geworden.

'Ik kan niet zwemmen', mompelde Errki. Hij stond nog steeds met zijn rug naar hem toe. Zijn mondhoeken trokken vervaarlijk.

'Geeft niks. Dan blijf je maar langs de kant. Kom op, ik zweet me kapot.'

Erkki bleef staan.

'Komt er nog wat van? Ik span de haan.'

Dwars door de roffelende trommels heen hoorde Erkki een scherpe klik. Morgan had iets in zijn hoofd gezet en dat moest nu koste wat kost gebeuren. Hij deed een paar passen naar het water toe, het begon te suizen achter zijn slapen. Het water was voor hem net zo'n ondenkbaar element als een vlammenzee. Zijn anders zo witte wangen gloeiden. Hij draaide zich langzaam om. Zag de revolver nergens. Misschien had Morgan hem tussen de heidestruiken verstopt. Nu kwam hij met dreigend gezicht en opgeheven handen op hem af.

'Ik wil zien hoe je eruitziet als je bang bent', zei hij boosaardig.

Erkki sprong opeens opzij en bleef kromgebogen staan, klaar om aan te vallen. Morgan aarzelde en keek hem wantrouwend aan, maar liep ondertussen door. Toen sprong Erkki op, hij dook als een roofdier naar voren. Plotseling zette hij zijn tanden in Morgans neus. Zijn kaken klapten als een schaar dicht, Erkki voelde hoe zijn spitse tanden door huid en kraakbeen zakten, helemaal tot op het bot. Morgan wankelde om zijn evenwicht te bewaren, gesticuleerde heftig met zijn armen, maar Erkki bleef hangen. Hij bleef een hele poos hangen, tot hij weer bij zijn positieven kwam. Toen liet hij los.

Morgan gaf in eerste instantie geen kik. Hij staarde Erkki verrast aan, er verstreken enkele seconden voor hij begreep wat er was gebeurd. Het puntje van zijn neus was los, het bungelde als een soort kapje. En toen kwam het bloed, het werd in korte stoten naar buiten gepompt. Morgan schreeuwde. Hij tilde zijn handen op en hield ze voor zijn neus, voelde het bloed stromen, proefde het in zijn mond, gevolgd door een merkwaardige gevoelloosheid.

'O, mijn god!' krijste hij en zakte op zijn knieën. 'Erkki! Help me, ik bloed!'

Hij zag er werkelijk meelijwekkend uit, zoals hij daar op zijn knieën met zijn handen voor zijn neus in de heide zat.

Het bloed spoot eruit. Errki stond naar hem te kijken. Wiegde heen en weer, aan de grond genageld vanwege al dat bloed en tegelijkertijd rustiger omdat hij eindelijk van zich af had gebeten. Nu zou alles anders worden. Hij kon het rumoer beneden in de kelder horen, ze waren enthousiast over zijn daad, ze juichten hem toe als een held, er kwam geen einde aan het applaus.

'Je had niet zo moeten zeuren. Ik kan niet tegen gezeur!'

Nu schreeuw je alweer. Zo weerzinwekkend.

'Die wond gaat vast ontsteken!' Morgan jammerde en snikte. 'Weet je wel wat je gedaan hebt? Je bent zo gek als een deur, je hoort echt thuis in dat gesticht. Verdomme man, dit wordt mijn dood!'

'Ik probeerde je te waarschuwen,' zei Errki zacht, 'maar je wilde niet luisteren.'

'Jezus, wat moet ik doen?'

'Je kunt er een pluk mos op leggen', stelde Errki voor.

Dit was uniek. Morgan in zijn kakelbonte broek met een losse neus.

'Grote delen van de wereld zijn in oorlog', zei Errki ernstig.

'Ik heb verdomme niets om die wond mee schoon te maken! Een mensenbeet, weet je wel hoe gevaarlijk dat is? Het groeit er nooit meer aan. Achterlijke halvezool!'

'Je bent anders als je bang bent.'

'Hou je bek!'

'Je hebt toch wel een tetanusprik gehad, net als iedereen?'

Morgan gaf geen antwoord. Errki dacht dat dat hoog tijd werd. Hij praatte teveel. Het huis daarboven was al vol van zijn vuil.

'Dat is jaren geleden', snikte hij. 'Ik weet niet of die nog werkt. Binnen de kortste keren kan ik een bloedvergiftiging hebben. Je hebt geen idee wat je hebt aangericht! Imbeciel!'

'Maak het schoon met whisky', zei Errki vriendelijk. 'Je kunt mijn onderbroek lenen als verband.'

'Hou je bek, hoor je! Verdomme, ik kan hier niet meer tegen!'

Plotseling begon hij in de heide rond te tasten naar de revolver, terwijl hij met zijn andere hand nog steeds zijn neus vasthield. Errki zag het wapen liggen, het metaal blonk scherp tussen al het groen. Beiden doken erop af, maar Errki was het snelst. Hij pakte het wapen op en woog het in zijn hand. Morgan begon ogenblikkelijk te trillen. Hij maakte een paar angstige, gorgelende geluiden en hij probeerde onhandig achteruit te kruipen in de heide. Zijn kin zakte omlaag en Errki zag een stel zwarte vullingen. Een doodsbang mens is geen fraai gezicht, dacht hij. Toen tilde hij de revolver op en wierp hem met al zijn kracht met een grote boog in het meertje. Er klonk een bescheiden plons.

'Gore klootzak!'

Morgan stortte weer in, zowel opgelucht als vertwijfeld. 'Ik had je meteen moeten neerschieten, ik had het verdomme meteen moeten doen.' Zijn mond trilde. 'Ik had je van achteren moeten neerschieten en je beide billen binnenstebuiten moeten wringen! Binnen het uur kan de hel losbarsten, ik zou eigenlijk meteen naar de eerste hulp moeten! Wie denk je verdomme eigenlijk wel dat je bent?'

'Ik ben Errki Peter Johrma. Ik ben slechts op bezoek.'

Morgan snikte nog steeds. Inwendig zag hij de verrotting voor zich, bedorven vlees en vergiftigd bloed dat zich met de snelheid van het licht verspreidde, door zijn aderen, via de bloedbaan, rechtstreeks naar zijn hartspier. Hij ging bijna van zijn stokje.

'Waar je kunt vallen moet je stro neerleggen', zei Errki slim.

Hij begon over het paadje omhoog te lopen. Er klonk een brul achter hem.

'Niet weggaan!'

'De vlieg die niet van het lijk opvliegt, gaat mee in het graf', ging Errki verder. Maar hij bleef toch staan. Hij had nog nooit iemand zo horen roepen, naar hém, iemand die hem nodig had.

De aanblik van Morgan met zijn kapotte neus ontroerde hem. Hij was niet langer zielig. Niet op die nare manier.

'Zeg verdomme iets! Help me met die wond. Ik kan me nooit meer onder de mensen vertonen', kermde Morgan.

'Nee, dat kun je niet. Je hebt een bank overvallen en de politie heeft een ongewoon goed signalement.'

'Ga je mee naar boven?'

'Ik ga mee naar boven.'

'Snel, het bloedt.'

'Waarom zo'n haast? Er is nergens brand', zei Errki en liep verder. Toen draaide hij zich weer om. Morgan wankelde achter hem aan. Hij spuugde en rochelde om de bloedsmaak uit zijn mond te krijgen.

'Je smaakt naar reuzel', zei Errki peinzend. 'Zoete, flauwe reuzel. Als Engelse worstjes.'

'Vuile kannibaal!' snufte Morgan.

Hij lag op de divan. Hij was bleek maar kalm. Errki had de whiskyfles gehaald. Hij zette zijn duim gedeeltelijk op de opening en druppelde minuscule druppeltjes Long John Silver op Morgans afgebeten neus. Hij krijste als een speenvarken. Errki had het gevoel dat zijn schedel zou barsten.

'Genoeg, genoeg! Ik wil ook nog wat te drinken hebben', jankte Morgan.

Errki gaf hem de fles. 'Pas op dat je niet met je vingers aan de wond komt. Want die hebben denk ik overal aangezeten. Op de meest ondenkbare plaatsen.'

Het praten ging hem zo gemakkelijk af. De woorden vlogen als het ware uit zijn mond en wervelden rond als paardenbloempluisjes.

'Ik ben misselijk', kreunde Morgan en hij nam een grote slok. Uiteindelijk ging hij weer liggen, hij sloot zijn ogen.

'Zullen we het topje er niet gewoon aftrekken?' stelde Errki voor. 'Het zit helemaal los.'

'Nooit van m'n leven! Misschien kunnen de dokters het er weer aannaaien.'

Errki bleef naar hem staan kijken. Ze waren weer samen in deze kamer. Hij kon nergens heen. Het was stil en het enige wat hij hoorde was Morgans piepende ademhaling. Het was alsof er iets over hen heen viel. Een dunne, onbekende sluier. Het was nu donkerder in de kamer, daardoor leek het er gezelliger. En Morgan was niet langer de baas. Vreemd genoeg leek hij opgelucht dat hij die rol niet meer had. Dit was het beste, dat ze gelijkwaardig waren. Nu konden ze misschien een beetje ontspannen, mogelijk zelfs slapen. Het was een enerverende dag geweest. Errki voelde dat hij rust nodig had. Dat hij zijn gedachten moest ordenen.

'Zet de radio eens aan.'

Morgans stem was beverig geworden, zoals je krijgt als je ziek bent en verzorging nodig hebt. Jammer van die neus, dacht Errki, hij was toch al zo klein en nu is er bijna niets meer van over.

'Het nieuws komt zo. Zet de radio aan.'

Errki drukte de knoppen één voor één af in, tot er geluid kwam. Hij draaide aan de volumeknop tot het goed was. Toen ging hij op de grond zitten en keek naar Morgan. Hij leek net een baby met een zuigfles, zoals hij daar met de whisky lag. Na de muziek kwam de nieuwslezer, ditmaal was het een man.

'In verband met de moord op de zesenzeventig jaar oude Halldis Horn is de politie op zoek naar de vierentwintigjarige Errki Peter Johrma, die sinds gisternacht vermist wordt uit psychiatrisch centrum Het Baken. De gezochte man is door een jongen die in het bos speelde in de buurt van Halldis Horns huis gezien en zou de dode vrouw gekend hebben. De politie benadrukt dat Johrma in de eerste plaats gezocht wordt als getuige en roept iedereen die hem mogelijk gezien heeft op zich te melden. De gezochte man is ongeveer één meter zeventig lang, heeft lang, zwart haar en droeg zwarte kleding. Hij heeft een zeer karakteristieke wiegende manier van lopen en draagt een riem met een grote messing gesp. Indien u iets over de vermiste te melden heeft, kunt u zich wenden tot de dichtstbijzijnde politiepost.'

Een doodse stilte daalde in de kamer neer. Morgan richtte zich langzaam op van de divan. Zijn neus begon al behoorlijk op te zwellen en zijn hemd was doorweekt van het bloed.

'Was jij in de buurt van haar huis?'

In zijn ogen was een groeiende angst te zien. 'Heb je iets gezien?'

Errki vlocht zijn handen ineen. Hij staarde weer naar het water. Hij was blij dat hij het meertje had weten te vermijden. Hij zou hoe dan ook sterven, maar hij wilde niet verdrinken. Er moesten andere wegen naar de eeuwigheid zijn dan het koude water.

'Heb jij haar vermoord? Heb jij het gedaan, Errki?'

Errki deed een paar weifelende stappen.

'Ga weg! Kom niet dichterbij!'

Morgan trok zijn knieën op en schoof achteruit. 'Als ze je pakken, dan zeg je dat je je er niets van kan herinneren, nietwaar? Of dat de stemmen zeiden dat je het moest doen, zodat je je straf ontloopt. Ga zitten, hoor je! Ik wil dat je gaat zitten!'

Zijn stem sloeg over. Hij probeerde zijn gedachten weer op een rijtje te krijgen. De malloot was niet alleen een malloot, hij was veel erger, hij was knettergek, hij had een oude, weerloze vrouw vermoord, en hij stond hier, bij hem in de kamer! De angst liep prikkelend langs zijn bezwete rug omlaag. Toen hij weer praatte, praatte hij alsof Errki hysterisch was en gekalmeerd moest worden.

'Oké, nu luister je naar mij. Ga zitten en ontspan je. Rustig maar. Ik hou m'n mond over jou en jij houdt je mond over mij. We kunnen het geld delen, er is genoeg voor ons allebei. We moeten proberen de grens over te komen, naar Zweden!'

Hij goot drank naar binnen, terwijl hij Errki met zijn nerveuze ogen vastpinde. Hij verbeeldde zich dat Errki hem ieder moment met zijn tanden kon vermoorden.

Errki zweeg. Morgan deed wanhopig zijn best om de ontdekking tot zich te laten doordringen, zijn neus klopte onderhand verschrikkelijk. Hij verbeeldde zich dat zijn neus al geïnfecteerd was.

Errki was weer op de grond gaan zitten, hij zat tegen de muur aan, onder het raam dat op het erf uitkeek. Het gaf een veilig gevoel om hem op een afstandje te hebben. Hij zag er eigenlijk heel vreedzaam uit, bovendien waren ze al een tijd samen en als hij hem had willen vermoorden, zou hij dat vast en zeker allang hebben gedaan. Bijvoorbeeld toen hij de revolver in zijn hand had, beneden bij het water. Het werd beslist nog niet donker, maar het licht was veranderd, was dieper geworden. Wat was er eigenlijk gebeurd? Was er een wissel losgeschoten, waardoor hij op een zijspoor was gezet, een hellend vlak waarop hij onmogelijk kon stoppen?

Morgan zette de fles op de grond. Hij was alleen met een geesteszieke moordenaar en het was zaak om het hoofd helder te houden. Hij was trouwens niet al te helder meer, hij voelde zich beneveld. Begon zich serieus af te vragen waarom hij die stomme gijzelaar had meegenomen. Hij zou het heus wel in zijn eentje hebben gered.

'Je bent dus door een jongen gezien', zei hij langzaam, zijn ogen waren op Errki gericht. Het leek alsof hij sliep.

'Een dikke jongen', mompelde hij. 'Een luchtschip van een tiener, met borsten zo groot als die van mijn moeder.'

Hij draaide zich om en keek Morgan met een ondoorgrondelijke blik aan.

'Haar hersenen stroomden over de trap.'

'Hou je bek, ik wil het niet horen!'

De paniek lag als een luid gegons onder zijn stem.

'Je bent bang', constateerde Errki.

'Ik wil niet naar je luisteren! Er komt alleen maar slap geouwehoer uit je! Praat liever met je stemmen, die begrijpen je tenminste.'

Er volgde een lange stilte. Het zachte zoemen van een vlieg op de vensterbank was het enige wat ze hoorden. Morgan vroeg zich af of hij misschien naar zijn zus in Oslo moest gaan, om zich daar te verschuilen. Ze zou hem de huid vol schelden, maar ze zou hem niet aangeven. Ze was een hopeloze kakelende uitsloofster, maar hij was en bleef haar kleine broertje. Hij had een bank beroofd, maar hij had verdomme nooit iemand vermoord, zeker geen oude vrouw.

'Nee!' schreeuwde Errki, terwijl hij opstond. Hij boog zich naar het raam en keek naar buiten.

'Waarom schreeuw je zo? Commanderen ze je weer? Hou toch op met die onzin, ik word er zo moe van. ER IS DAARBINNEN NIEMAND!'

Errki hield zijn handen voor zijn oren.

'Mijn god, wat maak je toch een drukte, man!'

Morgan greep weer naar zijn neus. Die klopte nu harder. Hij had zin om te huilen. Die vent was knettergek. En misschien kon hij zich niet eens herinneren dat hij iemand had vermoord.

'Zeg,' zei hij schor, 'het is misschien maar het beste dat je teruggaat naar dat gesticht. Hè?' Zijn stem was kleintjes en iel.

Errki legde zijn voorhoofd tegen een van de vermolmde spijlen van het raam, de geur van de hitte buiten vulde zijn neus. Er hing iets kwetsbaars in de kamer. Hij vond het prettig en tegelijkertijd vond hij het niet prettig. Het deed hem ergens aan denken. Beneden in de kelder werd zachtjes gemord.

'Dit is volkomen belachelijk', zei Morgan moeizaam. 'Hier zit ik met een geamputeerde neus en een tas vol met geld en daar sta jij in jezelf te praten, met een moord op je geweten. En we worden allebei gezocht. Het is toch niet te geloven!'

Hij sloot zijn ogen en stootte een paar onbeholpen lachhikjes uit.

'Het kan me geen zak schelen', ging hij verder. 'Het kan me eigenlijk helemaal niks schelen wat er gebeurt. We gaan toch allemaal dood. Dan kunnen we net zo goed hier doodgaan, in dit stoffige krot.'

Hij ging weer op de divan liggen. Had het gevoel dat hij langzaam oploste, dat er iets in hem krioelde dat opsteeg en rondvloog. Hij was ineens zo wonderlijk onverschillig. Misschien raakte hij langzaam zijn verstand kwijt.

'Ik ga een beetje slapen.'

Errki stond nog steeds bij het raam. Hij probeerde zich haar jurk te herinneren, maar merkte dat hij moeite had zich te herinneren of die rood met groene ruiten was, of groen met rode ruiten. Hij kon het niet meer in zijn gedachten oproepen. Maar hij herinnerde zich haar vlecht. En de verbeten uitdrukking waarmee ze de paardenbloemen uit het gras hakte. Het was zo simpel. Die verziekten haar gazon en daarom moesten ze weg. En toen riep ze naar hem, met een angstige stem...

'Hou je bek!' schreeuwde hij bevend.

'Sorry hoor', zei Morgan vermoeid. 'Ik wilde alleen maar zeggen dat het me geen zak kan schelen wat er gebeurt.'

'Ik doe wat ik wil. Jij hebt niks over mij te zeggen!' schreeuwde hij, terwijl hij zijn gebalde vuist uit het raam stak.

'Dat zeg ik toch', mompelde Morgan. Hij draaide zich om, de hele tijd met zijn hand beschermend voor zijn neus. 'Als ik wakker word ben ik heel erg ziek. Misschien moet je naar het dorp gaan om iemand te halen. Je doet maar, mij maakt het niet meer uit. Ik had beloofd om voor geld te zorgen en dat heb ik gedaan.'

'Mijn naam is Errki Peter Johrma. Ik ga naar bed.'

'Doe wat je wilt', mompelde Morgan. Zijn stem was slechts een gefluister in de stilte. Errki ging het slaapkamertje binnen. Hij bukte zich en voelde in de matras tot hij de revolver vond. Stak die in zijn broekband. Hij was er klaar voor.

Toen rolde hij zich op en viel met zijn jack onder zijn hoofd in een diepe slaap.

*

'Wat Kannick nu nodig heeft, is een wedstrijdbeker', zei Margunn gedecideerd.

'Eentje die hij kan poetsen en kan laten glimmen en aan zijn moeder kan laten zien. Hij kan het, hij is echt heel goed. Schieten is het enige wat hij kan.'

Ze knikte twee keer om die uitspraak te benadrukken.

Ze zaten in haar kantoortje. Sejer glimlachte en voelde dat hij Kannick die beker gunde.

'Vindt hij het moeilijk om te verwerken wat er is gebeurd?' vroeg hij, gefascineerd naar haar gezicht starend. Mooi was ze niet, ze leek op een man, met een hoog voorhoofd, een doorgroefde huid en het begin van een snorretje. Haar stem was erg zwaar. Maar ze was vervuld van een onwankelbaar geloof in het goede van de mens en vooral van de individuen die haar waren toevertrouwd. De genegenheid lag als een blozende gloed op haar grove gezicht, het stond haar goed.

'Hij kan het aardig bolwerken. Het ziet er in ieder geval naar uit dat hij zich op het komende toernooi kan concentreren en op die manier weet hij het op afstand te houden. Verder moet u zich bedenken dat de jongens hier wel het een en ander hebben meegemaakt. Er is heel wat voor nodig om hen van hun stuk te brengen.'

'Dat begrijp ik', zei Sejer. 'Vertel eens over hem.'

Ze verschoof haar stoel, glimlachte.

'Kannick is wat wij een ouderwets ongelukje noemen. Het resultaat van zijn moeders gebrek aan wilskracht en impulsiviteit. Naar wat ik over haar familie weet, heeft ze trouwens nooit de kans gehad die te ontwikkelen. Net als Kannick was ze een obstakel, was ze teveel. Iedere zomer komen er mensen uit Polen hierheen om op de boerderijen te werken. Zij had een baantje bij een benzinestation waar ze iedere week de goedkoopste sigaretten kwamen kopen en misschien een pornoblad als ze zich een extraatje gunden. Dat was ongetwijfeld een hoogtepunt in haar leven. Ze waren anders, exotisch. En ze waren, zoals ze me vertelde, veel galanter tegen vrouwen dan zij gewend was. Ze behandelden me als een dame, Margunn, zei ze. Het is duidelijk dat zoiets indruk maakt op een meisje dat haar onschuld allang had verloren en daar allang niet meer om treurde. Hij verscheen op een dag in de kiosk, de vader van Kannick. Hij was al vier maanden van huis en had waarschijnlijk zo zijn behoeftes. Zoiets is niet moeilijk te begrijpen.'

Margunn glimlachte verzoenend. 'Kannick werd verwekt in het magazijn, 's avonds na sluitingstijd, tussen de dozen chips en poetskatoen. En het kwam niet bij haar op om spijt te hebben. Tot ze begreep dat de jongen eraan kwam. Hij huilde veel toen hij klein was, maar toen ontdekte ze dat hij zich rustig hield zolang hij maar genoeg te eten kreeg. Waar die methode toe geleid heeft, zult u straks wel zien. Zelf had ze het te druk met het zoeken naar iemand die haar liefde kon geven, en zo is het nog steeds. Ze wil Kannick niet hebben. Maar ze heeft ook niets tegen hem. Ze snapt alleen niet dat zij verantwoordelijk voor hem is. Ze heeft hem gewoon opgelopen, als een ziekte.'

'Wat is zijn probleem, aangezien hij hier is terechtgekomen?'

'Oorspronkelijk was hij extreem extravert en veel te impulsief om op een normale school te functioneren. Maar nu is dat totaal omgeslagen en sluit hij zich in zichzelf op. Hij dagdroomt veel. Doet maar gedeeltelijk mee. Kan nergens enthousiasme voor opbrengen en bindt zich aan niemand. Hij snakt naar aandacht, maar dan wil hij ook álles, dan pas bloeit hij op. Als hij niet de onverdeelde aandacht krijgt, hoeft het voor hem niet. Iedere week komt er een instructeur die hem lesgeeft in het boogschieten en dan leeft hij op. Dan draait alles om Kannick en om wat hij kan en niet kan. Maar op school is hij slechts een van de velen en dan haakt hij af.'

'Alles of niets?'
'Ja, zoiets.'
'Waar is zijn kamer?'
'Boven, helemaal achteraan in de gang. Er hangt een reclamebord voor chocolade op de deur.'
Sejer had een zak Quality Street meegenomen. Hij kwam niet bepaald op ziekenbezoek, maar na die afschuwelijke ervaring had het arme joch misschien behoefte aan een beetje extra vriendelijkheid. Maar toen hij de dikke jongen op het bed zag, had hij spijt.
'Dag, Kannick. Ik heet Konrad.'
Hij stond in de deur van de kamer die Kannick met Philip deelde. De jongen lag op zijn rug op het bed strips te lezen. Hij kauwde ergens op dat tussen zijn tanden knarste en keek op. Eerst naar Sejer en toen naar de zak die hij in zijn hand hield.
'Ik ben van de politie.'
Kannick gooide het blad weg. 'Ik heb tegen de jongens gezegd dat jullie zeker zouden komen, maar ze geloofden me niet. Ze zeiden dat ik niet belangrijk was.'
Sejer glimlachte. 'Natuurlijk ben je belangrijk. Ik heb een poosje met Margunn zitten praten, in haar kantoor. Mag ik hier op de rand van je bed komen zitten?'
De jongen trok zijn benen op. Zoveel overvloedig vet met je meetorsen moest ongeveer hetzelfde zijn als iemand op je rug dragen, dacht Sejer bij zichzelf. Hij gaf hem de zak.
'Beloof je om het met de anderen te delen?'
'Tuurlijk.'
Hij legde de zak op het nachtkastje.
'Dus jij bent degene die het aan Gurvin heeft verteld?'
De jongen veegde zijn lange pony van zijn voorhoofd. Hij droeg een afgeknipte spijkerbroek, een T-shirt en zwarte mocassins.
'Hij vroeg maar steeds hoe laat het was geweest. Maar ik had geen horloge om. Dat is bij de horlogemaker.'

'Dat is nou jammer', zei Sejer. 'Voor ons bij de politie is het heel belangrijk om te weten hoe laat iets gebeurde. De tijd kan vaak alles verklaren. Of mensen ontmaskeren die ons om te tuin proberen te leiden.'

Kannick keek hem verschrikt aan, alsof het een soort insinuatie was.

'Ik kan jullie in ieder geval niet om de tuin leiden', zei hij. 'Want ik weet helemaal niet hoe laat het was. Maar ik weet dat het zeven uur was toen ik hier wegging, dat heb ik hier gezien.'

Hij wees naar een wekker op het nachtkastje.

'Dus jij bent een echt ochtendmens, met andere woorden? Je hebt nu toch zomervakantie?'

'Het was zo warm. Ik kon niet slapen. En Philip piept zo vreselijk omdat hij astma heeft.'

Sejer keek de kamer rond. Er was een kuil in het bed waar Philip misschien op had liggen luieren voordat hij kwam, en op het nachtkastje lagen wat medicijnen en een inhalator. Door het raam zag hij drie jongenshoofden, ze stonden zijn politieauto te bestuderen. Af en toe keken ze omhoog naar het raam.

'Toch is het mogelijk om het tijdstip ongeveer vast te stellen. Als we elkaar helpen. Probeer de dag in gedachten door te nemen. Vanaf het moment dat je hier wegging. Je zegt dat het toen zeven uur was. En hiervandaan ben je het bos ingegaan?'

'Ja.'

'Je had je boog bij je?'

'Eh, ja.'

Hij sloeg zijn ogen neer.

'Daar zal ik je niet voor arresteren. Dat is Margunns werk. Liep je snel?'

'Niet zo erg.'

'Ben je onderweg gestopt?'

'Ik blijf soms staan om te luisteren. Naar kraaien en zo. Misschien een paar keer.'

'Je bent vaak in het bos, is het niet?'

Kannick trok zijn T-shirt omlaag, om zijn buik te bedekken.

'Een eindje boven de boerderij van Halldis ligt een hoogvlakte. Daarvandaan gaan een paar paadjes verschillende kanten op, zodat ik kan kiezen. Ik ken het daar goed.'

Zijn stem steeg en daalde. Hij zat met zijn benen over de rand van het bed, met zijn dijen ver uiteen. Deze jongen kon niet met zijn benen bij elkaar te zitten.

'Dus je liep omhoog naar dat punt, naar die hoogvlakte, en stopte onderweg twee keer?'

'Ja.'

'Kun je ongeveer zeggen hoeveel tijd dat kost? Als je het vergelijkt met iets anders dat je wel eens doet?'

'Ongeveer zo lang als een aflevering van de X-files.'

'De X-files? Mogen jullie daarnaar kijken?'

'Ja, tuurlijk.'

'Die duren drie kwartier, nietwaar?'

'Mm.'

'Dus', Sejer sloeg zijn benen over elkaar en glimlachte bemoedigend, 'je bent boven op de hoogvlakte en het is ongeveer kwart voor acht?'

'Dat zou wel kunnen, ja.'

Hij loerde naar de zak Quality Street. Het was een voordeelzak. Hij maakte in zijn hoofd snel een berekening. Hij wist dat de grote zakken tweeënvijftig stukjes bevatten en dat betekende voor ieder vijf en twee voor Margunn. Als hij inderdaad zou delen, zoals de politieman had gezegd.

'Toen koos je een van de paadjes uit.'

'Er zijn er vier. Eén gaat over de bergrug. Eén gaat omlaag naar het uitzichtpunt. Eén gaat naar de oude zomerboerderijen en eentje gaat omlaag naar de boerderij van Halldis.'

'En je koos die laatste?'

'Ja. Ik wilde het ontbijt niet mislopen.'

'Van de plaats waar je stond omlaag naar haar boerderij, is dat ver?'

'Nee. Maar ik heb onderweg een kraai geschoten. En toen ben ik twee pijlen kwijtgeraakt. Ik heb nog even gezocht, maar ik kon ze niet vinden. Dat nam wat tijd. Ze zijn vrij duur', verklaarde hij. 'Carbonpijlen. Honderdtwintig kronen per stuk.'

Sejer knikte en keek op zijn horloge. 'Dus je loopt een tijdje te zoeken en geeft het dan op. En dan zet je koers naar de boerderij. Duurde dat langer dan de tijd die je nodig had om naar boven te lopen?'

'Een beetje korter, denk ik.'

'Laten we zeggen dat het kwart over acht was toen je bij haar boerderij aankwam.'

'Dat is denk ik niet zo'n gekke gok.'

'Vertel me wat je zag.'

Hij knipperde verschrikt met zijn ogen.

'Ik zag Halldis.'

'Wanneer zag je haar?'

'Wanneer?'

'Waar stond je toen je haar zag liggen?'

'Bij de put.'

'Je stopte dus bij de put en toen zag je haar?'

'Ja.'

Zijn stem was nu zwakker. Hij had geen zin om het zich weer voor de geest te halen, maar het moest.

'Zou je kunnen zeggen hoe ver het is van de put naar de trap? Jij hebt daar denk ik wel verstand van, want je schiet.'

'Ik denk een meter of dertig.'

'Dat klinkt aannemelijk. Ben je naar haar toegelopen?'

'Nee.'

'Maar je wist zeker dat ze dood was?'

'Dat was niet moeilijk te zien.'

'Nee', gaf Sejer toe. 'Laten we daar even bij stilstaan, als je bij de put staat en naar Halldis kijkt. Je werd bang, nietwaar?'

'Jaa.'

'Hoe kreeg je Errki in de gaten?'

'Ik keek om mee heen', zei hij zacht. 'Ik werd bang, daarom keek ik om me heen. Naar alle kanten.'

'Dat zou ik ook gedaan hebben. Was hij ver weg?'

'Een stukje het bos in.'

'Zag je hem duidelijk?'

'Heel duidelijk. Ik herkende zijn haar. Hij heeft een middenscheiding. Lang, zwart haar, als een gordijn. Hij keek naar mij.'

'Wat deed hij toen jij hem zag?'

'Niets. Hij stond als een standbeeld. Ik begon te hollen.'

'Over de weg?'

'Ja. Ik holde zo hard ik kon met de koffer.'

'Dus je had je boog weer uit elkaar gehaald en in de koffer gestopt?'

'Ja. Ik heb de hele weg van de boerderij naar het dorp gehold.'

'Ken je Errki goed?'

'Ik ken hem niet. Maar hij zwerft hier altijd rond, ook 's winters. Hij is een tijdje geleden in het ziekenhuis gestopt. En hij heeft altijd dezelfde kleren aan, of het nou zomer is of winter. Altijd zwart. Het enige wat niet zwart was, was zijn gesp. Die was groot en glimmend.'

Sejer knikte. 'Kent Errki jou?'

'Hij heeft me weleens gezien.'

'Zag hij er bang uit?'

'Hij ziet er nooit bang uit.'

'En hij zei dus geen woord?'

'Nee. Hij schoot alleen weg tussen de bomen. Ik hoorde de takken. En het geritsel van de bladeren.'

'Wat wilde je bij Halldis, dat je naar haar boerderij toe ging?'

'Iets te drinken vragen. Ik had dorst. Dat heb ik wel eerder gekregen, ze kent ons.'

'Vond je haar aardig?'
'Ze was vrij streng.'
'Strenger dan Margunn?' glimlachte hij.
'Margunn is helemaal niet streng.'
'Maar je ging ervan uit dat ze je iets te drinken zou geven. Dan was ze dus eigenlijk wel aardig.'
'Aardig, maar ook streng. Ze gaf ons altijd iets, als we erom vroegen, maar ze mopperde de hele tijd.'
'Volwassenen zijn raar, hè?' zei Sejer met een glimlach. 'Is het zo dat alle jongens hier haar kenden?'
'Allemaal behalve Simon. Die is hier nog niet zo lang.'
'En jullie gingen soms naar haar toe om met haar te praten?'
'Soms vroegen we om limonade en boterhammen.'
'Kwamen jullie dan bij haar in de keuken?'
Op dat moment keek Sejer hem onderzoekend aan.
'O nee. We moesten altijd in de gang blijven staan. Ze had altijd net schoongemaakt. Dat zei ze altijd: ik heb net schoongemaakt.'
'Goed. Dus toen holde je naar het kantoor van de wachtmeester om het te vertellen?'
'Ja. Gurvin dacht dat ik maar wat kletste.'
'O ja?'
'Ja,' zei hij verontwaardigd, 'ik moest zelfs mijn adres hier opgeven.'
'Juist ja. Ik begrijp het', zei Sejer. 'Dus je bent een goede schutter, hoor ik?'
'Heel goed', zei hij trots.
'Van wie heb je die boog gekregen? Zo'n ding is zeker duur?'
'Van het maatschappelijk werk. Zodat ik een zinvolle vrijetijdsbesteding zou hebben. Hij kost tweeduizend kronen, maar dat is helemaal niet duur. Als ik later... als ik meer geld heb, ga ik een Super Meteor kopen met carbonlatten. Hemelsblauw Metallic.'
Sejer knipperde geïmponeerd met zijn ogen. 'Van wie heb je les?'

'Christian komt twee keer in de week. Ik doe binnenkort mee aan de Noorse kampioenschappen. Hij zegt dat ik talent heb.'

'Je weet dat een boog een dodelijk wapen is?'

'Ja, dat weet ik heus wel', zei hij weerbarstig.

Hij wist wat er ging komen. Hij boog zijn hoofd en sloot zijn ogen om het standje in ontvangst te nemen. Door zijn oren te sluiten reduceerde hij het tot een rondzoemende vlieg.

'Als je zo rondsluipt, kunnen de mensen je niet horen. Als er toevallig iemand bessen aan het zoeken is, kun je ineens een moordenaar worden. Heb je daar wel eens aan gedacht, Kannick?'

'Er zijn nooit mensen daar in het bos.'

'Behalve Errki?'

Kannick bloosde. 'Ja, behalve Errki. Maar die plukt geen bessen.'

Er viel een stilte. Sejer hoorde zachte stemmen buiten op het plein. De jongen loerde naar hem en beet op zijn lip.

'Waar is Halldis nu?' vroeg hij zacht.

'In de kelder van het Rijkshospitaal.'

'Is het waar dat ze in een koelkast liggen?'

Sejer glimlachte weemoedig.

'Nou, eigenlijk is het meer een soort lange lade. Kende je haar man ook?' vroeg hij bij wijze van afleiding.

'Nee, maar ik herinner me hem nog wel. Hij reed altijd tractor. Hij praatte nooit met ons, zoals Halldis. Kinderen interesseerden hem niet, bovendien had hij een hond. Toen Thorvald doodging, ging de hond ook dood. Hij wilde niet meer eten.'

Dat verwonderde hem blijkbaar, want hij keek alsof hij het niet begreep, toen hij er weer aan dacht.

'Hoe lang blijf je hier op Jongensheuvel wonen, denk je?'

'Dat weet ik niet.' Hij staarde naar zijn knieën. 'Dat beslis ik niet.'

'O nee?' Sejer trok een vragend gezicht.

'Ze doen toch wat ze zelf willen', zei hij verdrietig.

'Maar je hebt het hier toch wel naar je zin? Ik vroeg het aan Margunn en zij zei dat je het hier wel naar je zin hebt.'

'Ik heb geen andere plek. Mamma kan niet voor me zorgen en ik heb hulp nodig.'

Sejer hoorde het eenzame in zijn stem.

'Het leven is niet eenvoudig, vind je ook niet? Wat vind je het moeilijkst?'

Kannick dacht na en herhaalde de woorden die hij zo vaak had gehoord. 'Ik doe altijd eerst en dan pas denk ik.'

'Dat heet impulsief', zei Sejer troostend. 'Dat hoort erbij als je kind bent. Het komt uiteindelijk wel goed. Meestal. Zeg,' ging hij verder, 'heb je ook gezien of Errki handschoenen aanhad?'

Kannick knipperde verbaasd en sperde zijn ogen open. 'Handschoenen? In deze hitte? Ik heb zijn handen helemaal niet gezien. Misschien had hij ze in zijn zak. Ik weet het niet', eindigde hij oprecht.

'Dat vraag ik,' zei Sejer, 'omdat het belangrijk is om vingerafdrukken en zo in kaart te brengen. We hebben er een aantal in het huis gevonden. En je weet heel zeker dat je daarboven niemand anders hebt gezien of gehoord?'

'Ja', zei Kannick en hij knikte resoluut. 'Ik heb boven niemand anders gezien.'

'Als er toch nog iemand anders was,' zei Sejer, 'dan heeft Errki hem misschien gezien, ook al heb jij hem niet gezien.'

'Gelooft u niet dat het Errki was?' vroeg hij verbaasd.

'Dat neem ik niet klakkeloos aan.'

'Maar hij is gek, weet u.'

'Hij is misschien niet zoals wij', glimlachte Sejer. 'Laten we zeggen dat hij hulp nodig heeft. Maar ik heb het idee dat er hier veel mensen zijn die hopen dat Errki schuldig is. Mensen willen graag gelijk hebben, weet je. Wat denk jij...' vroeg hij langzaam, 'als Erkki haar erf is opgewandeld, wat zal Halldis dan tegen hem gezegd hebben? Ze kende hem, nietwaar?'

'Ik denk het wel.'

'Denk je dat ze bang voor hem was?'

'Ze was bijna nergens bang voor, eigenlijk. Maar Errki pakt altijd gewoon wat hij wil hebben. In de winkels en in de kiosken. Misschien is hij gewoon naar binnen gegaan. Zo is hij.'

'En toen werd ze boos?'

'Ze kon behoorlijk boos worden, als we niet deden wat ze zei. Errki doet nooit wat anderen zeggen.'

'Nee, precies. Het is misschien maar het beste dat we hem vinden, denk je ook niet?'

'Krijgt hij dan een dwangbuis aan?'

Sejer lachte. 'Laten we hopen dat dat niet nodig is. Maar misschien moeten jullie maar in de buurt van het huis blijven, zolang dit duurt, en een tijdje niet het bos ingaan. Tot we weten wat er is gebeurd.'

'Mij best', zei Kannick knikkend. 'Margunn heeft toch mijn boog afgepakt.'

De jongens stonden in een groepje naar hem te kijken toen hij in de auto stapte. Hij had geen tijd om met hen te praten, om een zuchtje wind van buitenaf te zijn in de gesloten wereld waarin ze leefden. Ze bekeken hem met een mengeling van onwil en eerbied. Sommigen van hen waren al een paar keer met de politie in aanraking geweest, bij anderen hing het als een constante dreiging boven hun hoofd. De kleine donkere, die Simon heette, zwaaide de auto na. Hij dacht aan hen terwijl hij naar het Rijkshospitaal reed. Het kleine groepje verongelijkte individuen dat hun draai nog niet gevonden had. Een groepje waar Sara Struel zich voor zou interesseren. Een groepje oproerkraaiers.

*

‘Elsi Johrma.’

Sejer keek haar verwachtingsvol aan. ‘Geboren op 4 september 1950. Op 18 januari 1980 is ze als gevolg van een ongeluk overleden en is ze hier naar het Rijkshospitaal gebracht. Ik weet niet of ze bij aankomst dood was, of dat ze later aan haar verwondingen is overleden. Maar ergens in dit gebouw is een dossier over haar. Zou je alsjeblieft zo vriendelijk willen zijn om te zien wat je kunt vinden?’

De nieuwsgierigheid was gewekt in de ogen van de verpleegster. Tegelijkertijd zag ze er een beetje radeloos uit, het was vakantietijd, ze kampten met onderbezetting en het was ondraaglijk warm. Hij keek de kamer rond. Een smal kantoortje met grote stapels ordners en boeken. De omstandigheden waren niet om over naar huis te schrijven, als hij en de verpleegster in het kamertje zaten, was het vol.

‘Dat is zestien jaar geleden’, zei ze ter kennisgeving, alsof hij dat zelf niet had uitgerekend. ‘In de tussentijd hebben we computers gekregen. Maar daar staat ze waarschijnlijk niet in. Dat betekent dat ik naar het archief in de kelder moet om te zoeken.’

‘Het jaartal 80 en de letter J. Je bent vast goed bekend daar beneden en ik heb de tijd’, bedelde hij.

Ze was midden twintig, lang en stevig, en droeg haar haren in een paardenstaart. Haar bril had ze omlaag geschoven op haar neus en ze staarde hem over de rand van het rode montuur aan.

‘Als ik niet meteen iets vind, moet u een andere keer maar terugkomen.’

Ze verdween en hij wachtte geduldig, terwijl hij om zich heen keek of hij iets te lezen zag. Het enige wat hij zag was een tijdschrift van de Kankervereniging waar hij niet echt enthousiast van werd. In plaats daarvan bleef hij in gedachten verzonken zitten. Op een plek als deze kon hij nooit de herinneringen buitensluiten aan de tijd dat hij rusteloos door de lange gangen wandelde, terwijl Elises lichaam werd getest en geanalyseerd en volgestopt met medicijnen en bestraald en steeds zwakker werd. Het waren in de eerste plaats de geur en het geluid van gedempte stemmen. Hij was ver weg toen de verpleegster weer in de deuropening stond.

'Dit is alles wat ik kon vinden.'

Ze gaf hem een beknopt opnamerapport van één kantje.

'Maar', zei hij, 'hoe zit het met het sectierapport?'

'Dat was er niet.'

'Zou je later nog eens kunnen zoeken? Het is nogal belangrijk.'

'Dat kan niet eerder dan zondag, als ik dan wat tijd over heb. Voorlopig is dit het enige wat ik kon vinden.'

'Dank je wel', zei hij nederig. 'Mag ik dit meenemen?'

Ze reikte hem een verklaring aan die hij op de stippellijn tekende.

'Heb je twee minuten terwijl ik dit doorlees', zei hij vragend. 'Er zijn misschien wat termen die ik niet begrijp.'

Ze liet haar ogen over het papier glijden en las hardop: 'Opname 18 januari, 16.45 uur. Dood bij aankomst. Zichtbare fracturen in arm en kaak. Aanzienlijk bloedverlies.'

'Pardon?' zei hij snel. '"Aanzienlijk bloedverlies." Ze is toch van een trap gevallen?'

'Ik was er niet bij, ik was toen tien jaar', zei ze kort. Maar daarna werd ze weer nieuwsgierig. 'Was ze van een trap gevallen?'

'Dat hebben ze mij verteld. Haar zoon', verklaarde hij, 'was aanwezig bij het ongeluk. Maar hij was toen nog maar acht.'

'Het zou kunnen', zei ze onzeker. 'Maar daar kan ik u verder niet mee helpen. Zolang ik het sectierapport niet heb.'

Ze las het nog een keer door.

'Ja,' zei ze uiteindelijk, 'het is wel vreemd. Ze had een zware bloeding en die alleen al zou haar het leven gekost hebben. Maar wat er als definitieve doodsoorzaak is vastgesteld, dat weet ik niet.'

'Maar hoe erg kan iemand die langs een trap naar beneden valt zich verwonden?'

'Behoorlijk erg,' zei ze, 'vooral als het een ouder iemand is.'

'Maar dat was ze niet.' Hij wees naar het papier. 'Elsi Johrma, geboren 1950. Dan was ze dus ongeveer dertig jaar toen ze stierf, nietwaar?'

'Kunt u geen contact opnemen met haar zoon? Die erbij was toen het gebeurde?'

'Ja', zei hij peinzend. 'We zoeken hem.'

Hij stond op en bedankte haar. Toen hij buiten kwam bleef hij staan en keek naar het gerechtelijk laboratorium. Ergens daarbinnen lag Halldis Horn. Zonder eigenlijk te weten wat hij wilde, wandelde hij naar de ingang. Het was nog veel te vroeg om te gaan zeuren en aandringen, het zou waarschijnlijk nog een week of twee duren voor Halldis aan de beurt was. Hij legitimeerde zich bij de receptie en kreeg onmiddellijk een vrijgeleide voor het gebouw. Zoals hij al had verwacht, trof hij Snorrason in een van de sectiekamers. Hij stond met zijn rug naar hem toe en was bezig gummihandschoenen aan te trekken. Op de tafel lag een wit pakket, niet erg groot. In feite niet groter dan een hond, dacht hij. Hij fronste zijn voorhoofd bij de gedachte dat het een zuigeling kon zijn.

De arts draaide zich om en trok zijn ene wenkbrauw op.

'Konrad?'

'Wie ligt daar?' vroeg Sejer, terwijl hij naar het witte pakket knikte.

Snorrason keek hem aan. 'Halldis Horn is het niet, maar dat had je vast al begrepen. Maar ík vraag me toch echt af wat je hier op een dergelijk onchristelijk tijdstip komt doen?'

Sejer glimlachte zuinig. 'Ik weet natuurlijk wel dat je nog niet zo ver bent. Maar ik was in de buurt en toen bedacht ik dat ik wel even langs kon gaan.'

'Juist, ja.'

'Alleen maar om even naar haar te kijken. Verder niets. Gewoon even nadenken.'

'Had je gehoopt dat ze met je wilde praten?'

'Zoiets.'

Snorrason trok de handschoenen weer uit.

'Ze zegt niet veel meer.'

'Nee. Ik wil alleen maar even kijken. Eventueel kan ik zelf een paar woorden zeggen, als de stilte te benauwend mocht worden.'

'Maar het liefst zou je willen dat ik naast je kom staan en hardop nadenk. Dat is waar je op hoopt, als ik je goed ken. Hoewel ik niets ergers weet.'

'Alleen maar even kijken.'

'Je hebt haar toch op de plaats delict gezien? En hebben jullie geen prachtige foto's van de dame gekregen?'

'Jawel. Maar dat was gisteren.'

Snorrason liet zich uiteindelijk overhalen. Sejer volgde hem met de lift naar de kelder, naar de kamer waar Halldis lag. Nadat hij het nummer van haar lade in het archief had opgezocht, trok hij die helemaal uit.

'Gaat uw gang, mijnheer.'

Hij trok het laken weg.

Het was geen fraai gezicht. Het oog dat nog intact was, was zwart als pek. En waar het andere had moeten zitten, had de hak zich ver naar binnen geboord. Haar neus was overdwars afgehakt en inwendige bloedingen hadden haar voorhoofd en haar slaap donker roodpaars gekleurd.

'Acht en een halve centimeter breed. Veertien centimeter diep. De nauwkeurige breedte en lengte van het blad', zei Snorrason kort.

'Een onbeduidende afweerkneuzing op haar rechteronderarm, waar ze licht werd geraakt. Duidelijk brilhematoom in het losse bindweefsel rond haar rechteroog. Secundair aan een breuk in de schedelbeenderen.'

Sejer dwong zichzelf het gezicht van de dode van dichterbij te bekijken. 'Kun je iets over de hoek zeggen?'

'Er zijn twee mogelijkheden.' Snorrason vocht tegen zijn eigen principes. 'Ze lag op de grond toen de hak haar raakte. Of ze stond rechtop en hief verschrikt haar hoofd op toen ze hem op zich af zag komen. Zoals je ziet is het blad vlak onder de wenkbrauw de oogholte binnengegaan en toen omlaag en naar achteren haar hoofd binnengedrongen.'

'Het gebeurde snel en onverwacht, nietwaar?'

'Dat weet ik niet', zei Snorrason, in een plotselinge poging recalcitrant te zijn. 'Maar ze vertoont verder geen uiterlijke sporen van een worsteling. Haar kleren zijn bijvoorbeeld heel en zoals je vast nog weet had ze zelfs haar klompen nog aan toen ze werd gevonden. Je zult dus wel gelijk hebben. En dat verbaast me. Aangezien ze met haar eigen tuingereedschap is gedood, was het waarschijnlijk niet van tevoren gepland. Hij pakte wat hij pakken kon, in een toestand van paniek. Een intense woede of een intense angst, of een combinatie van beide. Statistisch gezien', ging hij verder, 'komt dit soort doodslag vrij weinig voor. En het is heel duidelijk een doodslag die in een toestand van affect is begaan. Jullie hebben toch een aantal vingerafdrukken?'

'Ja', zei Sejer. 'Binnen in het huis. En twee onduidelijke afdrukken op de steel van de hak. Gelukkig voor ons woonde ze alleen. Het aantal mensen dat bij haar binnen is geweest en aan dingen heeft gezeten is beperkt. De tijd werkt in ons voordeel', voegde hij eraan toe.

'Zo genoeg?'

'Ja, dank je wel.'

Snorrason trok het laken terug en schoof haar weer naar binnen. 'Je hoort nog van me.'

Hij reed terug naar het bureau. Voelde dat de gedachte aan Sara Struel bij hem naar binnen sloop en het verwoeste gezicht dat hij zojuist had gezien verdrong. Haar gladde huid met de lichte donsjes. Haar donkere ogen met de lichte ringen rond de pupillen.

Al die jaren in eenzaamheid. Maar ik wilde immers alleen zijn, dacht hij, waarom zou ik nu ineens iets anders willen?

Toen dacht hij weer aan Elsi Johrma. Waarom was ze eigenlijk van de trap gevallen? Er zat iets achter, iets had haar aan het wankelen gebracht. Ze was in haar eigen huis van de trap gevallen, een trap die ze goed kende en die ze talloze malen op en af was gelopen. Misschien rende ze, of lag er water op een van de treden. Er was hoe dan ook een reden voor geweest, net als dat er een reden was dat haar verwondingen tot haar dood hadden geleid, terwijl het net zo goed – dat dacht hij tenminste – op een hersenschudding en een gebroken pols had kunnen uitlopen. Als ik oud word, dacht hij ineens, ga ik me over alle onopgehelderde delicten buigen die op het bureau liggen. Dan ga ik er zonder tijdsdruk aan werken, zonder het gezeur van de pers en van Holthemann, onder mijn eigen condities. Mijn werk tot een hobby maken. Terwijl Kollberg mijn voeten warm houdt. Terwijl ik mijn pensioen ontvang. Terwijl ik whisky drink en een shagje rook. Wat een heerlijk vooruitzicht.

*

Het was als in de Schrift, toen de zee uiteen week. Alle in het wit geklede, drukke mensen deden een stap opzij toen ze Skarre in de deuropening zagen staan. Hij keek de enorme, kokende keuken in, volgde de vinger van de kok. Daar beneden, die bij de afwasmachine. Dat is Kristoffer Mai.

Skarre zag alleen zijn rug. Een brede rug met een korte nek en borstelig, rood haar. Hij was de enige die de vreemde niet zag, hij was druk bezig een rek met veertig dampende wijnglazen uit de afwasmachine te halen. Hij merkte de neerdalende stilte pas op toen hij het blad had neergezet. Toen draaide hij zich om en keek naar Skarre.

'Kristoffer Mai?'

De jongeman knikte. Hij leek koortsachtig in zijn hoofd naar een verklaring voor dit ernstige bezoek te zoeken. Toen herinnerde hij het zich. Tante Halldis natuurlijk. Hij hervond zichzelf en knikte even, terwijl hij zijn handen afdroogde en de machine dichtdeed. Het zweet parelde op zijn voorhoofd.

'Kunnen we ergens praten?'

'In de koffiekamer', antwoordde hij en hij begon naar de deur te lopen. Met neergeslagen blik, omdat hij voelde dat iedereen naar hem keek, en aangezien ze hem altijd hadden genegeerd gaf dat zo'n raar gevoel dat hij niet wist hoe hij daarmee om moest gaan.

De koffiekamer was lang en smal, ze gingen in een hoek zitten, met hun rug naar de deur. Skarre keek naar het jonge gezicht en werd overvallen door een plotselinge melancholie. Hoeveel mensen ga ik in mijn leven nog ontmoeten, dacht hij, met als enige reden van mijn komst een afschuwelijke en brute moord? En hoe sta ik daar over tien jaar tegenover? En wat betekent het voor mij als persoon, om onschuldige mensen steeds te moeten vragen: Waar was je gisteren? Wanneer ben je thuisgekomen? Hoe sta je er financieel eigenlijk voor?

Hij pakte zijn notitieboekje uit zijn achterzak.

'Het is behoorlijk warm op je werk', begon hij vriendelijk. Hij loerde naar het rode haar.

'Ik vind het prima.' Mai glimlachte even. 'Ik kom uit Hammerfest. Daar is het altijd koud.'

Skarre hield zijn hoofd scheef en glimlachte. 'Wanneer hoorde je dat je oudtante dood was?'

'Mijn moeder belde me op. Gisteravond, om negen uur.'

'En wat heeft ze je verteld?'

Hij tilde zijn hoofd op naar de elektrische ventilator aan het plafond en zuchtte diep.

'Dat iemand haar huis is binnengedrongen en al haar geld heeft gestolen, haar met een bijl heeft doodgeslagen en ervandoor is gegaan.'

'Met een hak', corrigeerde Skarre.

'Dat komt op hetzelfde neer', zei hij zacht.

'Er wordt gezegd dat ze vrij veel geld had', ging hij verder. 'Weet jij daarvan?'

'Ze had een half miljoen', antwoordde Mai. 'Maar dat stond op de bank.'

'Wist je dat?'

'Ja, jeetje. Ze was er trots op.'

'Heb je dat wel eens aan iemand verteld?' Hij keek hem indringend aan.

'Aan wie zou ik dat verteld moeten hebben?'

'Vrienden. Collega's.'

'Ik ben meestal alleen', zei hij eenvoudig.

'Maar je praat toch wel eens met iemand?'

'Mijn huurbaas. Verder niemand.'

Hij ging verzitten en keek Skarre langdurig aan.

'Jij bent hier om mij uit te sluiten, nietwaar? Zo noemen jullie dat toch?'

Skarre legde zijn notitieboekje neer en keek de man aan. Het was geen moment in hem opgekomen dat deze jongeman een moordenaar kon zijn. Dat hij zijn oudtante had gedood om er met haar geld vandoor te gaan. Maar zo werd het natuurlijk wel opgevat en plotseling vroeg hij zich af hoe dat moest voelen. Was het voldoende om zelf te weten dat je een zuiver geweten had? Of knaagde het aan je, te weten dat iemand aan die mogelijkheid had gedacht? Kristoffer Mai had groene ogen. Ze zagen er schuldig uit. Het drong tot Skarre door dat dat altijd zo was, bij de mensen die hij had gesproken, had verhoord, om ze uit te sluiten. Misschien was het al genoeg als de gedachte wel eens, in grote nood, bij ze was opgekomen. Halldis heeft veel geld. Terwijl ik me hier voor een lullig loontje in een spoelkeuken sta af te beulen. *Stel dat...*

'Jij zocht haar zo nu en dan op, klopt dat?'

'Als drie keer per jaar zo nu en dan is, dan is het antwoord ja. Het is zeker niet meer dan drie keer per jaar, zou ik denken.'

Skarre probeerde te glimlachen, om de angel uit de volgende vraag te halen. 'Is de laatste keer lang geleden?'

Mai keek uit het raam en trok zijn schouders op. 'Drie maanden misschien. Ik weet niet of dat kort of lang is, het is maar hoe je het bekijkt.'

'Je hebt haar een brief gestuurd? Zes dagen geleden gepost?'

'Ja, dat klopt. Ik beloofde haar op te zoeken. Maar het is er niet meer van gekomen.' Hij schoof onrustig op zijn stoel. 'En daar zit ik nu aan te denken. Dat ze de laatste dagen van haar leven liep te wachten op iemand die niet kwam.'

'Waarom kwam het er niet van?'

'We kregen hier met ziekte te kampen en ik moest wat extra diensten draaien.'

'Heb je haar opgebeld om te zeggen dat het nog even zou duren?'

'Nee, helaas. Ik ben zoals zo veel mensen', mompelde hij. 'Ik ben vooral met mezelf bezig. Dat is me nu wel duidelijk geworden.'

Skarre dacht aan het gevoel van schuld dat zich altijd opdrong wanneer er iemand overleed. Ook al had je geen reële schuld, het voelde wel zo.

'Heb je het hier naar je zin?' vroeg hij toen. Hij vond het ondertussen lichtelijk belachelijk worden dat hij hier een van haar weinige familieleden zat te verhoren, iemand die haar bovendien nog wel eens opzocht. Tegelijkertijd begreep hij die tegenzin niet. Dit was immers wat hij wilde. Misschien ben ik overwerkt, dacht hij. En is dit een van de eerste symptomen dat ik aan vakantie toe ben.

'Hoe heet je huurbaas?' ging hij verder. 'Je woont op kamers?'

'Het is in feite een klein appartementje met een eigen ingang en een douchecel. 2500 kronen per maand. Maar het is prima en hij is aardig. Als hij weleens wafels bakt, klopt hij op mijn deur. Hij is bijna zeventig en nogal eenzaam. Dat je niet denkt dat hij daar het bos in zou gaan om tante Halldis' geld te stelen, als ik hem daar inderdaad over zou hebben verteld.'

Skarre glimlachte. 'Ik snap wat je bedoelt. Het is niet erg waarschijnlijk dat ik hem zal opzoeken. Laten we zeggen dat de man op grond van zijn leeftijd is uitgesloten.'

Op het moment dat hij dat zei, werd hij zich bewust dat hij nu een fout maakte. Misschien was de man dertig of veertig. Misschien brachten ze veel tijd samen door. Dronken ze samen wat, kletsten ze een beetje. De jongeman uit het hoge noorden was eenzaam, hij had geen vrienden, de enige die hij had was een oudtante ergens diep in het bos. Een tante met geld. Dat liet hij zich een keer ontvallen bij een dubbele whisky. Een half miljoen. Stel dat...

'Maar ik moet wel zijn naam hebben', zei Skarre.

Mai haalde een portefeuille uit zijn jaszak. Hij zocht even en trok er toen een betaalde girokaart uit die hij over de tafel heen schoof.

'De huur', zei hij toen. 'Daar staan zijn naam en adres. Schrijf dat maar op.'

Skarre sperde zijn ogen open. Hij hikte bijna van verbazing. Een adres in het oosten van de stad. En de naam Rein. Thomas Rein.

'Sorry', zei hij zacht. 'Ik moet even een kleinigheid checken. Je huurt van een man die Rein heet. Thomas? Hij noemt zich niet toevallig Tommy? En hij is niet ietsje jonger dan je beweert?'

Mai keek hem verbaasd aan, maar was ook op zijn hoede. Een mengeling van eerlijkheid en angst was op zijn gezicht af te lezen.

'Nee, hij is zeventig', zei hij zeker. 'Maar hij heeft een zoon die Tommy heet en het appartement dat ik bewoon is eigenlijk van hem. Ik kan het huren omdat hij op reis is. Tot hij weer terugkomt.'

'Waar is hij naartoe?'

'Dat weet ik niet. Alleen dat hij op reis is.'

Skarre probeerde kalm te blijven. Haastig maakte hij wat aantekeningen in zijn boekje, terwijl hij zo regelmatig en rustig mogelijk ademhaalde en zijn best deed om een pokerface te trekken, net zo makkelijk en glad als zijn chef altijd deed.

'Hoe laat was je gisteren op het werk?'

'Precies om twaalf uur. Dat kunnen zo'n twintig mensen daarbinnen bevestigen. Maar als ik het goed heb begrepen, is ze 's ochtends vroeg vermoord. Dat zou ik natuurlijk gehaald kunnen hebben.'

Zijn stem was provocerend. Hij registreerde dat de politieman in hoogste staat van paraatheid was, hij probeerde zich te beschermen tegen een onzichtbaar gevaar.

'Heb je een auto?'

'Een oude Kever.'

'Juist', zei Skarre. 'Was je erg aan Halldis gehecht?'

'Eigenlijk niet.'

'Maar je ging toch bij haar op bezoek?'

'Alleen maar omdat mijn moeder zo zeurde. We zijn erfgenamen, weet je. Maar de paar keer dat ik er was, waren hartstikke leuke dagen. Daar denk je niet bij na, tot het te laat is. Tot ze dood is.'

'Dus je hebt die Tommy Rein nooit ontmoet?' vroeg Skarre.

'Nee. Wordt hij soms verdacht?'

'Absoluut niet', zei Skarre afwijzend. 'Dat was gewoon de op een na laatste vraag van mijn lijstje.'

'Gewoon routine?' vroeg Mai.

'Zoiets.'

'En wat is de laatste vraag?'

‘Errki Peter Johrma. Komt zijn naam je bekend voor?’

Kristoffer Mai stond op en schoof zijn stoel op zijn plaats. Zijn rode pony viel voor zijn voorhoofd toen hij zijn portefeuille weer in zijn zak stak.

‘Nee’, zei hij. ‘Nooit van gehoord.’

*

Errki was wakker. Hij rolde langzaam op zijn zij en bleef naar de muur liggen staren. Hij zweefde nog even, tot hij weer bij zijn positieven kwam en de kamer herkende. Hij had diep geslapen. Toen herinnerde hij zich de revolver. Hoewel hij nooit een wapen had afgevuurd, wist hij dat het behoorlijk wat kracht vergde. Hij liep met de revolver in zijn hand door de keuken naar de kamer. Morgan sliep. Zijn kroezende haar was nat en het zweet glinsterde op zijn voorhoofd. Misschien had hij echt een vergiftiging onder de leden. Het ging hem niet aan, hij registreerde het alleen maar, voelde ook geen schuld. Dat hij naar voren was gesprongen en zijn tanden in zijn neus had gezet, was onvermijdelijk geweest. Bovendien had hij niet gevraagd of hij met hem mee mocht. Hij was naar de stad gegaan en de straten ingelopen, omdat hij een gruwelijke droom had gehad. Daar was hij vreselijk van over zijn toeren geweest. Eerst had hij getracht ervan weg te lopen. Toen hij zich veilig voelde, had hij lang in een lege hooischuur liggen slapen, met een zak onder zijn hoofd. En toen hij wakker werd, jeukten zijn gezicht en zijn nek. Daarna was hij naar de stad gegaan. Hij moest zien dat de wereld er nog steeds was, de mensen en de auto’s. In de geasfalteerde straten was het nog warmer geweest en hij was de bank binnengegaan omdat daar schaduw was en er een aanlokkelijk zithoekje bij het raam stond. Nergens anders voor.

Hij bleef staan bij de divan waar Morgan op lag en verborg het wapen achter zijn rug. In gedachten stelde hij zich voor dat hij inderdaad richtte en afvuurde, dat het blonde hoofd op de groene divan als een meloen uiteenbarstte en dat de inhoud naar alle kanten spatte. En weg was Morgan. Van de ene seconde op de andere. Zoals die ouwe man, die keer bij de kerk.

Morgan bewoog en kermde zacht. Toen opende hij zijn ogen.

'Je bent ziek', constateerde Errki.

Morgan knikte ernstig. Hij was echt ziek. Hij voelde hoe zijn lichaam steeds zwakker werd, het gevoel omlaag te zinken. Hij zou zich het liefst overgeven aan iemand die een beetje voor hem kon zorgen. Die de verantwoordelijkheid kon overnemen.

'Wil je iets hebben?' vroeg Errki vriendelijk.

Morgan kreunde. 'Een kogel door mijn hoofd.'

Errki haalde de revolver tevoorschijn, bukte zich en zette de loop midden tussen Morgans ogen.

'Schaakmat', zei hij met een glimlach. 'De koning is dood.'

*

'Waar kijk je naar?' vroeg Skarre. Hij trok zijn notitieboekje uit zijn zak en ging naast Sejer zitten.

'Voetsporen', mompelde hij. 'Ik heb ze bestudeerd en ik heb het vreemde gevoel dat er iets niet klopt.'

Hij schoof ze over de tafel naar hem toe. Skarre hield zijn eigen waarnemingen geduldig achter.

'Vertel eens wat je ziet', zei hij.

Skarre keek naar de foto's.

'Zeven voetafdrukken. Waarvan er drie, of nee, vier, zo goed als onbruikbaar zijn. Maar drie ervan zijn heel scherp, met een duidelijk patroon. Ribbels', zei hij toen. 'Of golven. Vrij grote schoenen. Drieënveertig, was dat het niet?'

Hij knikte. 'Ga door.'
'Is er nog meer te zien?'
'Volgens mij wel.'
Hij bestudeerde ze nog eens en haalde er uiteindelijk eentje weg, zodat er nog twee over waren. Dezelfde twee als Sejer er zelf tussenuit had geplukt, waar hij een eeuwigheid naar had zitten staren.
'Allebei rechterschoenen', zei hij zacht. 'Waarschijnlijk sportschoenen. Joggingschoenen bijvoorbeeld.'
'Mee eens.'
'De een is duidelijker dan de andere.'
'Klopt.'
'En een van de golfjes hier', hij wees met zijn vinger, 'is onderbroken. Een oneffenheid in de zool misschien.'
'En die is er niet in die andere afdruk. Of wel?' Sejer keek Skarre doordringend aan.
'Maar het is toch dezelfde schoen? Het zijn toch allebei rechterschoenen?'
'Is het dezelfde?'
'Ik snap niet waar je heen wilt. Misschien is het trouwens wel een steentje,' voegde hij er aan toe, 'dat vastzit tussen de ribbels. Waardoor die ene golf onderbroken lijkt.'
'Een steentje onder de schoen dat er later uit is gevallen, bedoel je dat?'
Hij keek hem nog steeds doordringend aan.
'Ja. Bijvoorbeeld.'
'Of een beschadiging aan de rubberzool. Bovendien', zei Sejer wijzend, 'is de ene afdruk zwakker dan de andere. Alsof deze zool meer versleten is.'
'Wat bedoel je nou eigenlijk?' zei Skarre argwanend.
'Ik bedoel dat ze misschien met zijn tweeën zijn geweest.'
'Twee daders?'
'Ja.'
'Die allebei joggingschoenen hebben met ribbels in de zool?'

'Die dragen mensen tegenwoordig. Vooral jonge mannen.'

'Dan kan Errki het dus bijna niet zijn', zei hij langzaam. 'Want die is altijd alleen.'

'Je parachutesprong komt naderbij', zei Sejer vol leedvermaak. 'Ik dacht dat we maar van vijfduizend voet moesten springen. Zodat het een echte sprong wordt.'

Skarre voelde een golf van angst door zijn borst spoelen. Hij inhaleerde wat extra zuurstof om weer tot zichzelf te komen.

'Het ergste is als de vliegtuigdeur opengaat', zei Sejer lachend. 'Het gebrul van de wind en de koude lucht. Je zult versteld staan hoe koud het op vijfduizend voet is.'

'Ik moet je iets vertellen', zei Skarre afleidend.

Hij sloeg zijn notitieboekje open en wees. Sejer las met gefronste wenkbrauwen en knikte langzaam. 'Heb je hem gevonden?'

'Volgens Mai is Tommy op reis. Hij zegt dat hij niet weet waarheen. Ik ben naar het huis gegaan, maar zijn vader was niet thuis en een buurvrouw zei dat hij het hele weekend wegbleef.'

'Dan proberen we het zondagavond nog eens. Misschien levert het iets op. En nu ik er toch aan denk: je moet misschien eerst een verzekering afsluiten. Duo Verzekering. Ik zal het nummer voor je opzoeken.'

'Het is toch vreemd dat de zoon op reis is en als ik dan zijn vader opzoek, is hij óók weg!'

'Misschien heeft hij ergens een vakantiehuisje. Heb je wel een winddicht skipak of iets dergelijks? Je hoeft geen speciale kleding te kopen voor die ene sprong. Maar die schoenen zijn belangrijk. Bij de apotheek kun je ook steunverband kopen, voor extra stevigheid.'

Sejer leunde achterover in zijn bureaustoel en glimlachte uitnodigend.

'Weet je dat ze bij Het wapen van de Koning vijftig verschillende soorten bier hebben?' vroeg Skarre giftig. 'Ze zijn tot twee uur 's nachts open. Als we om een uur of acht beginnen, kunnen we een heel eind komen. Ik zal om een tafeltje dichtbij de toiletten vragen.'

'De druk van de wind is zo groot dat je je mond niet meer dicht krijgt, als je die tijdens de vrije val opendoet. Je hoofd wordt naar achteren gedrukt, zodat je eruit ziet als een zeeduivel.'

'Die whisky waar jij zo van houdt. Famous Grouse. Ik heb het bij de bar nagevraagd, die hebben ze.'

'Concentreer jij je nou maar op die sprong. Het is anders dan we in eerste instantie dachten. Hier is iemand op geld uitgeweest. Als Tommy Rein van de aardbodem verdwenen lijkt, zou dát de reden kunnen zijn. En misschien werkt hij samen met een maat.'

'Dan zouden ze 's nachts hebben toegeslagen. Niet 's morgens vroeg. Bovendien zouden ze met een auto zijn gekomen, om snel te kunnen verdwijnen.'

Hij stond op en legde zijn hand op de deurkruk. 'Vergeet niet de koelkast met bier te vullen. Dat is het enige wat helpt als je een kater hebt.'

Hij had haar niet horen aankloppen. Plotseling stond Sara daar, met een zak in haar hand. Ze was blijkbaar thuis geweest, had iets anders aangetrokken. Thuis bij Gerhard, dacht hij.

Ze deed een paar passen en bleef bij zijn bureau staan.

Hij had moeite om zijn verrassing en de golf van gevoelens die over hem heen spoelde te verbergen.

Sara Struel keek hem aan. De inspecteur zag er anders uit. Overrompeld. Het was duidelijk dat hij enorm zijn best deed om zichzelf weer onder controle te krijgen.

'Waar kan ik je mee helpen?' stamelde hij.

'Dat weet ik nog niet', glimlachte ze.

Het werd doodstil. De ringen in haar ogen dansten. Hij glimlachte schaapachtig, voelde dat zijn gezicht verstijfde.

'Ga je me niet vragen waarom ik hier ben?' vroeg ze, nog steeds glimlachend.

Je gaat samen met Gerhard op vakantie naar Israël en je moet een nieuw paspoort hebben, en het paspoortenbureau is op de begane grond, zo kon je twee vliegen in één klap slaan.

'Ben je niet nieuwsgierig?'

Eigenlijk ben ik bang.

'Nu ben je net zo hulpeloos als de pad', glimlachte ze. 'Ik ben gekomen, omdat ik je weer wilde zien.'

Binnenkort kan ik niet eens meer droom en werkelijkheid uit elkaar houden, dacht hij.

'Ik heb dorst.' Ze hield haar hoofd schuin. 'Heb je iets te drinken?'

Hij stond als een slaapwandelaar op en haalde twee glazen water.

Misschien slaat Gerhard haar. En nu wil ze bij hem weg.

'Sorry', zei ze zacht. 'Nu heb ik je in verlegenheid gebracht. Ik vond dat ik maar beter meteen kon zeggen waar het op staat.'

'Ja, natuurlijk', zei hij ernstig, alsof ze een getuige was die iets belangrijks had gezien in een zaak die hij absoluut moest behandelen.

'Ik begrijp dat jij andere gevoelens kunt hebben. Maar we zijn tenslotte volwassen mensen.'

'Vanzelfsprekend.'

Hij dronk het glas in één teug leeg en staarde strak naar de tafel. Naar de bureauonderlegger met de wereldkaart, naar het Afrikaanse continent, waar oorlogen woedden. Er woedde ook iets binnen in hem. Hij voelde zich net zo licht ontvlambaar als een olievat. Een kleine vonk zou hem in vuur en vlam zetten. Bijvoorbeeld als haar hand de zijne zou aanraken. Haar hand die op de tafel rustte, zacht en smal, dertig centimeter van die van hem vandaan.

'Het was geen bedreiging', glimlachte ze mild, terwijl ze een tikje op zijn hand gaf.

'Bedreiging?' vroeg hij onthutst.

'Ik zei alleen maar dat ik je weer wilde zien. Meer niet.'

‘We zijn blij met alle hulp die we kunnen krijgen’, zei hij onbeholpen.

Ze had zich blijkbaar iets herinnerd, iets wat belangrijk was voor het onderzoek.

‘Ik zal je een beetje helpen’, zei ze en keek hem diep in de ogen. ‘Je hoeft slechts antwoord te geven op één simpele vraag.’

Hij knikte beleefd en correct en klampte zich aan het glas vast.

‘Ben je blij mij te zien?’

Konrad Sejer, inspecteur van politie, drieëntachtig kilo zwaar, met een lengte van een meter zesennegentig, stond op van zijn stoel. Hij had niet gedacht dat het mogelijk was. Hij liep naar het raam en keek naar de rivier en de boten.

Mijn verdedigingswerken storten in, dacht hij. Mijn ziel ligt open. Ik kan me nergens verbergen.

‘Ik heb de tijd’, zei ze zacht. ‘Ik wacht op het antwoord.’

Wat gebeurt er als ik antwoord? Stel je niet zo aan, man. Je hoeft geen moord te bekennen. Je hoeft alleen maar ja te antwoorden.

Hij draaide zich langzaam om en ontmoette haar blik.

*

De eerste meldingen stroomden bij de meldkamer binnen. Errki was op vier plaatsen gezien, verspreid over zo’n groot geografisch gebied dat hij daar onmogelijk binnen zo’n korte tijd kon zijn geweest. Een jong meisje met een kinderwagen was hem op rijksweg 285 tegengekomen, ze herinnerde zich zijn T-shirt. Tegelijkertijd had een vrouw bij een Shell-station buiten Oslo hem als klant gehad. Hij was te voet gekomen en was te voet weer verdwenen. Een vrachtwagenchauffeur had hem in zijn wagen gehad toen hij bij Ørje de Zweedse grens overging.

Ongelukkigerwijs vernam Kannick Snellingen alleen deze laatste observatie. Pålte vertelde het hem. Hij is naar Zweden toe, ze zeiden het net op de radio. Moet je je die arme chauffeur eens voorstellen, Kannick. Hij heeft geen idee wie hij in zijn auto had!

Bang? Deze knaap niet. Kannick was in het bos twee pijlen kwijtgeraakt. Twee Green Eagle-carbonpijlen met echte natuurveren, van 120 kronen per stuk. De gedachte dat hij zou moeten wachten voor hij ze kon gaan zoeken, was bijna niet uit te houden. Er liepen daarboven beesten, ze konden vertrapt worden, en misschien ging het regenen en dan zouden ze langzaam maar zeker in de aarde wegzakken en verdwijnen. Hij wist nog precies waar hij had gestaan toen hij de twee pijlen afschoot en in gedachten kon hij ze door het kreupelhout volgen, tot waar ze ongeveer waren neergekomen. Het was zijn bedoeling geweest om ze meteen te zoeken, maar de tijd tikte verder en zijn uitstapje was niet goedgekeurd van hogerhand. Daarom had hij ze achtergelaten. Hij zat op zijn kamer en staarde naar buiten. Liet een lange, harde boer en proefde de prei en de worteltjes weer uit de labskous die ze hadden gegeten. Ze zouden vandaag niet gaan zwemmen en Margunn was constant in de weer met papieren en zo. Zijn boog lag in haar kantoortje, in de grote metalen kast waar de weinige dingen van waarde die ze bezaten werden bewaard. Karsten had een fototoestel en Philip had een jachtmes dat hij alleen mocht gebruiken als er een volwassene bij was. De kast zat op slot, maar de sleutel lag samen met andere belangrijke sleutels in een plastic doosje in een la van haar bureau. Dat wist iedereen.

Hij staarde verlangend naar het bos en zag een paar grote kraaien rondzweven. Hij zag ook een paar meeuwen, een kilometertje verderop lag de vuilnisbelt, waar ze een heerlijk leven hadden en zo groot en vet als albatrossen werden. En hij zag Karstens rug. Hij stond bij de vuilverbrandingsoven over zijn fiets gebogen en probeerde een bidonhouder aan zijn stang te bevestigen. Het klemmetje dat hij gebruikte was te groot, daarom probeerde hij er een stukje rubberslang tussen te proppen zodat het bleef zitten. Hij veegde voortdurend zijn voorhoofd af en zijn hele gezicht zat onder de olie en het vuil. Inga stond naast hem toe te kijken. Zij was de langste van iedereen op Jongensheuvel, langer zelfs nog dan Richard, dun als een Barbiepop en mooi als een madonna. Karsten probeerde zich te concentreren, maar dat was niet makkelijk. En Inga amuseerde zich. Dat zag hij duidelijk.

Het voordeel van het wonen op Jongensheuvel, dacht Kannick, was dat het nooit erger kon worden. In ieder geval niet heel veel erger. Als hij wegliep en een paar regels overtrad, werd hij gewoon weer teruggestuurd. Naar Jongensheuvel. Niemand kon hem naar een of andere klotegevangenis sturen, daar was hij nog steeds te jong voor, dus Ullersmo en Ila leken nog erg ver weg. Die maakten deel uit van een mogelijke toekomst, maar daar maakte hij zich nog niet druk om. Maar de volwassenen hadden het er wel steeds over. Wat moet er van jou worden, Kannick? Ze hadden het niet over het hier en nu. Over dit lelijke huis met al zijn regeltjes. Over hoe het was om een kamer te moeten delen met Philip en iedere nacht weer zijn gepiep te moeten horen. Om te moeten afwassen en de televisiekamer te moeten stofzuigen. Om naar het gezanik van Margunn te moeten luisteren.

Hij holde plotseling weg van het raam en maakte de deur naar de gang open. In de verte hoorde hij Margunns stem, en water dat stroomde. Dat betekende waarschijnlijk dat ze de was deed en dat Simon zoals altijd naast haar stond te kletsen. Dan waren ze dus in de waskeuken, op de begane grond, naast de douches. Terwijl het kantoortje, waar ze zijn boog had opgeborgen, helemaal aan de andere kant van het gebouw lag. Kannick was dik, maar dat wilde nog niet zeggen dat hij niet snel was. Hij glipte naar buiten en sloop naar beneden. Koos de buitenste trap, eigenlijk een brandtrap, waarvan de deur altijd openstond omdat dat in de voorschriften stond. Ze hadden al twee keer brand gehad, omdat Jaffa helemaal weg was van de uniformen van de brandweermannen. De treden kraakten. Uiterst voorzichtig probeerde hij zijn enorme gewicht over de smalle treden te verdelen. Hij sloop naar de deur van het kantoortje en was een ogenblik bang dat die op slot zou zitten. Maar Margunns filosofie was dat ze niet aldoor voor afgesloten deuren moesten komen te staan. Hij glipte snel naar binnen en staarde naar de kast. Trok met zijn wijsvinger de bureaulade open en vond het sleuteldoosje. Probeerde snel te handelen, zonder te veel geluid te maken. Toen maakte hij het kleine hangslot open. Daar stond de koffer met de boog. Zijn eigen Centra, donkerrood met zwarte latten, zijn grote trots. Met kloppend hart trok hij de koffer uit de kast en deed die weer op slot, legde de sleutel op zijn plaats en ging er snel weer vandoor. Vanuit de gang koos hij de weg door de kelder, naar de deur aan de achterkant. Vanaf het plein kon niemand hem zien. In de verte hoorde hij Inga lachen.

Hij was goed bekend in het grote bos en kwam al snel op een paadje dat hij al honderden keren had gelopen. Zijn voetstappen, die nu zwaarder waren omdat niemand hem meer kon horen, brachten de vogels tot zwijgen, alsof ze vermoedden wat voor vreselijk wapen hij in zijn koffer had. Kannick nam het pad dat ten westen van Halldis' boerderij liep. Hij wilde niet te dichtbij komen. De gedachte aan de dode vrouw werd hem teveel en hij wist dat alle gruwelijke details zouden terugkomen, als hij het huis met de deur en de trap zou zien. En daar lagen de pijlen niet. Die moest hij vinden, daarom liep hij hier, en als hij ze gevonden had, zou hij eerst nog proberen een paar kraaien te schieten, voordat hij naar huis ging. Misschien zou hij de boog weer op zijn plaats kunnen zetten zonder dat Margunn merkte dat hij weg was geweest. Dat was hem al eens eerder gelukt. Kannick moest inwendig om Margunn lachen, ze was iemand die altijd het beste met de mensheid voorhad. Dat was een soort religie voor haar, een soort morele verplichting. Zoals toen hij een briefje van duizend kronen uit de kas had gepakt en het had verwisseld met een briefje van vijfhonderd, en zij niet kon geloven dat een van hen genoeg geld had om zoiets uit te halen. Daarom gaf ze de schuld aan haar eigen slechte geheugen en het feit dat 'alle bankbiljetten tegenwoordig ook op elkaar lijken'. Hij holde door. Ondanks zijn omvang had hij een redelijke conditie, maar hij ademde toch sneller en hij zweette al behoorlijk. Naarmate hij verder liep, zakte hij langzaamaan in zijn geliefde fantasie weg. Die geheime plek waar niemand van wist, waar hij de tijd bijna vergat en waar alles rondom hem een andere vorm kreeg en in een exotisch bos veranderde, met het geruis van een rivier in de verte. Hij was het grote opperhoofd Geronimo uit de bergen van Arizona. Zijn opdracht was om voor zestien paarden te zorgen om met de mooie Alope te kunnen trouwen. Hij sloot zijn ogen, opende ze slechts af en toe kort om niet te struikelen.

De wind fluistert Nimo, Nimo.

In zijn bed lagen vijfhonderd witte scalpen. Hij streelde met een hand over zijn koffer en dacht, net als het grote opperhoofd:

Alles heeft kracht. Raak de kracht aan en de kracht zal jou aanraken.

In de verte hoorde hij even het droevige geblaf van een hond. Verder was alles stil.

*

Morgan voelde dat het zweet onder zijn haarwortels vandaan begon te stromen. De loop van de revolver trilde voor hem. Waarschijnlijk ijlde hij. Misschien was het een reactie op de infectie die zich nu echt door zijn lichaam verspreidde en hem deze onwerkelijke visioenen bezorgde. Koortsfantasieën.

Hij keek naar Errki en bedacht hoe vreselijk het voor hem moest zijn om voortdurend dergelijke visioenen te hebben, dreigementen van dood en verderf en straf, waanzinnige schrikbeelden, jaar in jaar uit.

'Ik ben ziek', steunde hij. 'Ik geloof dat ik moet kotsen.'

Hij had lang geslapen. Het licht buiten was anders en de schaduwen waren langer geworden. Errki zag dat zijn huid een gelige glans had gekregen. Hij liet de revolver zakken.

'Je kotst maar,' zei hij, 'de vloer hier is toch al smerig.'

'Hoe kom je verdomme aan dat ding? Je had hem toch in het water gegooid?'

Morgan krabbelde aarzelend overeind en bekeek het wapen eens beter. 'Je had dat ding de hele tijd al, nietwaar?'

Hij kroop in elkaar tot een soort bal, om een kleiner doelwit te worden.

'Waarom heb je die niet voor die ouwe vrouw gebruikt? Op de radio zeiden ze dat je haar dood hebt geslagen!'

Errki voelde een plotselinge woede in zijn wangen koken. Hij hief de revolver weer op. Morgan schreeuwde. 'Schiet maar. Het kan me niks schelen!'

Dat was vreemd. Morgan voelde dat hij het meende, dat hij niet langer mee wilde doen.

'Je moet naar een dokter', zei Errki bedachtzaam.

De revolver trilde. Als hij nu zou schieten, zou hij waarschijnlijk een willekeurige plek treffen, Morgans maagstreek, of de groene divan.

'Sinds wanneer maak jij je zorgen om mij? Denk je dat ik daar intrap? Denk je dat er ook maar iemand luistert naar de woorden van een gek? Hè? Ik kan niet eens naar de grote weg lopen. Daar ben ik te ziek voor. Ik ben duizelig. Ik zweet me kapot en ik heb het koud... dat betekent dat ik een shock heb, nietwaar?'

Hij ging weer liggen en sloot zijn ogen. Die gek zou inderdaad kunnen schieten. Hij wachtte op het schot, lag volkomen roerloos, had ergens gelezen dat het geen pijn deed als je werd doodgeschoten, alleen een harde klap in je lichaam, dan was het over.

Errki staarde naar Morgans neus. Die was opgezwollen en had een akelige blauwe kleur gekregen. Met zijn tong voelde hij langs zijn tanden. Hij kon de smaak van huid en vet op zijn verhemelte oproepen, gevolgd door een weeïge bloedsmaak.

Morgan wachtte nog steeds. Het schot kwam niet.

'Godverdomme', steunde hij. 'Je hebt het mooi voor elkaar. Ik ga dood aan bloedvergiftiging.'

Errki liet zijn armen zakken.

'Ik zal een traan om je laten.'

'Mooi niet!'

'Je bent slechts een ei in de handen van een kind.'

'Hou op met dat zwakzinnige gelul!'

Morgan deed mee in een tragikomedie, daar was hij van overtuigd. Deze dag was volkomen onwerkelijk.

'Je kunt rustig om je moeder roepen', ging Errki verder. 'Ik zal het aan niemand verklappen.'

Morgan snufte zielig. 'Roep zelf maar om je moeder.'

'Die is dood', zei Errki ernstig.

'Ja, dat zal wel. Je zult haar ook wel vermoord hebben.'

Errki wilde meteen antwoord geven. De woorden lagen klaar op zijn tong en wilden naar buiten glippen. Hij verstijfde.

'Mag ik je jack lenen?' mompelde Morgan. 'Ik heb het zo koud.'

Hij keek Errki aan. 'Wat is er met je? Je ziet er zo raar uit.'

'Ze is van de trap gevallen.'

Errki spande al zijn spieren en klemde de revolver in zijn handen. Het was zo makkelijk, het waren slechts woorden, maar op dit moment verraadden ze hem, ze dwarrelden helemaal vanzelf naar buiten, zonder dat hij eerst kon nadenken. Plotseling viel hij om. De revolver gleed naar de muur, hij hoorde de tik toen het ding de muur raakte. Toen klapte hij bijna dubbel, alsof hij kramp had, terwijl hij met zijn handen probeerde de boel binnen te houden. Alles gulpte naar buiten. Hij rook de geur van zijn eigen ingewanden, rottend vlees, afvalstoffen, gif en gal. Kleine, glimmende blaren die openbarstten, het gorgelende geluid van zachte organen die in elkaar werden gedrukt en uit elkaar spatten, lucht en gas dat de vreemdste geluiden maakte. Hij kroop radeloos over de vloer, zwom in zijn eigen ellende.

'Word jij nu ook ziek?' vroeg Morgan geschrokken. 'Dat kan niet. Jij moet hulp gaan halen! Ik zit liever een tijdje in de cel dan dat ik in dit klotehuis doodga aan tetanus. Jij weet de weg. Ga iemand halen, verdomme, zodat we hier weg kunnen!'

Er kwam geen antwoord. Errki kronkelde kreunend over de vloer, zodat zijn schoenen tegen de planken bonkten. Het klonk alsof hij in elkaar werd geslagen, alsof er iemand aan hem stond te trekken en te rukken en hem rondslingerde. Na een tijdje begon hij te hoesten en te rochelen, of misschien waren het oprispingen of kotste hij, of allebei. Morgan huiverde. Mijn god, wat een gekkenhuis! Iets in de kamer had hen allebei vergiftigd. Een vloek misschien, in de spleten tussen de balken, een vloek die langzaam naar buiten begon te sijpelen toen ze hier met zijn tweeën binnenstapten. Hij had het gevoel dat het een eeuwigheid geleden was sinds hij in de bank de revolver had getrokken. Ze moesten toch mensen hebben gestuurd om hen te zoeken, ze moesten de auto hebben gevonden! Begrepen hebben dat ze hierboven in het bos waren. Stom dat ze dat dekzeil over de auto hadden gedaan. Eindelijk werd het stil op de vloer. Errki snakte naar adem. Morgan wierp een blik op de revolver.

'Dat was niet zo best', zei hij zacht. 'Wat gebeurde er?'

Errki begon zijn lichaam weer bij elkaar te rapen, stukje bij beetje, Morgan had het idee dat iets zocht wat hij was verloren. Het zwarte haar hing voor zijn ogen. Hij tastte als een blinde rond.

'Heb je visioenen?' vroeg Morgan onzeker. 'Kun je de whisky even voor me zoeken?'

Errki kwam omhoog in zithouding. Hij zat voorovergebogen en hield zijn maag vast, zijn ogen waren gesloten, iedere spier in zijn lichaam was stijf als een stalen veer. Het kwijl liep over zijn kin.

'Zeik niet zo', gorgelde hij.

'Ik wou niet zeiken. Ik heb het alleen zo allejezus koud. Ik dacht dat ik jouw jack misschien kon lenen. Is er nog whisky? Kun je die straks zoeken, als je klaar bent met je... met je aanval?'

'Zeik niet zo, zei ik!'

Zijn polyesterbroek ritselde zacht toen hij eindelijk opstond. Hij liep de kamer door, ineengedoken als een bejaarde, nog steeds met zijn handen tegen zijn maag gedrukt. Eerst pakte hij de revolver op, toen liep hij naar het slaapkamertje. Zijn jack lag op het bed, opgerold tot een kussen. Hij pakte het op, terwijl hij met zijn andere hand zijn maag bleef vasthouden. Toen wankelde hij langzaam weer terug. De fles stond naast de radio, zonder dop. Hij pakte hem, nam een grote slok en staarde naar het meertje. Zijn lichaam had tijd nodig om weer tot rust te komen. Deze keer was hij zonder enige waarschuwing opengebarsten. Het leven dat voor hem lag, zag er niet best uit. Hij staarde naar de donkere waterspiegel. Geen enkele rimpeling. Het water was dood. Alles was dood. Eigenlijk wil niemand je hebben. Ze willen alleen hebben wat je hebt te geven. Morgan wil je jack en de whisky hebben. Heb je iets te geven, Errki?

Met zijn jack in zijn hand dronk hij van de whisky. Hij kon het jack over Morgan heen leggen. Een vriendelijk gebaar. De vraag was of het enig verschil maakte. Werd het leven daardoor waard om te leven?

'Niet alles opdrinken!'

Errki haalde zijn schouders op. 'Jij had toch alleen maar een gematigd alcoholprobleem?' vroeg hij afwezig.

'Mijn neus doet zo'n verdomde pijn.'

'Samen roven is een vreugde. Samen sterven is een feest', zei Errki en hij reikte hem de fles aan. Morgan dronk tot de tranen in zijn ogen sprongen. Toen hij de fles weer neerzette, hapte hij naar adem. Hij trok zijn knieën op en ging op zijn zij liggen, alsof hij ruimte wilde maken zodat Errki op het uiteinde van de divan kon gaan zitten. Hij ging óf zitten, óf hij schoot hem neer. Maar Morgan voelde zich niet langer bedreigd, en dat begreep hij eigenlijk niet.

Errki aarzelde. Hij keek naar de vrije plek op de divan en begreep dat die voor hem bedoeld was. Aarzelend legde hij het jack over Morgans schouders. Een lachsalvo steeg op uit de kelder en galmde in zijn oren.

'Hou je bek!' schreeuwde hij geïrriteerd.

'Ik zei niks', zei Morgan. 'Wat zeggen ze eigenlijk tegen je? Die stemmen van je. Vertel eens hoe dat is. Dan sterf ik tenminste iets wijzer.' De whisky brandde in zijn maag, hij voelde zich al wat beter. 'Waarom luister je eigenlijk naar ze? Je begrijpt toch wel dat die stemmen niet echt zijn? Ik heb een keer gehoord dat gekken weten dat ze gek zijn. Dat begrijp ik nou niet. Ik hoor stemmen, zeggen ze. Verdomme, die hoor ik ook wel eens. Innerlijke stemmen, als ik zit te fantaseren. Maar ik weet dat het maar fantasie is en het zou niet in me opkomen om te doen wat ze zeggen.'

'Behalve als ze je vragen een bank te beroven?' vroeg Errki ironisch.

'Dank je, dat was mijn eigen beslissing.'

'Hoe weet je dat zo zeker?'

'Ik herken mijn eigen stem als ik die hoor.'

Errki stond nog steeds naar de vrije plaats op de divan te staren en ging toen zitten. Morgan keek hem oprecht nieuwsgierig aan. 'Vertel eens over hen. Kun je zien hoe ze eruit zien? Hebben ze slagtanden en groene schubben? Zeggen ze weleens iets aardigs? Je moet ze niet zo hun gang laten gaan. Ik dacht verdorie even dat ze je naar de andere wereld zouden helpen. Misschien moet ik eens met ze praten. Misschien luisteren ze naar een buitenstaander?'

Morgan lachte hol. 'Het is vaak zo, weet je, dat je gestoorde honden en kinderen beter naar de buren kunt sturen.'

Hij krabbelde moeizaam overeind en ging rechtop naast Errki zitten. Tilde een hand op en tikte drie keer op Errki's voorhoofd. 'Hé, jullie daarbinnen! Nou moeten jullie eens ophouden deze jongen zo te terroriseren. Hij is aan het eind van zijn Latijn. Zoek maar een andere kop om dwars te zitten. Nu is het genoeg!'

Errki knipperde onzeker met zijn ogen. Morgan was volkomen serieus, hij begon ineens te giechelen.

'Zijn het er meer? Een hele troep?'

'Een paar. Twee.'

'Twee tegen één? Jezus, wat laf. Vraag of een van hen opsodemietert, dan reken je met de leider af, man tegen man.'

Errki lachte hinnikend. 'Over de Jas hoef je je niet druk te maken. Die ligt in een hoekje te bibberen.'

'De Jas?' Morgan keek hem verbaasd aan. De omvang van Errki's waanzin begon nu pas echt tot hem door te dringen.

'Die hing aan een haak in de gang.'

De tijd maakte rechtsomkeert. Alles wat geweest was, kwam terug. Steeds zag hij gezichten en handen, opgetrokken wenkbrauwen, afgewende ruggen, zijde en fluweel, spoeltjes met vele kleuren garen. Hij vloog terug over een hobbelige weg met groene greppels, naar het huis toe. Door de deur naar binnen. De smalle gang in. De trap op. Hij zat op de trap, bijna bovenaan. Die had zijn vader getimmerd, van grenen planken. Het houtwerk zat vol smalle, loerende ogen, die hem altijd gadesloegen.

'Hij hing daar maar. Mijn vaders jas. Er zat niets in, alleen lucht. Wapperde zachtjes in de tocht van de zolder. Eén keer keerde hij binnenstebuiten, toen ze naar beneden viel en de lucht in beweging zette.'

'Toen ze naar beneden viel?'

Morgan keek hem nieuwsgierig aan.

'Mijn moeder. Ze is van de trap gevallen. Ik duwde haar.'

'Waarom?' Morgan dempte zijn stem. 'Haatte je haar?'

'Ik heb tegen iedereen gezegd dat ik haar duwde.'

'Maar dat deed je niet? Of weet je het niet zeker? Waarom zei je het dan?'

Errki zag de beelden voor zich, flakkerend over het grove hout. Hij tilde zijn hand op en wees. Onwillekeurig draaide Morgan zijn hoofd en volgde zijn blik. Hij zag alleen de smerige balken. Errki zweeg.

'Zeg,' zei Morgan, terwijl hij zichzelf overeind hees, 'het zou toch geweldig leuk zijn als jouw stemmen met die van anderen konden praten, in plaats van met jou. Met die van de andere patiënten in het gesticht. Dan zouden ze onderling ruzie kunnen maken en jou met rust laten. Verdomme, af en toe ben ik echt geniaal. Weet je hoe je van ze af kunt komen? Een echte ouderwetse strategie. Zet ze tegen elkaar op, op de lange duur vernietigen ze zichzelf dan. Geef me de fles eens!'

Errki pakte de fles van de vloer en bleef ermee in zijn handen zitten.

'Geef hem aan mij. Ik wil meer hebben!'

Hij strekte zijn arm uit en wilde de fles pakken. Errki hield hem vast. 'Wie in onmin leeft met de bron, sterft van de dorst', zei hij in alle ernst. Toen liet hij de fles los.

Morgan nam twee slokken. 'Hoe komt het dat je moeder van de trap viel? Vertel eens. We kunnen spelen dat ik je arts ben. Ik ben heel goed, je moet me alleen een kans geven. Kom op, vertel aan oom Morgan. Ken je die? Praat erover, mijn jongen, dan komt het allemaal wel goed.'

Hij gniffelde zacht. Hij was al aardig dronken.

Errki's handen gleden over zijn dijen, over de zwarte broek. Toen hij een hand op het wapen legde, voelde hij dat die tot rust kwam. Zijn hand paste als een handschoen om het wapen. Dat had een bedoeling, dat betekende iets.

'Ze naaide voor mensen.'

'Was ze naaister?'

'Zijden bruidsjurken. Kostuums en jurken. Of klanten brachten oude kleren die vermaakt moesten worden. Dat was ze aan het doen. Ze was bezig met het lostornen van een oud kostuum.'

'Neem een slok', onderbrak Morgan. 'Het is niet niks om oude herinneringen op te halen.'

Errki nam een slok. Het was stil in de kelder. Het stof was weer gaan liggen, alles was grijs. Heel even dacht hij dat ze misschien weg waren. In de stilte werd zijn stem helder als kristal. Zijn eigen stem. De woorden waren niet van tevoren gepland, ze ontstonden gaandeweg, en als hij ze in twijfel wilde trekken, kwamen er nieuwe woorden die naar buiten wilden. Het ene woord nam het volgende mee en hij had niet de kracht om ze tegen te houden.

'Ik zat op de trap te spelen', zei hij stilletjes. 'Ik was acht jaar.'

Je speelde niet. Ze zette een val op. Je moet de werkelijkheid niet verdraaien, wij waren erbij, wij hebben het gezien. De Jas zag het, hij hing aan de muur.

Errki kreunde. Zijn woede groeide. Of was het wanhoop? Hoe kon hij hier zitten en het vuil uit zijn geopende mond laten stromen? Ziekte, dood en ellende, slakken, wormen en padden. Hij trok boos met zijn hoofd. Morgan luisterde. Errki voelde dat hij luisterde, op een zeer fysieke manier, als huid tegen huid, en hij vond het vreselijk om te worden aangeraakt. Niet eens door Sara met de golvende haren. In gedachten hoorde hij de prachtige harp die haar stem altijd volgde.

'Waarom op de trap?' Morgan dronk nog steeds. Voorlopig wilde hij alleen maar dronken worden. Een kortzichtig, maar prettig doel. 'Ik bedoel, er is toch niet veel plaats op een trap.'

'De trap', zei Errki met een zucht. 'De zolder. De lamp beneden in de gang brandde. Ik hoorde het geluid van de naaimachine.

Als een uurwerk. Ik speelde op de trap omdat ik dichtbij haar wilde zijn.'

'Het decor staat', constateerde Morgan. 'Het drama kan beginnen. De lamp is aan, de naaimachine loopt, kleine Errki is acht jaar.'

'Ik had in de kelder wat oud vissnoer gevonden en daar had ik een kabelbaan van gemaakt. Van de bovenste trede op de zolder omlaag naar de begane grond.'

Morgan gaapte hem aan. 'Je spande verdomme een vissnoer!'

'Ik had in oude luciferdoosjes gaten geprikt en daar bakjes van gemaakt. Die had ik gevuld met amandelen en rozijnen en die liet ik zakken. Ze kwamen niet ver, maar twee treden, omdat de telefoon ging. Mijn moeder riep: Kun jij hem even pakken, Errki! Ik wilde niet, ik was aan het spelen. Had net een bakje gevuld met amandelen. Ik zat op de trap te wachten. Toen kwam ze naar buiten, ze zette haar voet op de trap en bleef in het snoer hangen en toen dook ze zo naar beneden. Ze was altijd zo stil, maar toen maakte ze lawaai. Ze denderde omlaag over de traptreden, alsof iemand een meubelstuk naar beneden had gegooid.'

Morgan was met stomheid geslagen. Zijn ogen glommen als van een kind dat naar een sprookje luistert, een eng sprookje.

'Ik zat op de derde trede, tegen de muur aan. Ze viel bonkend omlaag en stopte pas toen ze beneden in de gang op de vloer lag. Om de leuning heen.'

'Had ze haar nek gebroken?' Morgan fluisterde. 'Jij bent me verdomme ook een rare. Ineens ben je helemaal normaal en praat je gewoon. Waarom ben je ineens zo normaal?'

Errki leek te ontwaken en keek hem aan. 'Eerst krijg ik op mijn lazer omdat ik niet goed wijs ben. En nu moet ik me verdedigen omdat ik normaal ben. Natuurlijk ben ik normaal. Ben jij normaal? Jij berooft banken en je neus hangt te rotten.'

'Maar waardoor is ze doodgegaan?'

'Al haar bloed stroomde uit haar lichaam.'

'Wát?'

'Alles, door haar mond naar buiten. Het pompte als een waterval naar buiten en werd één grote plas onderaan de trap. In de het bloed zag ik de spiegeling van de lamp aan het plafond, en van de Jas, als een donkere schaduw. De telefoon ging, maar ik kon niet opnemen. Dan moest ik in die grote plas bloed stappen en dan zou ik het meenemen het huis in, op de tapijten en de vloeren. Uiteindelijk hield het gerinkel op. Ik maakte het snoer los en stopte het in mijn zak. Zat stil te wachten. De stroom bloed uit haar mond stopte, haar gezicht was zo grijs als een steen. Uiteindelijk zal er wel iemand komen, dacht ik. Vader, of een klant. Iemand. Maar er kwam niemand. Pas toen het bloed aan de bovenkant dof was en ik de weerschijn van de lamp niet meer kon zien.'

Eindelijk zweeg hij. Hij voelde geen opluchting, alleen leegte. Hij voelde aan de revolver. Er zat maar één kogel in het magazijn. Dat moest iets betekenen, die moest voor hem zijn bedoeld.

'Ja maar, bloed uit haar mond. Hoe kwam dat dan?'

'Geef me eens wat whisky.'

'Had ze een gat in haar hoofd?'

'Ze was naaister.'

'Dat heb je al gezegd.'

'Ze zat een oud kostuum los te tornen. Steekje voor steekje, met een scheermesje. Ze hield het mesje altijd tussen haar lippen als ze de stof van elkaar moest scheuren, of als ze ging verzitten. Toen ging de telefoon. Met het mesje tussen haar lippen liep ze naar de deur, stapte de trap op en struikelde over het snoer. Het scheermesje schoot in haar keel.'

Morgan hikte. Onwillekeurig legde hij een hand op zijn hals. Hij voelde het zachte kloppen van zijn hartslag onder de klamme huid. Hij moest bijna overgeven bij de gedachte een scheermesje door te slikken.

'Je lijkt echt glashelder in je hoofd', zei hij voorzichtig. 'Misschien heb je gewoon te lang in het gesticht gezeten. Dat met je moeder was immers een ongeluk. Daar kon jij niets aan doen. Heel stom trouwens, om een scheermesje tussen je lippen te doen. En heel dom van jou om de schuld op je te nemen.'

'Ik had dat snoer gespannen.'

'Maar je zat toch te spelen, nietwaar? Bij dezen is dit voorval gearchiveerd als een ongeluk.'

Het was bedoeld als troost, maar leek niet veel effect te hebben.

'Wij mensen denken dat we sturing kunnen geven aan ons leven', zei Errki langzaam. 'Maar dat is niet zo. Dingen gebeuren gewoon.'

Beiden zwegen een hele poos.

'Waar denk je aan?' vroeg Morgan ten slotte.

'Een boer thuis. Johannes.'

'Vertel me ook maar over Johannes. We zijn nu toch lekker bezig.'

Morgan had het gevoel dat de tijd stilstond. De toekomst bestond niet meer, alleen het nu. Hij en Errki samen tussen de dikke houten muren. Donker en prettig. De whisky brandde in zijn aderen en gaf hem het gevoel te zweven.

Errki dacht aan Johannes. Een grijze, rimpelige en uitgedroogde oude man met een uitgebluste blik. Errki dacht zichzelf in die ogen te herkennen, alsof ze familie van elkaar waren. Ogen zonder hoop. En plotseling op een dag stond hij daar, bovenop een ladder.

'Hij zoop als een tempelier. Toen zijn vrouw stierf verschrompelde Johannes binnen enkele maanden, tot er bijna niets meer van hem over was.'

'Klinkt als mijn moeder toen mijn vader doodging', was Morgans commentaar.

'Hij begon te drinken. Hij dronk aan één stuk door, zonder ophouden, maandenlang. Mensen kwamen bij hem aan de deur om hem te helpen, maar dat had geen enkele zin.'

'En toen dronk hij zich dood?'

'Nee. Toen hij uiteindelijk weer bij zijn positieven kwam, liet hij de drank staan, nadat hij eerst nog een fles met de dominee had gedeeld.'

'Klinkt als een meelevende dominee.'

'De dominee zag mij en riep me, maar ik stopte niet. Dat had ik kunnen doen, maar ik ging zo snel ik kon door de poort naar buiten en verstopte me achter de kassen.'

'Waarom riep hij je?'

'Zeik toch eens niet zo.'

Errki draaide zich om en greep de fles. Morgan liet hem los.

'Johannes kreeg werk bij de dominee. Als klusjesman. Hij was bezig de kerk te witten. Stond boven op een lange ladder en was hard aan het werk. Toen kwam Errki Johrma eraan. Johannes hoorde niets, hij was aan het werk, bovendien floot hij, hij was gelukkig en nuchter. Ik was op dat moment teleurgesteld. Hij begon op de anderen te lijken. Maar ik riep naar hem. Ik riep: "Hé, jij daar!" O, Jezus Christus, wat schrok hij! Hij zette zich van schrik af en de ladder maakte een grote boog. Hij viel zo achterover.'

'Godsamme!'

'Hij viel met zijn hoofd op de bovenste steen van de muur. Ik bleef naar zijn kapotte hoofd staan kijken. Zijn benen schokten een paar keer, toen bleef hij stil liggen. Ik verstopte me achter een grafzerk. Ik hoorde de dominee jammeren en schreeuwen, toen hij kwam aangerend.'

'En toen kreeg jij de schuld.'

'Het wás mijn schuld ook.'

'Zeg,' zei Morgan, 'hoe kan iemand zo verschrikkelijk veel pech hebben als jij? Ben je soms op vrijdag de dertiende geboren?'

'Later kwamen ze me thuis ophalen.'

'Wat heb je ze verteld?'

'Niets. Nestor zei dat ik mijn mond moest houden.'

'Nestor?' Morgan wreef in zijn ogen. 'Hoe heb je je zo in de nesten kunnen werken? Daar kan ik met mijn hoofd niet bij.

Ik maar denken dat ík pech heb. Maar hoe zit het dan met die vrouw die ze gisteren hebben gevonden. Was dat ook een ongelukje? Dan kun je dat toch gewoon zeggen?'

Langzaam keerde Errki hem zijn gezicht toe. 'Zoals ik al zei. Dingen gebeuren gewoon.'

'Dat is wel een heel makkelijke verklaring, vind je niet? De politie gaat je uithoren. Je moet bedenken wat je gaat zeggen.'

'Ik ben een golf', zei Errki dramatisch. 'Ik breek maar één keer.'

'Dan vind ik dat je dat moet antwoorden. Dan ben je zo weer terug in het gesticht.' Hij veegde zijn voorhoofd af. 'Mijn neus doet pijn', klaagde hij.

Errki haalde zijn schouders op. 'Die neus kun je met je eigen wil genezen, als je je een beetje inspant.'

'O ja?'

'Je moet de ontsteking terugdringen. Met alle kracht die je in je hebt. Je moet jezelf genezen.'

'Ik ben geen Chinees, hoor. Daar geloof ik niet in.'

'Daarom ben je zo ziek.'

'Kun jij dat niet voor me doen?' vroeg hij ironisch. 'Ik kan me niet meer inspannen. Ik ben zo slap als een vaatdoek.'

'Je moet het zelf doen.'

'Dacht ik het niet', zei hij mismoedig. 'Zeg,' bedacht hij zich, 'ik heb een keer een man op de televisie gezien. Hij kon een glas breken, door wilskracht. Het zag er indrukwekkend uit. Maar eigenlijk is het gewoon een filmtrucje.'

'Het is niet indrukwekkend om een glas te breken met je wilskracht', zei Errki. 'Dat kan ik ook. Glazen staan constant onder spanning, het is gemakkelijk.'

'O, moet je dat horen! Dat je niet rondreist en optreedt!'

'Geen zin in.'

'En van wie heb je dat geleerd?'

'Van the Magician. In Central Park.'

'Goed dat je gevoel voor humor hebt. Dat zullen we nog nodig hebben.'

'Weet je wat hij kon?' zei Errki. 'Hij kon de huid van zijn handen zo spannen dat die barstte.'

'Doe mij eens zo'n demonstratie. Maar je moet niet de whiskyfles breken.'

'Er zijn hier geen glazen', zei Errki peinzend. 'Alleen een paar gebroken ruiten.'

'Dan is er zeker iemand geweest, die dat al vóór jou heeft gedaan, denk ik.'

'Maar er zitten nog een paar grote stukken in het raam daarginds', zei Errki. Hij wees naar het raam dat op het erf uitkeek.

'Breek dat dan maar', zei Morgan vol verwachting. Hij amuseerde zich kostelijk, maar tegelijkertijd had hij het akelige gevoel dat er van alles kon gebeuren.

Errki stond langzaam op van de divan. Hij staarde naar het raam en liet zich op de vloer zakken. Hij boog zijn hoofd en sloot zijn ogen. Morgan bekeek hem met een mengeling van plezier en weemoed in zijn ogen. Hij staarde naar de glasscherf rechtsboven in de sponning. De zon scheen er doorheen en liet hem oplichten. Er klonk geen geluid van Errki, hij zat zo stil als een pilaar. Morgan dacht loom dat hij misschien een soort beslissing moest nemen over wat ze verder gingen doen. Maar de hitte en de whisky hadden hem afgemat, en het was heerlijk om stil te zitten en een beetje te doezelen. Het leven was niet helemaal geworden wat hij ervan verwacht had. Hetzelfde gold voor Errki. Hij zag er belachelijk uit zoals hij daar op de vloer zat, een keiharde knoop van wilskracht en energie. Morgan besefte hoe dun hij was, zo tenger als een insect. En nu zou hij hem een goocheltruc laten zien. Het was bijna pijnlijk om te bedenken hoe teleurgesteld hij zou zijn als er niets gebeurde. Hij dacht na over wat hij zou zeggen om hem te troosten. Misschien moest hij de schuld geven aan de whisky, dat die hem zijn krachten had ontnomen.

Toen sprong het glas. Het rinkelde niet zacht, zoals hij had gefantaseerd, het sprong met een knal en het glas regende de kamer binnen. Morgan schrok en voelde een stoot van ontzetting in zijn hart. Errki zat nog steeds op de grond. Toen hief hij zijn hoofd op en keek om zich heen. Hij zag er slaperig uit. Eerst. Maar daarna was hij verbaasd. 'Er klopt iets niet', zei hij.

Hij liep naar de deur.

'Wat klopt er niet? Hoe heb je dat in godsnaam gedaan?' Morgan zag er verbijsterd uit. 'Waar ga je heen?'

'Naar buiten', antwoordde Errki. 'Naar buiten om iets te controleren.'

*

Kannick liet zijn boog zakken. Hij stond een meter of dertig van het huis en keek naar het lege raam. Dat hij raak schoot was geen prestatie, toch was het een uitdaging om op het doorzichtige, fonkelende glas te schieten, en het geluid toen de pijl er doorheen drong was mooi. In zijn fantasie had hij zojuist het oog van generaal Crook geperforeerd. Hij kwam dichterbij en staarde naar het huis, dat leeg en verlaten was en schijnbaar ineengezakt in de namiddagzon stond. Hij wist dat hij de pijl binnen zou terugvinden, staand in een muur. Hij keek rond naar een ander doelwit, want hij had nog een pijl in zijn koker. En het begon al laat te worden. Hij maakte zich geen zorgen om de narigheden die hem thuis op Jongensheuvel wachtten. Omdat hij precies wist wat er zou komen en hij het al zo vaak had meegemaakt, schrikte het hem niet af. Het was allemaal zo verschrikkelijk voorspelbaar. Volwassenen hadden niet veel fantasie. Misschien dat Margunn een andere plaats zou zoeken om de sleutel van de kast te verstoppen. Veel erger werd het waarschijnlijk niet. Bovendien zou ze blij voor hem zijn dat hij de verloren pijlen had teruggevonden, omdat ze wist dat hij zich daar ongerust om maakte. En die nieuwe bergplaats zou hij ook wel weer vinden. Dat was alles. Hij staarde naar het oude huis, naar het grauwe hout, de platte steen voor de deur en de lege ramen. Hij was er vaak binnen geweest. Had in alle kasten gekeken, had zelfs weleens op de oude divan die in de kamer stond liggen slapen. Hij staarde naar de deur. Het houtwerk vertoonde een paar donkere vlekken, hij besloot op een ervan te richten.

Hij was het opperhoofd Geronimo. De deur was een Mexicaanse soldaat en de donkere vlek was zijn hart. De vijand. Die de vrouwen en de kinderen van de stam verkrachtten en vermoordden. Hij haatte hen, uit het diepst van zijn opperhoofdenhart!

Ditmaal zou hij vanuit geknielde houding schieten, zoals het opperhoofd altijd deed. Dat was een grote uitdaging. Hij zakte op zijn knie en trok de laatste pijl uit de koker. Deze had twee gele veren en een rode hanenveer. Hij zette de nok op de pees en rechtte zijn rug. Door het vizier zag hij dat hij de boog recht had. Hij zag de donkere vlekken en koos er eentje uit, ongeveer midden op de deur, een beetje links van waar ooit een deurkruk had gezeten. Toen trok hij aan. Voelde dat de ankertab onder zijn kin gleed en de pees zich recht over het puntje van zijn neus legde.

The Apaches will allways be!

Een heel kleine correctie en daar had hij de vlek midden in het vizier.

Vaag merkte hij dat er iets gebeurde. De deur ging open en er werd een zwarte gedaante zichtbaar. Maar zijn hersenen hadden het sein al gegeven, zijn greep ontspande, hij wilde de boog laten zakken, maar kon niet verhinderen dat de pijl werd gelost. Die schoot met een vaart van meer dan honderd meter per seconde van de pees.

Er klonk geen geluid toen hij raakte. Errki stond verbouwereerd op de trap en bewoog slechts heel even. Kannick zag de gele veren uit zijn zwarte broek steken. Errki keek verbaasd, maar zei geen woord. Aarzelend stak hij zijn hand uit om de pijl eruit te trekken. Toen zag hij Kannick. De dikke jongen.

Hij herkende de haveloze broek en het uitpuilende lichaam. Nu begreep hij wat de jongen in zijn koffer had gehad, die hij zo stevig had vastgehouden toen hij met waanzin in zijn ogen de weg was afgehold. Een boog. Nu liet hij die zakken, hij glinsterde rood in de zon en de pijl die hij zojuist had afgeschoten stak in Errki's rechterdij. Het deed geen pijn. Hij pakte hem vlakbij de stof van zijn broek vast en beet zijn tanden op elkaar. De pijl naar buiten, vrij soepel. Meteen voelde hij dat er iets losschoot, een strakke klem die plotseling losliet. De jongen draaide zich om en rende weg.

Errki deed iets wat hij in jaren niet had gedaan. Hij rende achter de jongen aan. Het bloed begon warm over zijn dij te stromen. Kannick hapte naar adem, maar er kwam geen geluid over zijn lippen toen hij wegstoof. Na een tijdje liet hij zijn boog los, hoewel hij nooit had gedacht dat hij dat kon doen, maar hij zat in de weg en die zwarte gedaante, Errki Johrma, zat achter hem aan! Toen de ernst van de situatie tot hem doordrong, stroomde de kracht uit zijn lichaam, waardoor hij in één klap helemaal leeg was. Hij verloor zijn concentratie, begon over takken en struikjes te struikelen en hij dacht dat als hij nu zou vallen, alle hoop vervlogen zou zijn. Hij rende voor zijn leven, omdat hij naar huis wilde, naar Jongensheuvel. Naar huis, naar Margunn en alle anderen, naar de veilige alledaagsheid van het lelijke huis, en naar Philip die in het bed naast hem lag te piepen. Naar huis, naar Christian, naar de droom om tijdens de Noorse kampioenschappen van iedereen te winnen, naar huis, naar het avondeten met zelfgebakken brood, naar de flikkerende televisie en om de week schoon beddengoed. Hij had het leven plotseling zo lief, iets waar hij voor wilde vechten, een gevoel dat groots en nieuw voor hem was.

Toen struikelde hij. Hij viel languit voorover in het droge gras. Hij gaf het niet op, hij vocht nog steeds, moest iets vinden om zich mee te verdedigen, zodat hij zijn achtervolger kon vermoorden, voordat zijn achtervolger hem vermoordde! Hij tastte rond naar een stok, maar vond alleen droge takjes, er was zelfs geen steen om te gooien. Uitgeput zag hij het leven verdwijnen, het loste zich voor zijn ogen op. Hij gaf zich over. Rolde zich op tot een bal en bleef zo liggen. Kannick had nooit gedacht dat hij zo jong zou sterven. Hij gebruikte zijn laatste krachten om zich op de dood voor te bereiden. Errki's voetstappen kwamen naderbij. Uiteindelijk stopten ze naast hem. Hij was gek. Hij zou zich niet gedragen als iemand anders. Dat was nog het ergste: dat hij niet wist wat hem te wachten stond. Maar alle verhalen die hij over Errki had gehoord schoten door zijn hoofd.

'Wie de wolf vreest, moet het bos niet ingaan', fluisterde Errki

Kannick hoorde de zachte stem. Hij bleef stokstijf liggen, hij was al zo goed als dood. Er viel niets meer te zeggen. Toch draaide hij voorzichtig zijn hoofd om en zag een glimp van Errki's zwarte broekspijp, die heel erg wijd was. Over de wond maakte hij zich blijkbaar geen zorgen. Nog een teken dat de man gek was. Hij voelde vast helemaal geen pijn, zijn eigen pijn niet, en zeker die van een ander niet. Hij was gevoelloos. Gek zijn, dacht Kannick, is gevoelloos zijn voor alles om je heen.

'Sta op.'

De stem klonk niet dreigend. Maar had een zweem van verwondering in zich. Kannick stond moeizaam op. Hij hield zijn hoofd gebogen. Nog even, en dan zou hij een draai om zijn oren krijgen, die moest hij met zijn voorhoofd en zijn slaap proberen op te vangen. Een platte klap op zijn dikke wang was het ergste wat Kannick kon overkomen. Het kletsende geluid was zo vernederend. Maar er gebeurde niets.

'Naar het huis', zei Errki eenvoudig.

Dat hij zijn stem niet verhief, had iets dreigends. Zo praatte een sadist, iemand die het leuk vond om te pijnigen en te martelen. Zijn stem was licht en rustig, paste niet bij de rest van zijn verschijning, en hij was ontstellend eng van dichtbij. Vooral zijn ogen, die hij niet durfde aankijken, dat stelde hij tot het laatst toe uit, want hij veronderstelde dat hij dan helemaal verloren zou zijn.

Naar het huis. Dus Errki had zich in het oude huis verschanst, was aldoor al hierboven geweest. Hij was helemaal niet op weg naar Zweden, zoals ze op de radio hadden gezegd. Samen met Errki het oude huis ingaan, was hetzelfde als het Dodenrijk binnenstappen. Zo ervoer hij het. Als hij binnen was, zou zijn hulpgeroep niet goed te horen zijn. Hij begon vreselijk te trillen. Dacht dat de straf nu dan toch kwam, voor alles wat hij gedaan had.

Als je je niet beter gaat gedragen, Kannick, weet ik niet wat er in de toekomst van je terecht moet komen.

De toekomst, waar hij zich nooit om had bekommerd, haalde hem nu niet alleen in, maar was zelfs bezig te verdwijnen. Misschien zou hij met pijn doodgaan. Het enige waar Kannick echt bang voor was, was pijn. Zijn lichaam begon te beven, zodat zijn vet lilde en trilde. Kon hij maar flauwvallen en verdwijnen, langzaam in de heide wegzakken, het maakte niet uit, als hij maar kon ontkomen aan deze boze droom waar hij midden in zat. Maar hij kon zich nergens verstoppen en hij viel niet flauw. Errki wachtte. Hij was geduldig. Dat was omdat hij zeker wist dat hij zou winnen, zeker wist dat hij geen enkele kans had om te ontsnappen.

Toen zag hij de revolver. In al zijn wanhoop kwam er een gedachte in hem op, de gedachte van een bijna stervende ziel, dat hij liever een kogel door zijn kop kreeg dan te worden gepijnigd en gemarteld. Dit was Kannicks laatste hoop. Langzaam begon hij door het gras te lopen. Hij begreep niet hoe hij zijn voeten voor elkaar kreeg, tegen zijn wil in liepen ze naar het huis toe, waar hij niet heen wilde, naar wat het einde betekende. Errki volgde hem langzaam. Hij had de revolver in zijn broekriem gestoken, die met de grote adelaar, en hield zijn hand tegen de wond van de pijl. Het bloedde hevig, maar als hij er iets omheen bond zou het bloeden stoppen, zo erg was het niet.

'Je bent bang', constateerde Errki.

Kannick bleef staan. Hij probeerde te achterhalen wat de gek bedoelde. Of dit misschien een onderdeel was van de marteling. Hem op zijn gemak stellen, om vervolgens een genadeklap uit te delen. Zich verkneukelen over zijn angst, wanneer het tot hem doordrong dat hij toch zou sterven. Hij dacht hier zo diep over na, dat hij stil bleef staan op het paadje. Errki gaf hem een duw. Hij kromp ineen en jammerde zacht, maar er viel geen schot. Hij begon weer te lopen, tot het huis zichtbaar werd tussen de bomen. Hij dacht dat ze een eeuwigheid hadden gerend, in werkelijkheid was het maar een paar honderd meter. Ze stopten op het erf. Toen kreeg Kannick de volgende schok. Er stond een blonde man in de deuropening.

Ze waren met zijn tweeën. Eentje om hem vast te houden en een om hem te pijn te doen! Hij probeerde opnieuw om flauw te vallen, wilde zich voorover laten vallen, maar zijn knieën hielden stand. Ik ga hier sterven, dacht hij, terwijl hij zijn ogen sloot. Met gebogen hoofd wachtte hij op het schot. Errki gaf hem een duw in zijn rug. 'Dat is de man die graag Morgan wil heten.'

Morgan staarde hen met grote ogen aan. 'Hé, Errki! Heb je spek gehaald bij de slager?'

Hij leunde tegen de deurpost en staarde ongelovig naar Kannicks imposante dubbele onderkinnen en zijn dijen die dezelfde omvang hadden als Errki's middel.

Kannick loerde naar zijn neus.

'Hij heeft me in mijn been geschoten.'

'Verdomme, Errki, je bloedt als een rund!'

'Ik zei toch dat hij me geraakt had.'

Hij bukte en raapte de pijl op. 'Hiermee.'

Morgan bekeek de pijl nieuwsgierig, streek over de gele en rode veren. 'Dat is ook wat. Speel je indiaantje? Loopt er ook nog ergens een cowboy rond?'

Kannick schudde heftig zijn hoofd.

'Ik w-was alleen m-maar aan het t-trainen', stamelde hij.

'Trainen? Waarvoor?'

'V-voor het Noors kampioenschap voor j-junioren.'

Hij had een hele tijd zijn adem ingehouden. De woorden kwamen hikkend naar buiten. Errki hoorde duidelijk het geluid van een doedelzak, niet helemaal zuiver van toon.

'Breng hem naar binnen.'

Morgan stapte achteruit om hen er langs te laten. Errki duwde Kannick voor zich uit, terwijl hij nadacht wat hij om zijn dij kon binden om het bloeden te stoppen.

'Ik moet naar huis', piepte Kannick, die ineens bleef staan.

'Ga op de divan zitten', zei Morgan streng. 'We moeten eerst even de situatie helder krijgen. Misschien kunnen we je ergens voor gebruiken.'

Kannick staarde openlijk naar Morgans neus. Die zag er nu nog erger uit, het losse deel bungelde vervaarlijk en de kleur deed denken aan een rotte aardappel. Hij zag de whiskyfles op de vloer staan, en de radio in de vensterbank en zijn eigen pijl die ernaast in de muur stak. De man met het kroeshaar was kennelijk dronken. Dat stelde hem allerminst gerust. Hij liet zich op de divan zakken. Bleef daar lamgeslagen zitten, met zijn handen op zijn schoot. Toen kwam de vraag die hij had gevreesd.

'Weet iemand dat je hier bent?'

Nee. Niemand wist het. Ze wisten niet waar ze moesten zoeken, tenzij Margunn zo slim was om in de kast te kijken, dan zou ze zien dat de boog weg was en kon ze bedenken dat hij in het bos was. Maar het bos was groot. Het kon een eeuwigheid duren voor hij werd gevonden, bovendien zouden ze lang wachten voor ze überhaupt begonnen te zoeken en in eerste instantie zou ze alleen Karsten en Philip eropuit sturen. En die waren ontzettend lui en ze kenden de weg in het bos niet.

'Geef antwoord!' zei Morgan, hikkend.

'Nee', fluisterde hij. 'Niemand.'

'Vervelend, hè?'

Kannick liet zijn hoofd zakken. Het was veel erger dan vervelend, het betekende het einde van alles.

'Je hebt zeker niet toevallig een ijskoud biertje bij je?'

Morgan likte zijn lippen af. Op het moment dat hij de vraag stelde, kreeg hij een ontzettende dorst.

Kannick had iets anders verwacht.

'Ik heb pastilles', mompelde hij onduidelijk.

'Oké. Geef die dan maar. Ik heb geen speeksel meer in mijn mond.'

Hij perste zijn hand in zijn broekzak en haalde er een doosje droppastilles uit. Morgan griste het doosje naar zich toe, ploeterde even met de plakkerige massa en stopte er drie in zijn mond.

'Ik zal ons even voorstellen', zei hij smakkend. 'Dit is Errki. Hij is bezeten van boze geesten, ze jagen hem op en praten voortdurend tegen hem. Ik heet Morgan en ik word gezocht vanwege een kleine voorstelling die ik heb gegeven. We doden samen de tijd. Die malloot heeft mijn kapotte neus op zijn geweten', voegde hij eraan toe. 'Dat je maar even weet dat hij niet met zich laat sollen.'

Kannick knikte ernstig. Hij wist het.

'En nu jij. Wie ben jij?'

'Ik ben de jongen die graag Geronimo wil heten. De verkenner. De meesterschutter.'

'Sorry, wat zei je?'

'Kannick.'

'Kan iemand zo heten?'

'Ik doe mijn best', zei hij benauwd.

'Ha. De jongen heeft humor!'

Errki was op de grond neergezakt. Hij had zijn leren jack weer opgepakt en om zich heen geslagen, en hij klemde zijn beide handen om zijn dij. 'Ik heb hem eerder gezien', zei hij zacht.

Morgan keek hem verrast aan.

'Waar dan?'

'Bij de boerderij van die dode vrouw.'

'Wat zeg je?'

Morgan draaide zich abrupt om. 'Heeft híj jou gezien? Ben jij de jongen die in de buurt speelde? Over wie ze het op de radio hadden? Hè?'

Kannick sloeg zijn ogen neer.

'O jee, dat is niet zo best. Godverdomme, hij heeft je gezien, Errki. We moeten van hem af!'

Kannick maakte plotseling een piepend geluid, alsof er iemand op een plastic speelgoedbeest trapte. Zijn lange wimpers fladderden van schrik.

'En jij hebt dus met de politie gepraat, hoor ik?'

Kannick antwoordde niet.

'Nou ja. Daar trekt Errki zich niks van aan. Hij is een beetje raar, wat dat betreft. Eigenlijk zijn we heel vriendelijk ingesteld. We vervelen ons alleen een beetje. We zitten hier te wachten tot het nacht wordt. Trouwens,' zei Morgan, ''s nachts wordt Errki pas echt gek. Zijn tanden beginnen te groeien en hij krijgt dan puntoren. Ja toch, Errki?'

Errki gaf geen antwoord. Hij wierp een lange, tersluikse blik op de jongen. Van schrik lichtten Kannicks ogen op in zijn bolle gezicht. Hij beet op zijn onderlip, alle kleur had zijn wangen verlaten.

'Zeg,' zei Morgan, 'je hebt zeker geen thermosfles en een paar boterhammen bij je? We sterven hier bijna van de honger.'

'Ik heb een paar chocoladerepen in mijn koffer. Maar die zullen nu wel gesmolten zijn.'

Errki reageerde meteen. Hij krabbelde op en wenkte met zijn vingers. 'Haal die koffer op!'

'Rustig nou', zei Morgan zacht. 'Ga jij maar, anders gaat hij er misschien vandoor. En je deelt met mij!'

Errki hinkte naar buiten. Hij begon naar de koffer te zoeken. Doolde door de bosjes, terwijl hij de wond voortdurend stevig vasthield. Uiteindelijk vond hij hem en even verderop vond hij de boog. Hij sleepte de spullen mee naar het huis en rukte de koffer open. Daarin lagen nog meer pijlen en een heleboel dingen waarvan hij niet wist waar ze voor dienden. En chocolade. Een Mars en een Snickers. Zijn handen beefden toen hij ze oppakte, toen liep hij langzaam, met in iedere hand een reep, het huis in. Snickers en Mars, Snickers en Mars. Zachte, half gesmolten chocolade. De een met pinda's en karamel, de ander met toffee. Het papier ritselde. Hij liep de kamer in. Woog ze in zijn handen. Ze waren allebei lekker, hij hield vooral van Snickers, maar Mars was ook altijd een favoriet geweest, hij kon onmogelijk kiezen en hij kreeg er maar eentje. Morgan sprong naar voren en griste de Snickers weg. 'Die neem ik. Jij neemt de Mars. Bulletje kan in ruil een slok whisky krijgen.'

Kannick loerde naar de fles in het raamkozijn. Hij had niets tegen een beetje bier. Hij vond het sowieso best om dronken te worden, als het maar niet te snel ging, maar hij kon niet tegen sterkedrank. Hij schudde zijn hoofd. De twee werden in beslag genomen door de chocolade, ze likten en smakten als twee kinderen. Midden in zijn radeloosheid wilde hij lachen, maar het werd niet meer dan een zielig hikje.

'We zullen je niets doen', zei Errki, er verscheen een wonderlijke glimlach op zijn gezicht toen hij dat zei.

'Daar hebben we het nog niet over gehad', zei Morgan, die een hap doorslikte.

'Hij heeft niets wat wij willen hebben. Behalve chocolade.'

'Misschien kan die vetzak ons helpen?' zei Morgan.

'Alles gaat toch naar de verdommenis. Met of zonder Jannick.'

'Kannick', zei Kannick.

Morgan veegde met de rug van zijn hand zijn mond af.
'Je wilt zeker graag terug naar je moeder, denk ik?'
'Liever niet.'
'O? Waar wil je dan heen?'
'Naar Jongensheuvel.'
Zijn stem had een weerbarstige klank gekregen, alsof hij weer hoop had gekregen dat ze hem toch niet zouden vermoorden. Dat ze zich zo op de chocolade stortten, maakte hen absoluut menselijker.
'En wat mag dat dan wel zijn?'
'Een opvoedingsgesticht', mompelde hij.
Morgan grinnikte. 'Nee maar, jeetje, we zijn kennelijk alledrie van hetzelfde hout gesneden. En wat heb jij zoal op je jonge geweten, dat je daar verzeild bent geraakt? Behalve te veel eten?'
'Ik heb een stofwisselingsziekte', zei Kannick.
'Dat zei mijn moeder ook, toen ze moddervet was. Neem een whisky, dan komt er wel wat vaart in je stofwisseling.'
'Nee dank je', fluisterde hij.
Hij dacht aan Margunn. Probeerde zich voor te stellen wat ze nu deed. Hoe vaak ze al op de klok had gekeken. Het zou nog wel even duren eer ze bezorgd werd. Hij bleef wel vaker lang weg. Waarschijnlijk zou ze pas ongerust beginnen te worden als het avond werd. Maar ze wist dat hij het avondeten van acht uur nooit zou vergeten. Dus tegen achten zou ze beginnen uit het raam te kijken en het dan een uurtje aanzien, voordat ze Karsten en Philip eropuit stuurde om hem te zoeken. Wat er ondertussen niet allemaal kon gebeuren! Het was nog lang geen avond, een zee van tijd, alleen met twee dronken gekken, waarvan er één een revolver had! Wanhopig loerde hij toch maar naar de whiskyfles. Morgan zag het.
'Ga je gang. Je hoeft hier niet bescheiden te zijn.'
En Kannick dronk. Het was zijn enige vluchtmogelijkheid. De eerste slok veroorzaakte een inwendige explosie, die bovenin

begon en zich intens brandend naar zijn maag omlaag werkte. Hij hapte naar adem en veegde een paar tranen weg.

'Nog een paar slokken', zei Morgan hulpvaardig, hij zat op de vloer en likte zijn vingers af. 'Het duurt even voor het prettige gevoel komt. Vertel eens waarom je in een opvoedingsgesticht zit.'

'Dat weet ík toch niet', zei Kannick, een beetje verongelijkt, iets waar hij onmiddellijk spijt van had. Misschien had hij hem nu beledigd.

'Dus jij weet niet waarom de volwassenen je daar hebben geplaatst? Dan ben je verdorie niet erg slim. Denk je dat ik mijn moeder de schuld geef omdat ik bankovervaller ben geworden? Denk je dat Errki zijn moeder de schuld geeft omdat zijn hoofd van binnen verbouwd is?'

Kannick wierp Morgan een bliksemsnelle blik toe. Bankovervaller?

'Kijk maar wat er op zijn T-shirt staat. Hij geeft de schuld aan "de anderen", denk ik.'

Morgan trok zijn wenkbrauwen op. 'Nee, moet je dat horen! Zoek je nog ruzie ook? Errki, verdedig je, man.'

'Word ik aangevallen?' zei Errki slechts. Hij was bezig een steentje uit de zool van zijn joggingschoen te pulken. Daarna begon hij de veter eruit te trekken. Die wilde hij om zijn dij binden. Het bloedde nog steeds. Kannick schoof ongemakkelijk heen en weer, hij had in zijn eentje alle ruimte op de divan nodig, hij leek net een uitgezakte pudding en elke keer als hij bewoog deinde de vering. Morgan werd ineens duizelig en licht in zijn hoofd. Waar waren ze eigenlijk mee bezig? Hoelang moesten ze hier nog blijven? Om de een of andere reden kon hij niet tegen de gedachte alleen gelaten te worden. Het ondraaglijke idee dat ze gevonden zouden worden en elk naar een andere plek zouden worden gestuurd. Dat hij Errki uit het oog zou verliezen, dat ze elkaar nooit meer zouden zien. Hij had niemand anders. Deze vieze, warme kamer, de roes van de whisky, Errki's zachte, prettige stem en de dikke jongen met de neergeslagen ogen – hij wilde niet dat het ophield. Hij stikte bijna als hij daaraan dacht. Verward trok hij de fles naar zich toe.

'Wortel, stengel en blad', mompelde hij.

Kannick begreep nu dat ze allebei gek waren. Misschien waren ze samen uit het gesticht weggelopen. Twee tikkende tijdbommen. Hij kon zich maar het beste zo rustig mogelijk houden.

Hij ademde zo licht hij kon. Errki had zich teruggetrokken. Hij zat met zijn rug tegen de oude, kapotgeslagen kast op de vloer. Het was vredig nu. De trommels en de doedelzak zwegen eindelijk. Zijn hand rustte op de revolver.

*

Een bosarbeider draaide zijn rode Massey Ferguson-tractor het uitzichtplatform op. Hij reed in de richting van het doodlopende bosweggetje, waar hij wilde parkeren. Verbaasd staarde hij naar het groene dekzeil. Zette de motor af en stapte uit.

Hij schoof de gladde, groene stof omhoog en keek in de auto. Leeg. Afgezien van een potje met een draaideksel dat voorin op de vloer lag. Hij opende het portier, pakte het op en las het etiket. *Trilafon, 25 milligram, 3x daags 1 tablet.* Voor een zekere Errki Johrma, voorgeschreven door dr. S. Struel. Een kleine, witte verlaten auto. Niet afgesloten. Hij herinnerde zich iets over een overval, het was op het nieuws geweest. De auto was een Renault Mégane. Hij liep terug naar de tractor, draaide het uitzichtplatform weer op en reed op huis aan.

Minder dan een uur later reden twee auto's het platform op. Er sprongen vijf mannen en drie honden naar buiten. Een uitbundig gejank en gepiep volgde, van drie opgewonden herdershonden. Sharif was de eerste, een vijf jaar oude reu. Alles aan de grote hond stond overeind: zijn pels, zijn oren en al zijn zintuigen. Daarna kwam Nero, die iets lichter van kleur en lichaamsbouw was. Hij was net zo onrustig als Sharif, hij rukte aan zijn riem en wilde meteen op pad gaan. De derde had een iets langere pels dan de andere twee en was langzamer in zijn bewegingen. Met zijn acht jaar was hij gevaarlijk dicht bij de pensioengerechtigde leeftijd. De hond heette Zeb, zijn baasje heette Ellmann. Elke keer als ze op surveillance waren, dacht hij dat dit misschien de laatste keer was. Hij keek omlaag naar de donkere hondenkop. Zijn tijd zat er bijna op. En hij wist niet of hij het kon opbrengen om nog met een nieuwe te beginnen. Hij had het idee dat na Zeb iedere andere hond een teleurstelling zou zijn.

De condities waren slecht. Droog, knisperend bos, waar alle vochtigheid uit was verdampt, hield niet lang sporen vast.

Sharif sprong in de auto. Hij nam de lucht op van de bestuurdersstoel en de vloer, en van het vilt onder de rubberen matten. Daarna van de zitting van de stoel ernaast. Zijn staart ging driftig heen en weer. Hij sprong weer naar buiten, snuffelde aan de droge aarde, met heftig zwaaiende staart, en begon in de richting van het pad te trekken. Ze staarden naar het dichte bos en knikten naar elkaar. De honden keken hen aandachtig aan, ze wachtten op het magische, verlossende woord.

De mannen droegen wapens. Het harde gewicht aan hun riem was tegelijkertijd geruststellend en beangstigend. De opdracht was spannend. Dit hadden ze gewild toen ze als jonge mannen bij de politie gingen en later bij de hondenbrigade hadden gesolliciteerd. Ze waren alledrie volwassen mannen, als tussen de dertig en de veertig volwassen was, zoals Sejer vaak nogal droog maar niet zonder humor zei. Ze hadden in de loop van hun diensttijd al heel veel gezocht, en heel veel gevonden. Ze hielden van de stilte in het bos, van de ongewisheid.

Van de samenwerking met de honden. Het geluid van hijgende honden, van takken die braken, van ritselende bladeren en van het gezoem van duizenden insecten. Alle zintuigen in staat van paraatheid. Voortdurend de blik op de grond gericht, het kleinste voorwerp opmerken, een peuk, een gebroken takje, of de resten van een kampvuur. De honden gadeslaan, hoe hun staart bewoog, of die ijverig zwaaide of plotseling volkomen stil omlaag hing. Intussen wachtten ze op meldingen van het bureau, of de twee bijvoorbeeld al ergens anders waren gevonden. Of dat de overvaller weer had toegeslagen, dat de gijzelaar ongedeerd was gevonden, of met een verbrijzelde schedel ergens in een greppel. Alles was mogelijk. Die ongewisheid, het feit dat geen enkele dag hetzelfde was, prikkelde hen. Om iemand hangend in een boom te vinden. Of zittend tegen een boomstam, uitgeput, opgelucht dat hij eindelijk gevonden was. Of dood door een overdosis. En daarna, de ontlading. De spanning die wegviel. Maar dit was iets anders. Twee individuen op de vlucht, waarschijnlijk ten einde raad.

Zoek!

Het magische woord! De honden waren meteen gemotiveerd. Een paar seconden snuffelden ze rond aan het begin van het pad. Maar al snel haastten ze zich verder, vervuld van die ene opdracht: de geur volgen die ze in de auto hadden gevonden. Ellmann fluisterde zacht: ‘Geen twijfel mogelijk, ze hebben het spoor.’

De anderen knikten. De honden trokken hen met indrukwekkende spierkracht tegen de berghelling omhoog. Ze liepen allemaal aan een lange lijn, Sharif voorop. En zij kwamen er hijgend achteraan, in hun warme overalls. De honden bleven de hele tijd bij elkaar. Voor ze op weg waren gegaan hadden de honden gedronken en op hun uithoudingsvermogen konden de mannen alleen maar jaloers zijn. Ze hadden weliswaar best een goede conditie, daar zorgde het werk met de honden wel voor – jaar in jaar uit keiharde training – maar die afschuwelijke hitte zoog al hun kracht weg. Hoe ver konden de twee gekomen zijn?

Het bos stond er doods bij en schreeuwde om water. Ze hadden kaarten van het gebied, zagen waar de paadjes liepen, waar de oude nederzettingen lagen. Een van de mannen zocht in zijn broekzak naar kauwgum. Hij volgde Nero met zijn ogen. Zijn snuit ging zoekend heen en weer, een heel enkele keer stopte hij even en liep een rondje, alsof hij wilde omkeren. Maar dan ging hij weer verder. Sharif liep voorop. Zijn kop en rug waren zwart, zijn pels glansde vettig in de lage zon. Zijn staart had een grote gouden vaan en zijn klauwen waren breed en krachtig. Ze konden zich niets fraaiers voorstellen dan een goedverzorgde herdershond. De Duitse herder was dé hond, zo moest hij eruitzien. Na vijftien minuten wisselden ze en lieten ze Zeb voorop gaan. Daarmee ontwaakte het competitie-instinct en de honden werden meteen weer alerter. Toch begonnen ze na verloop van tijd te dwalen, hun staarten zakten, ze zochten niet meer zo intensief. Nero en Sharif wilden deels verder, deels terug. De mannen namen de tijd. Ze benutten de kans om even uit te rusten na de kronkelige beklimming. Ze waren op een hoogvlakte aangekomen. Vanhier konden ze de rijksweg en de afzetting zien.

'Ik wed dat ze hier gepauzeerd hebben', zei Sejer zacht.

De anderen knikten. Hier hadden de twee omlaag gekeken naar de afzetting en de patrouille. Daarna waren ze weer verdergegaan. Maar in welke richting?

'Hier ligt een peuk.'

Skarre pakte hem op. 'Shag. Vloei van Big Ben.'

Hij stopte hem in een plastic zakje, dat hij in zijn jaszak stak. Zocht verder maar vond niets meer.

'Als Zeb nu voorop gaat, laten we de andere twee revieren', stelde Ellmann voor.

Nero en Sharif begonnen nu van links naar rechts te lopen, met een reikwijdte van zo'n vijftig meter. Zeb patrouilleerde gewoon verder. De signalen waren onduidelijk. Hij leek niet meer zo ijverig, af en toe stopte hij en hij leek ongeconcentreerd. Ze keken achterom. Niet omlaag naar het boerderijtje waar de vermoorde vrouw had gewoond. Misschien omhoog naar de nederzetting? Met deze hitte was het vrij aannemelijk dat ze in een van de oude boerderijtjes hadden gerust. In dat geval zouden de honden daar sterkere sporen vinden dan in dit droge terrein.

Het was erg stil in het grote bos, in het najaar was het er drukker, tijdens de jacht en als de bessen rijp waren. Bovendien was het te warm om het bos in te gaan, als het niet per se hoefde. Tenzij je ervoor werd betaald. En geplaagd werd door een ongeneeslijke zucht naar avontuur, die als minuscule mieren door hun bloed wriemelde en hen nooit rust gaf.

Sejer haalde een hand over zijn voorhoofd en voelde aan zijn wapen. Op de schiettraining deed hij het goed, maar hij vermoedde dat dat hem niet veel zou helpen als het tot een vuurgevecht kwam. Dat baarde hem zorgen. Eén verkeerde inschatting kon rampzalige gevolgen hebben. Schorsing. Invaliditeit. Dood. Om maar wat te noemen. Om de een of andere reden voelde hij zich erg kwetsbaar. Alsof het leven meer zin had gekregen dan voorheen. Hij probeerde die gedachten uit zijn hoofd te zetten en liep verder. Wierp een blik op Skarre, die de klep van zijn pet omlaag had getrokken als bescherming tegen de zon.

'God weet wat er met die stakker uit die inrichting is gebeurd', mompelde Sejer.

'Ik zou denken dat er net zo veel reden is om je om die ander bezorgd te maken', zei Skarre, terwijl hij even naar hem opkeek. 'We weten immers niet of hij het heeft gedaan. Alleen dat hij daar was.'

Skarre droeg een bril met een stalen montuur en een voorhanger. 'Kijk eens om je heen', zei hij. 'Niet veel mensen hierboven, nietwaar?'

'Ik wou het alleen maar even noemen, voor de goede orde. Laten we zeggen dat ze gelijke kansen hebben.'

'Behalve dat een van hen een wapen heeft', wierp Skarre tegen.

Ze wandelden door. De honden liepen geduldig verder het grote bosgebied in. Soms moesten ze door dicht struikgewas heen, andere keren was het pad licht en open. Heet bloed pompte door hun lichamen. Het licht was mooi, geel en verzadigd, en de groentinten van de bomen waren eindeloos. Naaldbomen, loofbomen, afwisselend zacht en hard, dennennaalden die staken, gras dat langs hun schenen streek, takken die terugzwiepten en in hun gezicht sloegen. Insecten die een plekje zochten. Ze hielden het wegslaan al snel voor gezien, omdat dat te veel energie kostte. Slechts één keer sloeg Skarre naar een kwaaie wesp die zijn krullen in wilde. Later stopten ze bij een miezerig beekje en lieten de honden drinken. De mannen plensden ijskoud water in hun gezicht en hun nek. De honden waren nog steeds vol van hun taak en van de geur van de twee mannen, hoewel die zwak was. Volhardend en fanatiek, niet ontmoedigd, zoals de mannen zouden worden als bleek dat de voortvluchtigen ver hadden gelopen. Misschien lagen ze ergens in de koele schaduw te rusten, met hun voeten in een van de kleine meertjes. De gedachte aan een frisse duik begon van hoofd naar hoofd te zwerven. Het was zot. Nu die gedachte zich eenmaal had vastgezet, kregen ze geen rust. IJskoud, schitterend water. Met heel je verhitte lichaam in de diepte duiken. Het kleffe zweet uit je haren spoelen.

'In Vietnam,' zei Ellmann ineens, 'toen de Amerikanen op het heetst van de dag door de bush liepen, begonnen hun hersenen te koken onder hun helmen.'

'Koken? Hou toch op.' Sejer schudde vermoeid zijn hoofd.

'Ze hielden er een flinke tik aan over.'

'Dat hielden ze toch al.'

'Maar zeg eens eerlijk,' hij draaide zich om en keek hen aan, 'denken jullie dat dat mogelijk is?'

'Natuurlijk niet.'

'Jij hebt toch geen medicijnen gestudeerd?' vroeg hij droog en hij duwde tegen zijn pet.

Ze grinnikten zacht. De honden lieten zich niet storen door het gesprek. Ze zochten verder, staken zo nu en dan hun snuit in de struiken langs het pad, maar liepen door. Het ging langzaam. Toch hielden ze een vaste koers aan en de mannen gingen ervan uit dat de voortvluchtigen er de voorkeur aan hadden gegeven een pad te volgen, in plaats van door het dichte struikgewas te ploeteren.

'We vinden ze wel', zei Skarre verbeten.

'Waar ik ineens aan moet denken,' zei Ellmann, hij volgde Zeb met zijn ogen en zuchtte, 'is het tragische aan het noodlot van de man.'

'Wat klets je nou?' Skarre draaide zich om.

'Testosteron. Waar mannen agressief van worden, dat is toch testosteron, nietwaar?'

'Ja?'

'Daardoor zoeken we tijdens dit soort tochten zelden of nooit vrouwen. Denk je eens in hoe luchtig die gekleed zouden zijn in deze hitte!'

Sejer gniffelde zacht. Toen dacht hij aan Sara. Aan de ringen in haar ogen.

Skarre zag zijn gezicht plotseling vertrekken. 'Bezorgd, Konrad?'

'Dank je, ik red me wel.'

De stemming was opperbest. Plotseling werd er aan de blauwe hemel een klein vliegtuigje zichtbaar. Wit en glinsterend in de zon. Sejer keek er verlangend naar. Daarboven was het koeler en luchtiger. In gedachten zat hij zelf in dat vliegtuigje, met zijn parachute op zijn rug. Hij opende de deur, zat een tijdje naar beneden te kijken. Toen wierp hij zich naar buiten, eerst een stukje vrije val, waarna hij heerlijk begon te zweven op een zuil van lucht.

'Zie je dat, Jacob?' Hij draaide zich om en wees.

Skarre keek bezorgd naar het vliegtuigje. Zijn fantasie werkte op volle toeren

*

'Heeft iemand een spiegeltje?'

Morgan probeerde zijn neus te bekijken. Hij keek vreselijk scheel.

'Wie vrienden heeft, behoeft geen spiegel', neuzelde Errki bij de kast.

Morgan keek Kannick aan. 'Die man is zo ad rem, dat is niet te geloven.'

'Ik heb er eentje in mijn koffer', zei Kannick zacht. Hij vond het nog steeds moeilijk om Errki in de ogen te kijken. Misschien zat hij een akelige manier om hem te vermoorden uit te broeden. Zijn gezicht zag er zo vreemd uit.

'Haal dat ding eens op, Errki', commandeerde Morgan.

Errki gaf geen antwoord. Hij voelde zich heerlijk doezelig, leeg, op een prettige manier. Morgan schikte zich. Hij liep naar buiten waar de koffer bij de deur stond en sjouwde die en de boog mee naar binnen. Rommelde tussen pijlen en andere spullen en vond het spiegeltje. Klein, vierkant, misschien tien bij tien centimeter. Aarzelend hield hij het voor zijn gezicht.

'O, Christus nog aan toe! Zoiets afschuwelijks heb ik nog nooit gezien!'

Kannick had niet bedacht dat Morgan zijn eigen neus nog niet had gezien. En het klopte immers. Hij zag er echt afschuwelijk uit.

'Hij is ontstoken, Errki. Ik wist het wel!'

Hij stampte met het spiegeltje door de kamer.

'De hele wereld is ontstoken', mompelde Errki. 'Ziekte, dood en ellende.'

'Hoe lang duurt het voor je tetanus krijgt?' vroeg Morgan zich af. Zijn hand beefde zo dat het spiegeltje trilde.

'Een paar dagen', probeerde Kannick.

'Weet je dat zeker? Heb jij er verstand van?'

'Nee.'

Morgan zuchtte als een pruilend kind en gooide het spiegeltje weg. De aanblik van zijn neus werd hem teveel. Het deed niet meer zo'n pijn en hij was ook niet meer misselijk. Alleen slap, maar dat kwam door andere dingen. Gebrek aan eten en water, bijvoorbeeld. Hij moest aan iets anders denken. Hij staarde Kannick aan en kneep zijn ogen toe.

'Dus jij bent getuige geweest van een moord? Vertel eens. Hoe vond je dat?'

Kannick sperde zijn ogen open. 'Nee', zei hij. 'Ik was geen getuige.'

'O nee? Dat zeiden ze op de radio.'

Kannick dook ineen en fluisterde: 'Ik heb hem alleen maar zien weglopen.'

'Is die man aanwezig in de zaal? Licht je hand op en wijs hem aan voor de jury', zei Morgan plechtig.

Kannick zat handenwringend op de divan. Nooit van zijn leven zou hij naar Errki wijzen.

'Waarom moest je tegen de politie klikken?'

'Ik heb niet geklikt. Ze vroegen het me. Of ik iets had gezien. Ik heb alleen maar antwoord gegeven op hun vragen', verdedigde hij zich.

Morgan moest zich naar voren buigen om hem goed te kunnen horen.

'Probeer je er niet uit te lullen. Natuurlijk heb je geklikt. Kende je die vrouw?'

'Ja.'

Errki's hoofd hing opzij. Hij leek te slapen.

'Hij kon er niets aan doen', zei Morgan. 'Zijn hoofd is in de war.'

'In de war?'

'Hij herinnert het zich niet meer.'

'Herinnert hij zich helemaal niks?'

'Misschien weet hij niet eens meer dat ik hem gegijzeld heb, toen ik de Fokus Bank beroofde.' Hij keek de jongen grijnzend aan. 'Hij stond zo gunstig daar in de bank en ik had hem nodig om te ontsnappen. Weet je wat?' Morgan gniffelde. 'Een bank overvallen en iemand gijzelen, dat is hetzelfde als een Kinder-ei kopen. Soms heb je mazzel en krijg je een heel poppetje. Maar ik kreeg een heleboel losse onderdelen die ik zelf in elkaar moest zetten.'

Hij vergat zijn neus even en grinnikte zacht. 'Hij weet niks meer. Bovendien handelt hij alleen op commando van zijn innerlijke stemmen. Maar dat begrijp jij niet. Arme Errki. Weet je,' schoot hem te binnen, terwijl hij weer op de vloer ging zitten en Kannick ernstig aankeek, 'toen ik klein was, ging ik naar de kleuterschool. Iedere ochtend zaten we met zijn allen in een kring op de vloer en dan las een van de juffen een verhaal voor of zongen we liedjes. We hadden een spelletje...' er verscheen een glimlach op zijn lippen toen hij eraan terugdacht, 'waarbij we moesten proberen een gedachte te vangen. De juf keek ons diep in de ogen en dan fluisterde ze: "Denk een gedachte!" En wij dachten zodat het knarste. Daarna riep ze: "Vang hem, vang hem!" Dan strekte ze haar handen in de lucht, alsof ze er eentje ving. En dan deden wij hetzelfde.'

Hij pauzeerde even. '"Hou hem vast!" riep ze en dan knepen we in onze handen, doodsbang dat hij weer weg zou vliegen. Maar dat gebeurde toch. Want als we onze handen openden, was er niets. Alleen vuil en zweet. Het moest een concentratie-oefening zijn, maar wij werden er alleen maar wanhopig van. Volwassenen halen de raarste dingen uit met kinderen.' Waarbij hij gelaten zijn hoofd schudde. 'Errki heeft hetzelfde probleem. Hij is in war en krijgt zijn gedachten niet te pakken, óf dezelfde gedachte komt steeds weer terug. Dat noemen ze dwanggedachten. Ik heb daar verstand van, ik heb met zulke mensen gewerkt.'

Ze hoorden Errki zachtjes grommen bij de kast.

'Weet je waarom hij in mijn neus heeft gebeten?'

'Geen idee', zei Kannick dunnetjes.

'Ik wilde dat hij het water daarbeneden inging en dat wilde hij niet. Hij kan niet zwemmen. Hij houdt er niet van als mensen aan zijn kop zaniken. Je moet niet zaniken. Ineens bijt hij in je oor, of nog erger.'

'Mag ik nu weg?'

Kannicks stem was zo dun als naaigaren. Hij praatte zo zacht mogelijk, zodat Errki het niet zou horen.

Morgan sloeg zijn ogen ten hemel. 'Of je weg mag? Waarom zou jij in vredesnaam weg mogen? Om er makkelijker vanaf te komen dan wij? Heb je dat verdiend? Dit is ons lot,' zei hij ernstig, 'we zitten hier gevangen en we wachten tot de politie ons komt opsluiten. Maar we weigeren ons vrijwillig over te geven. We zijn namelijk trots en dapper en we geven ons niet zonder strijd gewonnen.'

Morgans stem was vol dronken pathos. Hij praat als Geronimo, dacht Kannick triest. Errki was niet de enige die gek was. Ze waren allebei gek. Misschien was hijzelf ook gek. Dat zou best kunnen, als puntje bij paaltje kwam. En hij zat immers in een gesticht. Niet in een gekkenhuis, of was het wel een gekkenhuis? Hij voelde zich plotseling niet lekker en wilde iets wolligs wegslikken dat in zijn keel groeide. In zekere zin hoorde hij hier thuis, bij deze twee mannen. Hij wist het.

'Leeft je moeder nog?' vroeg Morgan ineens. Hij bestudeerde Kannicks pijl, die hij uit de muur had getrokken.

'Ik denk het wel', zei de jongen weerbarstig.

‘Moet je dat horen’, zei Morgan schamper. ‘Ben je zo verbitterd, jongen? Je maakt mij niet wijs dat je niet weet of ze leeft of niet. Míjn moeder leeft. Ze zit in de WAO. En dan heb ik nog een zus die een schoonheidssalon heeft.’

‘Dan kan zij misschien iets aan je neus doen.’

‘Je hoeft niet te proberen lollig te zijn. Ze doet het best goed. Leeft je moeder nog, Kannick?’

‘Ja.’

‘Op kosten van de staat?’

‘Hè?’

‘Ik vraag of ze werk heeft, of dat ze van een uitkering leeft.’

‘Dat weet ik niet.’

‘Stuurt ze je geld?’

‘Alleen pakjes, af en toe.’

‘Hier is een tip voor de volgende keer dat je jarig bent. Vraag een pak Modifast.’

Kannick wist niet wat Modifast was. Hij bleef aan zijn moeder denken, die hij slechts een doodenkele keer zag. Ze kwam als Margunn haar opbelde en aandrong. Meestal had ze chocolade bij zich. Hij had moeite zich haar gezicht voor de geest te halen, ze spraken nooit veel met elkaar. Zijn moeder zag hem eigenlijk niet, alleen soms heel kort, en dan schrok ze en deinsde ze uit pure ontzetting achteruit.

Ineens herinnerde hij zich een gebeurtenis van langgeleden. Hij zat in de vierde klas en kwam uit school, hij bleef in de keukendeur staan en staarde haar aan. Ze zag er anders uit. Haar haren waren plotseling gegroeid en dertig centimeter langer geworden, in één dag. In de paar uur dat hij op school was geweest.

‘Heb je een pruik op?’ stamelde hij.

Ze gooide het weekblad dat ze zat te lezen op tafel en keek hem onwillig aan. ‘Natuurlijk niet. Het is echt haar, het is eraan gelast.’

‘Wat?’

Hij was zo verbijsterd dat hij plompverloren op een stoel neerviel. Niet alleen haar haren waren anders. Haar nagels waren plotseling ook al zo lang en ze glommen dieprood, als de opgewreven hoogglanslak van een auto.

'Hoezo gelast?' vroeg hij nieuwsgierig. 'Zit het vast?'

'Ja. Het blijft weken zitten.'

Langzaam streek ze haar haren naar achteren, van de haarinplant op haar voorhoofd tot aan het uiteinde, om het te laten zien. De nieuwe haardos gaf haar een nieuwe uitstraling. Haar expressie was anders, haar lichaam ranker, ze gedroeg zich als een koningin.

De verleiding werd te groot. Ineens leunde hij over de tafel heen. Met zijn vuile vingers pakte hij het uiteinde van de blonde haren beet en trok er hard aan. Het liet niet los, onbegrijpelijk.

'Idioot!' schreeuwde ze, terwijl ze opstond. 'Weet je wel wat dat kost?'

'Je zei dat het vastzat.'

'Maar je probeerde het toch kapot te maken, hè?'

'Wie heeft het gedaan?' wilde hij weten.

'De kapper.'

'Hoeveel kostte het?' vroeg hij nijdig.

'Dat zou je wel willen weten, hè. Maar dat gaat je niks aan. Jij verdient niks.'

'Nee. Niet eens zakgeld.'

'Wat moet jij met zakgeld? Je doet immers nooit iets voor me!'

'Je vraagt me ook nooit wat.'

'Maar kun je dan iets?'

Ze boog zich plotseling naar voren en keek hem uitdagend aan. 'Kun jij iets, Kannick?'

Hij pulkte wat met zijn nagel aan een klodder hard geworden jam op het tafelkleed. Hij kon niets bedenken, helemaal niets. Hij kon slecht leren en hij was een miserabele balspeler. Maar met darten kon niemand van hem winnen. Dat zei hij niet.

Later stond ze onder de douche, met het nieuwe haar ingepakt in een plastic douchemuts. Hij keek stiekem in haar tas. Hij wist dat er geen geld in zat. Zij was slimmer dan Margunn, zij nam haar geld mee onder de douche. Maar hij vond het bonnetje van de kapsalon. Het was moeilijk om het volwassen schrift te ontcijferen, maar voor deze ene keer spande hij zich in. Haarverlenging en kunstnagels, 2300 kronen. Hij stikte er bijna in. Waggelde de badkamer in en rukte het douchegordijn opzij.

'Dat was genoeg geweest voor een fiets!' schreeuwde hij. 'Alle andere kinderen hebben een fiets!'

Ze trok het gordijn weer op zijn plaats en douchte verder.

'Haren groeien vanzelf,' schreeuwde hij weer, 'helemaal gratis!'

'Blijf van mijn spullen af', riep ze terug. 'Jij hebt een vader nodig die je in toom kan houden. Ik krijg nooit een echte man als ik eruitzie als een heks. Ik moet me een beetje opknappen. Ik doe het voor jou.'

Hij kon de contouren van haar lichaam door het lichte gordijn heen zien. Het zou hem niet veel moeite kosten om haar eruit te krijgen, als hij dat echt zou willen. Hij kon de koudwaterkraan van de wastafel opendraaien, dan zou het water in de douche gloeiend heet worden, zodat ze zich brandde. Maar hij had er geen zin in. Hij had dat trucje wel vaker uitgehaald.

Hij voelde zich plotseling ontzettend moe. Legde zijn hoofd op zijn knieën en zuchtte. Honger had hij ook. De twee mannen hadden zijn chocolade opgegeten. Zijn gedachten gingen steeds weer terug. Eén keer was hij als eerste thuisgekomen en had hij de doos met ontstoppingsmiddel in het aanrechtkastje gevonden. Plotseling kreeg hij een grappig idee. Hij wist precies hoe het werkte. Ronde, blauwwitte korreltjes die in de afvoer van de gootsteen gestrooid moesten worden als die verstopt zat, en dat was hij voortdurend. In contact met water ontwikkelden ze een etsend, stinkend gas. Hij vond een leeg melkpak, spoelde het goed om en droogde het zorgvuldig af. Toen strooide hij ruim korrels op de bodem en liep snel naar de badkamer. Tilde het rooster dat de afvoer van de douche afdekte. Zette het pak korrels erin en legde het rooster weer op zijn plaats. Nooit zou hij zijn moeders gekrijs vergeten toen ze ging douchen. Ze draaide het warme water open en het giftige gas vulde de hele douchecabine. Hoestend en kuchend stormde ze naar buiten, terwijl ze de meest verschrikkelijke scheldwoorden gilde die ze kende, en ze kende er heel veel. Hij had zijn eigen gaskamer gemaakt!

Morgan stoorde hem in zijn overpeinzingen.

'Wat zit er nog meer in die koffer?' vroeg hij. 'Heb je ook iets dat als verband kan worden gebruikt?'

Kannick dacht na. Hij had negen verschillende soorten pijlen. Een extra pees. Een doosje nokken en een tube lijm. Een doosje was voor de pees. Een nijptang. En een poetsdoek voor het vizier.

'Een poetsdoek', zei hij.

'Is die groot genoeg voor mijn neus?'

Hij keek op naar de verkleurde stompje.

'Ja.'

Morgan stond weer op en liep naar de koffer. De doek was geel en wollig, en leek op zo'n doekje waar je je bril mee poetst. Kannick keek hem aan. 'Maar dan komen er wel pluisjes in.'

'Dat kan me niet schelen. Ik wil er iets overheen hebben. Ik voel de lucht in de wond als ik mijn hoofd beweeg en dat vind ik een rotgevoel. Je hebt ook tape, dat gebruik ik wel. Help me eens!' zei hij, met de poetsdoek zwaaiend.

Kannick deed zijn best. Hij werkte zo goed als zijn dikke vingers toelieten. Legde de doek er zachtjes op en beet de tape met zijn tanden af. Het zat zo vast als een huis.

'Staat je goed', was zijn commentaar.

'Laten we nog een beetje feesten', zei Morgan hees, terwijl hij de fles greep. 'Met een fles en een wijf let je niet op de tijd!' Hij knipoogde naar Kannick.

Errki sliep. Morgan zag er koddig uit met de gele lap over zijn neus. Zoiets had zijn moeder ook gehad, de eerste zonnige dagen in de lente, dacht Kannick, om haar neus niet te verbranden wanneer ze zich achter het huis uitstrekte. Ze lag gewoonlijk met gespreide benen, zodat de zon overal bij kon. Soms loerde hij stiekem. Helemaal bovenaan kon hij een stukje van het donkere, krullende haar zien. Daar was de Pool binnen geweest en zo was hij ontstaan. Dat had zijn moeder weliswaar niet direct toegegeven, maar hij wist het toch. Hij probeerde zich het precieze ogenblik te herinneren waarop deze kennis tot hem was doorgedrongen, maar dat lukte niet. Toen dacht hij aan Karsten en Philip. Of ze al buiten waren om hem te zoeken. Stel dat ze hier ineens opdoken, vlak bij het huis? Misschien stormden ze zo naar binnen toe! Ondertussen loerde hij naar de twee mannen. Vroeg zich af wat ze allemaal hadden besproken. Hij begreep niet goed dat Errki een gijzelaar was, hij was immers degene met de revolver, en het zag er niet naar uit dat Morgan zich daar druk om maakte. Hij nam de fles aan, nam een slok en gaf hem weer terug. Het brandde niet langer in zijn keel. Hij was bijna verdoofd. Zijn lichaam was gevoelloos en merkwaardig traag. Hij moest proberen weg te komen voordat hij in slaap viel.

'Mag ik nu gaan?' vroeg hij zacht, terwijl hij naar Errki loerde.

'Errki beslist', zei Morgan kortaf. 'Hij is hier de baas en op dit moment slaapt hij. Je zult mij gezelschap moeten houden. Ik hou het een hele tijd vol op zo'n gehaktbal als jij', neuzelde hij.

Ze begonnen allebei behoorlijk dronken te worden. Morgan kon zich niet meer herinneren wat hij hier deed en welke plannen hij had gehad. De stille kamer beviel hem wel, verrassend duister in vergelijking met het scherpe licht buiten, en hij vond het prettig om naar Errki's ademhaling te luisteren, daarginds bij de kast. Eigenlijk zou je helemaal geen plannen moeten hebben. Niet op de tijd hoeven letten. Alleen maar stil zitten en je gedachten laten zweven. De dikke jongen naast hem op de vloer was een beetje in elkaar gezakt. Ze hoorden geen geluiden van buiten, geen vogels, geen enkele boom die ruiste. De whisky begon op te raken. Dat baarde hem enige zorgen. Hij bedacht loom dat hij over een paar uur weer nuchter zou zijn. Vroeg of laat moest hij zijn zware, trage lichaam van de vloer verheffen en iets ondernemen. Hij had geen idee wat. Hij had geld, maar miste de kracht om het huis te verlaten en naar de weg terug te wandelen of te proberen te ontkomen. Vrienden had hij niet, afgezien van de gozer die vastzat vanwege die overval op het postkantoor en die binnenkort vrij zou komen. Morgan had de auto bestuurd. Ze waren op het laatste moment ontkomen en waren uit elkaar gegaan zodra ze zich veilig waanden. Twee dagen later was zijn kameraad opgepakt, aangegeven op grond van de beelden van de overval die op de televisie waren uitgezonden. De klojo had nog ergens een schuld uitstaan, deze of gene had eindelijk kans gezien om wraak te nemen. In de tussentijd had hij het wapen verstopt, ergens diep in het bos, zoals hij zei, maar het geld vonden ze nagenoeg onaangeroerd in zijn flatje. Hij had Morgan nooit verlinkt. Dat had hij echt geweldig en absoluut ongelooflijk gevonden, hij had de druk weerstaan en de straf alleen op zich genomen. Nog nooit had iemand zoiets voor Morgan gedaan! Pas later was het bij hem naar binnengeslopen, het gevoel tot over zijn oren in de schuld te staan. En later, de kleine hint in de bezoekerskamer.

Als ik hieruit kom heb ik geen cent. Kun jij daar iets aan doen?

De overval op de Fokus Bank was slechts het begin geweest. Honderdduizend kronen, voor ieder de helft, daar kon je niet lang op teren. Hij kende zijn vriend, kende zijn uitgavenpatroon en zijn dorst. Zodra het geld op was zou hij terugkomen. Morgan dacht moedeloos dat ze hem beter ook hadden kunnen oppakken. Misschien was hij bezig gek te worden, net als Errki. Dit was de eerste stem. Een insect dat binnen in hem rondvloog en dat een uitweg zocht.

Hij werd wakker en knipperde verward met zijn ogen. Kannick zat naast hem te slapen. Zijn kin was op zijn borst gezakt en drukte zijn onderkin uit tot een onbeschrijflijke massa huid en vet. Hij strekte zijn stijve benen en greep naar zijn hoofd. Zijn neus deed nu minder pijn, was bijna gevoelloos. Misschien was hij al afgestorven, aanstonds zou hij loslaten en er als een rotte vrucht afvallen.

Kannick sloeg zijn ogen op. Door het raam zag hij het blauwe licht.

'Het is avond', fluisterde Morgan.

'Ik moet naar huis', zei Kannick bang. 'Ze zoeken me!'

Morgan tuurde naar Errki. Hij probeerde te zien waar de revolver was. Die had hij in zijn broekrand gestoken. Hij stond langzaam op, wankelde even om zijn evenwicht te vinden en liep naar de kast. Stond stil en dacht even na. Bukte zich. Het was donker in de hoek. Hij zette een been aan iedere kant van het slapende lichaam en voelde aarzelend met zijn handen rond Errki's middel. Plotseling gleed hij uit in iets glads en taais. Hij ging onderuit en viel met zijn kin op Errki's schoot. Binnen twee seconden stond hij weer overeind. Zijn gezicht had een ontredderde uitdrukking.

'O, godskolere!'

Kannick schrok en knipperde met zijn ogen. 'Wat is er?'

'Er ligt hier overal bloed! Hij heeft gebloed als een rund!'

Kannick voelde een koude angst langs zijn schouders kruipen.

'Errki!' schreeuwde Morgan en hij deinsde achteruit. 'Hij is doodgebloed. Hij is koud!'

'Nee!' De kreet was dun en hees. Kannick krabbelde overeind, maar moest onmiddellijk steun zoeken bij de wand.

'Hij is dood!'

Als in een nachtmerrie zag Kannick dat Morgan zich langzaam omdraaide en hem aankeek. 'Weet je wel wat je hebt gedaan? Jij hebt Errki met je boog vermoord. Godverdomme, Kannick!'

Kannick schudde zijn hoofd. Er rolde een geluid over zijn lippen, een schreeuw die voortijdig oploste.

'Het was alleen maar in zijn been', stamelde hij.

'Je hebt een ader in zijn lies geraakt. Misschien een slagader.'

Morgan deed nog een paar stappen naar achteren, hij keek nog steeds naar Kannick. 'Nu heb ik er genoeg van. Nu smeer ik 'm uit dit gekkenhuis!'

Hij stond hevig te zwaaien. Hij moest de revolver hebben, maar dan moest hij het koude lichaam vastpakken en zou hij misschien bloed aan zijn handen krijgen.

'Nee! Je moet me helpen!'

Kannick drukte zich tegen de muur aan. Toen begon hij te janken. 'Het was per ongeluk! Hij deed de deur open, ik kon er niks aan doen. Jij moet het tegen ze zeggen, hoe het is gebeurd. Verder heeft niemand het gezien!'

Morgan bleef staan. De dikke, wanhopige jongen maakte indruk op hem. Hij slikte moeizaam, keek nog eens naar het dode lichaam en liet zich toen op de grond zakken. 'Voor mij is het al erg genoeg zoals het is. Ik heb een bank overvallen en een gijzelaar meegenomen. Er hangt me een zware straf boven het hoofd.'

'We kunnen 'm in het water gooien. We kunnen zeggen dat ie 'm gesmeerd is!' zei Kannick handenwringend. 'Ik bedoelde het niet zo. Het was een ongeluk! We gooien 'm in het water!'

'Je vertelt de politie maar gewoon wat er gebeurd is. Ik smeer 'm.'

Morgans ogen versmalden. Zijn hersenen probeerden zijn gedachten zo te ordenen dat hij een uitweg kon bedenken.

Kannick huilde tranen met tuiten, het was een zee van tranen, eén regen van vertwijfeling.

‘Het heeft geen zin om hem in het water te gooien’, zei Morgan radeloos. ‘Het ligt hier vol met bloed. Een hele plas.’

‘We zetten de kast ervoor.’

‘Dat helpt niet.’

‘Alsjeblieft!!!’

‘Ze zoeken ons. Ze kunnen hier zo zijn. Dat redden we niet. Het lukt ons nooit om hem naar het meertje te dragen zonder dat we onder het bloed komen te zitten, het heeft geen zin, Kannick. Bovendien ben jij tóch nog te jong om in de gevangenis te komen. Jij komt er wel mee weg. Net als Errki, met de moord op die vrouw, omdat hij gek is. Maar ik...’ hij schreeuwde en sloeg woedend met zijn vuisten op de vloer, ‘ik kom verdomme nergens onderuit. Ik heb verdomme geen enkel excuus!’

Hij kreunde en trok aan zijn haar. Probeerde zich te herinneren hoe de dag was begonnen en het viel hem op hoe oneindig lang die was geweest. Het leek wel een heel leven. Een verlammend gevoel maakte zich van hem meester. Zijn hersenen wilden niet functioneren. Het was die verdomde drank. Kannick lag voorover op de vloer te snikken.

‘Het is steil achter het huis’, jammerde hij. ‘Misschien rolt hij vanzelf naar beneden.’

‘Jezus Christus. Ik kan dit niet meer aan!’

Kannick stond op, liep de kamer door en begon hem heftig door elkaar te schudden.

‘Je moet. Je móet!’

‘Ik moet helemaal niets!’

‘We doen het samen. En dan smeren we ’m!’ En toen, omdat het hem plotseling inviel: ‘Niemand zal hem missen!’

‘Jawel’, zei Morgan zacht.

Verwonderd voelde hij dat dit waar werd, op het moment dat hij het zei.

Hij snikte vertwijfeld en staarde uit het raam. Het landschap was vaag, vond hij, en leek op te lossen. Hij moest weg. Krankzinnig worden, net als Errki. Hij voelde dat hij, als hij dat wilde, zo kon beginnen onzin uit te kramen. Ergens in wegzakken, verdwijnen van deze wereld. De mensen die tegen hem praatten waterig aankijken, omdat hij niet snapte wat ze zeiden. Zich nergens iets van aantrekken, ze gewoon hun gang laten gaan. Het kon hem niks schelen. Deze samenleving was klote. Er waren teveel dingen waar je rekening mee moest houden. Zoals die afperser die in de gevangenis zat te wachten. Zoals die dikke, ongelukkige jongen voor hem.

'We moeten!' schreeuwde Kannick.

Morgan liet zijn hoofd op zijn borst zakken. Hij hoorde Kannicks gesnik, en nog iets anders, in de verte, iets wat langzaam dichterbij kwam. Blaffende honden, ver weg.

'Het is te laat', kreunde hij. 'Ze komen eraan.'

*

Sejer bestudeerde de kaart.

'We komen zo bij een oud zomerboerderijtje.' Hij tuurde in de verte en wees. 'Ik wed dat ze daar in een van die oude huisjes liggen te dutten.'

'Wat doen we als we ze vinden?' vroeg Skarre.

Sejer keek hen om beurten aan.

'Persoonlijk hou ik niet zo van dramatiek. Ik stel voor om op een afstandje te blijven staan en naar ze te roepen. Ze duidelijk te maken met hoeveel we zijn en dat we gewapend zijn.'

'En als hij met zijn gijzelaar voor zich uit naar buiten komt? Met de loop van de revolver tegen zijn slaap?'

'Dan laten we hem gaan. Hij komt toch niet ver. Het is vijf tegen twee.'

Skarre veegde het zweet van zijn gezicht.

'Laat de wapens met rust' ging Sejer verder. 'Ik wil niet dat we een van jullie straks naar huis moeten dragen, in deze afschuwelijke hitte. Als alles voorbij is, moeten we iedere minuut verantwoorden. Schriftelijk, naar eer en geweten. Zonder mijn toestemming kíjken jullie nog niet eens naar je wapen. En als ik van gedachten verander, dan horen jullie dat.'

Hij liep verder en de anderen sloften achter hem aan. Ze mochten hem graag, maar soms vonden ze hem misschien een beetje té defensief. Dit soort opdrachten was zeldzaam. Niet dat ze nou zo graag naar dit smoorhete bos hadden gewild, maar de smaak van adrenaline was zoet.

'Ik denk dat het meertje dat daar beneden ligt het Hemelrijk is', zei Sejer wijzend. 'Volgens de kaart zou daar een boerderijtje moeten liggen. Hoewel ik van hieruit niets kan zien. Ik wed om een rondje dat de honden daar op afgaan.'

'Ik zie helemaal geen huis.'

Ellmann tuurde met zijn hand boven zijn ogen. Het enige wat ze zagen was een groepje bomen.

'Misschien achter die bomen daar. In dat geval kunnen ze ons niet zien.'

Ze liepen verder. De honden voorop, recht op het miniatuurbosje af. Skarre blikte zo nu en dan naar de hemel. Hij wilde zich ervan vergewissen dat de Schepper hen in de gaten hield. Het stille bos had iets dreigends, waardoor hij daaraan begon te twijfelen. De stilte was onheilspellend, alsof ze zich oplaadde voor een geweldige donderslag. Maar er waren geen wolken, alleen een lichte sluier boven de bomen. De vochtigheid die langzaam en onverbiddelijk uit de grond werd gezogen, steeg op en legde zich als een melkachtige waas over het landschap. Misschien zaten de twee mannen naar hen uit te kijken. Door een open raam, het wapen in de aanslag. Of ze waren allang met de noorderzon vertrokken. Langzaam naderden ze het bosje. Er was geen menselijk bouwwerk te zien.

Ze besloten om Zeb te laten posten. Ellmann riep de hond bij zich, de andere twee werden aangelijnd. De mannen bleven een poosje naar het grote bruine dier staan kijken. Zijn kop zwaaide langzaam heen en weer, zijn oren zochten als twee parabolen en trilden lichtjes. Plotseling stonden ze rechtovereind. Hij wendde zijn kop nog een laatste keer in de richting van het bosje. Zijn oren stonden kaarsrecht omhoog, heel precies gericht op een punt dat ze niet konden zien. In gedachten trok Ellmann een rechte lijn van de oren van het dier naar het dichte groepje bomen.

'Er zijn daar mensen', fluisterde hij.

Sejer ging op onderzoek uit. Zeb wilde hem volgen, maar werd met een ruk aan de riem tegengehouden, wat even een scherp gejank opleverde. Sejers haren lichtten zilverachtig op tussen al het groen toen hij naar voren sloop. De seconden tikten weg, Skarre transpireerde. De mannen aaiden de honden over hun rug. Sejer liep door. Vlak voor de bomen hield hij links aan en ging toen aan de buitenkant het bosje binnen. Hij probeerde zijn lichaam te laten ontspannen. Meende iets tussen de bomen te kunnen ontwaren, iets donkers en massiefs. Met zijn hand voelde hij aan zijn wapen. Het leer voelde warm aan tegen zijn huid. Snel werd het bos weer dunner. Er verscheen een open plek en op die open plek... een huis. Donker en stevig. Een soort blokhut. Hij staarde naar de ramen, die allemaal kapot waren. Er was niemand te zien. Hij hurkte in het gras, dacht dat hij zelf vanaf de ramen niet te zien zou zijn. Ze konden natuurlijk in het huis zijn, hoewel het er zo stil was als het graf. Misschien sliepen ze of zaten ze te rusten. Misschien wachtten ze. Op het dak van het huis groeide gras, droog en bruin. De ramen waren klein, met glasroeden, ze lieten niet veel licht door. Waarschijnlijk was het binnen heerlijk koel. Hij voelde dat er mensen waren, maar hij hoorde nog steeds geen geluid. Zich nu oprichten en naar de deur lopen leek echter ondenkbaar. Ze konden ineens tevoorschijn komen en in blinde angst beginnen te schieten. Hij zat nog steeds gehurkt. Nergens was zoiets als een kiezelsteen te zien, alleen droog gras. Een dennenappel zou een dof geluid maken, als hij die tegen de houten muur gooide. Misschien voldoende om een van hen naar het raam te lokken om te onderzoeken wat dat was. Hij zocht onder een droge dennenboom en vond een grote dennenappel. Keek naar het huis. Tegen de deur misschien. Als er mensen waren, zouden ze het horen. Hij zag een donkere, bruinrode vlek op de platte steen voor de deur. Het leek op bloed. Hij fronste zijn voorhoofd. Was er iemand gewond? Hij tilde zijn arm op en gooide de dennenappel. Hoorde alleen een lichte tik. Onmiddellijk zakte hij weer op zijn hurken. Er gebeurde niets. Hij gaf zichzelf een minuut. De seconden tikten weg. Het was lastig om op je hurken te zitten in een overall waarvan de pijpen nauwelijks lang genoeg waren. De minuut verstreek. Hij draaide zich om en liep terug.

'Er reageert niemand. Ik ga naar binnen.'

Skarre keek hem bezorgd aan.

'Ik geloof niet dat ze er zijn. Het lijkt zo stil.'

'Zeb hoorde iets', zei Ellmann.

Sejer en Skarre liepen op het huis af, de anderen wachtten met de honden. Sejer gaf de deur een zetje.

'Hallo! Politie. Is daar iemand?'

Geen antwoord. Alles was stil. Sejer dacht niet dat de overvaller plotseling naar voren zou stormen en hem zou neerschieten. Zó zou hij niet sterven. Bovendien was het huis volkomen verlaten. Hij wierp een blik in de kamer. Zag een groene divan, een oude kast, en – zeer opmerkelijk – een grijze koffer. Hij deed een paar stappen naar binnen. Fluisterde over zijn schouder naar Skarre: 'Ze zijn hier geweest.'

Hij bleef een moment op de stoffige vloer staan en zocht de kamer af. Zijn ogen hadden tijd nodig om aan het schemerdonker te wennen. Toen ontwaarde hij in de hoek een gedaante. Een magere man met donkere kleren en zwart haar. Hij zat half, lag half met zijn hoofd tegen de kast aan. In een houding die er uitermate onprettig uitzag. Sejer dacht niet meer aan zichzelf, dat er misschien iemand naar voren zou stormen, hij liep de kamer verder in en knielde bij de levenloze man neer. Het eerste wat hem opviel, was zijn postuur. Klein en dun, zonder enige kracht. Zijn ogen waren gesloten, zijn gezicht was doodsbleek. Hij zag eruit als een kind, sterk ondervoed, met een warrige bos zwart haar die tot zijn schouders reikte.

'Errki', fluisterde hij.

Het lijk lag in een plas bloed. Hij zocht op de dunne hals naar een hartslag, maar vond die niet. De wond was moeilijk te ontdekken, maar hij was kennelijk ergens in zijn onderlijf geraakt. Het lichaam was nog steeds een beetje warm. Hij wilde zich weer overeind komen toen hij een geluid hoorde. Dacht eerst dat Skarre binnenkwam, maar toen merkte hij dat er iets donkers zijn gezichtsveld binnengleed. Er klonk een akelig, knarsend geluid. De deur van de kast ging langzaam open. Bleef met knarsende scharnieren hangen. De haartjes in zijn nek gingen overeind staan. Toen ademde hij uit. Het geknars hield op, er was niemand. Van waar hij zat kon hij weliswaar niet ín de kast kijken, maar daar kon niemand zijn. De overvaller zou de gijzelaar niet doodschieten en zich in een oude kast verbergen, hij was allang verdwenen. De deur was opengegaan doordat hij over de vloer had gelopen en een beweging in de planken had veroorzaakt. Hij deed een paar stappen achteruit. Tuurde in de donkere kast. Er glom iets metaligs.

Het wapen trilde hevig. Sejer hapte verrast naar adem en wilde naar zijn eigen wapen grijpen, maar hij bedacht zich. Hij begreep er niets van. Hij keek naar de gedaante die hem vanuit de kast aankeek, naar de angst in het bleke gezicht, naar de opgeheven revolver. In de kast stond Kannick. Hij snapte het niet. Sejer keek naar de revolver en hoe hij het wapen vasthield.

Nu geen fouten maken. Rustig, rustig, de jongen staat op instorten en is volkomen onberekenbaar. Houd je rustig, houd je stem laag. Laat niet zien dat je bang bent.

'Ik deed het niet met opzet!' schreeuwde Kannick.

Zijn stem sneed door de stilte en hoewel hij voorbereid was, brak het zweet hem uit.

'Hij stond ineens in de weg! Vraag maar aan Morgan!'

Hij had Sejer onder schot. Hij richtte op zijn borstkas en zou ongetwijfeld raakschieten. Als hij tenminste had kunnen schieten.

Sejer liet zijn handen zakken. 'De haan is niet gespannen, Kannick.' En daarna: 'Wie is Morgan?'

Kannick staarde verbaasd naar de revolver. Ontredderd begon hij aan de haan te prutsen, maar zijn vingers waren verdoofd van schrik, ze wilden niet gehoorzamen. Uiteindelijk kreeg hij het toch voor elkaar. Maar toen had Sejer zijn eigen wapen al getrokken. En achter hem stond een man met krullen, ook met geheven wapen.

'Hij zit in het slaapkamertje', snufte Kannick. Toen liet hij de revolver op de grond vallen en sloeg toen ineens dubbel. Hij begon geweldig over te geven. Stond nog steeds in de kast en braakte op de vermolmde planken. Labskous en whisky, alles golfde naar buiten. Hij steunde tegen de kast en liet het gebeuren. Sejer wachtte tot hij klaar was. Pakte de revolver voorzichtig op en liet de jongen daar staan. Toen ging hij op zoek naar het slaapkamertje.

Morgan had achter de deur staan wachten. Nu stoof hij naar buiten en zette koers naar het bos. Met de weinige krachten die hij nog had, zette hij het op een lopen, dwars over het erf het struikgewas in. Ellmann zag het blonde haar en de bontgekleurde shorts door de bladeren heen. De stakker had geen enkele kans. Hij bukte zich, pakte de hond bij zijn grote kop en fluisterde in zijn oor.

'Zeb. Stellen!'

Het dier sprong naar voren, ging er als een behaarde bliksemflits vandoor. Morgan rende. Hij hoorde de hond die blaffend achter hem aan kwam niet, hoorde ook niemand roepen. In feite was alles afschuwelijk stil. Hij sleepte zich hollend voort, maar zijn krachten gutsten als het ware uit hem. Zeb zag de witte handen en richtte zich op de linker. Het was geen agressiviteit, maar jarenlange training en een duidelijk commando, verder niets. Morgan bleef staan en hapte naar adem. Zijn knieën begaven het bijna. Hij moest controleren of er niemand achter hem aan kwam. Op dat moment struikelde hij, hij landde op zijn buik, draaide zich om en bleef op zijn kont op het gras zitten. Verschrikt staarde hij naar wat er dichterbij kwam. Het enorme dier met de glimmende bek, de rode tong, de gele tanden. De hond zette zich schrap om te springen. De witte handen waar hij zich in eerste instantie op had gericht, waren niet meer te zien. Het enige wat hij zag was het rode gezicht met in het midden de gele lap. Een perfect doelwit. Met een enorme sprong dook hij naar voren en hapte toe. Morgan schreeuwde hartverscheurend. Toen ze bij hem kwamen, zat hij te snikken, met zijn handen voor zijn gezicht. Sejer stond een tijdje te luisteren. Uit het gehuil sprak duidelijk opluchting.

*

Sara zat heel stil, op het puntje van de stoel. Sejer vertelde het hele verhaal. Ze wilde alles weten, hoe hij had gelegen, of hij misschien pijn had geleden. Hij dacht van niet. Vermoedelijk was hij uitgeput en had het bloedverlies hem van zijn krachten beroofd. Misschien had hij het gevoel gehad dat hij langzaam in slaap viel. Hij bleef lang zitten en spande zich in om zich alles te herinneren. Er was nog maar een klein detail over.

'Ik kan niet bevatten dat Errki dood is', fluisterde ze. 'Dat hij echt dood is. Ik zie hem nog zo voor me, heel duidelijk. Ergens anders.'

'Waar?' wilde hij weten.

Ze glimlachte verlegen. 'Rondzwevend in een grote duisternis. Onbekommerd kijkt hij op ons neer. Misschien denkt hij: jullie moesten eens weten hoe mooi het hier is, terwijl jullie daar beneden zo ploeteren.'

Sejer moest om dat beeld glimlachen, een korte, weemoedige glimlach. Hij zocht iets om te zeggen, iets wat de angel kon wegnemen uit wat hij haar moest vertellen.

'Ik heb de pad bevrijd', zei ze plotseling.

'Dank je. Dat is een hele opluchting.'

Ze droeg een dun jasje, dat ze nu dichter om zich heen trok. Hij had de tl-buizen aan het plafond niet aangedaan, alleen een bureaulamp met een groene kap, die het kantoor in een waterig schijnsel dompelde.

'Ik moet je iets vertellen.'

Ze keek op om zijn gezicht te duiden.

'We hebben in Errki's jack een portemonnee gevonden.' Hij schraapte zijn keel. 'Een rode portemonnee. De portemonnee van Halldis Horn, die ongeveer vierhonderd kronen bevatte.'

Hij wachtte zwijgend. Het groene schijnsel maakte haar bleek.

'1-0 voor Konrad', glimlachte ze triest.

'Ik heb niet gewonnen.'

Meer wist hij niet te zeggen.

'Waar denk je aan?' zei ze toen.

'Komt iemand je halen?'

De vraag ontglipte hem voordat hij er erg in had. Misschien kon hij haar naar huis brengen. Maar Gerhard had vast en zeker een auto en als ze belde zou hij haar onmiddellijk komen halen. Hij zag in zijn fantasie de man voor zich. Hij zat ergens in een kamer naar de klok te staren, loerde naar de telefoon, klaar om naar huis te halen wat rechtmatig van hem was en van niemand anders.

'Nee', zei ze, haar schouders ophalend. 'Ik ben met een taxi gekomen. De baas zit in een rolstoel. Opgesloten, samen met mij. Hij heeft multiple sclerose.'

Hij was verrast. Kon zich Sara niet voorstellen met een invalide man. Hij had het zich zo anders voorgesteld. Er schoot een niet geheel zuivere gedachte door zijn hoofd.

'Mag ik je naar huis brengen?'

'Kun je dat?'

'Er wacht niemand op mij. Ik ben alleen.'

Eindelijk had hij het gezegd, maar het maakte geen verschil meer.

Ik ben alleen.

Had hij zich ooit zo uitgedrukt? Of had hij alleen maar zijn status aangegeven, als weduwnaar, of alleenstaande?

Het was stil in de auto. In zijn ooghoek zag hij haar knieën, de rest was slechts aanwezigheid, een vaag vermoeden, een verlangen. Zijn handen die op het stuurwiel rustten, verraadden hem. Hij had het idee dat ze zo hard schreeuwden dat iedereen het kon horen, dat ze behoefte hadden om iets vast te houden. Waar denkt ze aan? vroeg hij zich af, maar hij durfde zijn hoofd niet opzij te draaien om naar haar te kijken. Errki was dood. Ze had maandenlang met hem gewerkt. En ze had hem niet kunnen redden.

Ze dirigeerde hem naar een woonerf. Hij was gedwongen te stoppen, ofschoon hij het liefst met Sara naast zich naar het einde van de wereld was gereden en weer terug.

'Het klinkt stom,' zei ze ineens, 'maar ik kan het niet geloven.'

'Dat Errki dood is?'

'Dat hij haar echt heeft vermoord.'

Hij zat met zijn handen op zijn schoot. Wendde en keerde ze en zei onhandig: 'Je zei vandaag iets. Dat er soms, een doodenkele keer, dingen gebeuren die we nu eenmaal niet kunnen verklaren.'

Ze haalde haar schouders op. 'Ik geef het nog niet op.'

'Wat bedoel je?'

'Ik ga zoeken, ik moet erachter komen. Hoe het heeft kunnen gebeuren.'

'Waar ga je zoeken?'

'In mijn papieren. In mijn geheugen. Naar dingen die hij heeft gezegd. Alle dingen die hij niet heeft gezegd. Ik móét het gewoon begrijpen.'

'Krijg ik het dan te horen?'

Eindelijk keek ze op, ze glimlachte.

'Kom even mee naar binnen', zei ze plotseling.

Hij begreep niet waarom ze het vroeg, maar volgde haar gehoorzaam naar de deur. Keek toe hoe ze de sleutel in het slot stak, nadat ze eerst even kort op de bel had gedrukt. Misschien een seintje voor haar man dat zij het was, Sara, die thuiskwam. Hij had geen zin om haar man te ontmoeten. Als hij hem zou zien, zouden zijn fantasieën over hun leven een gezicht krijgen. Het huis was een laag rijtjeshuis, ingericht als gehandicaptenwoning, met extra brede deuren. Ze stonden bij de deur naar de woonkamer. Sejer herinnerde zich een boek dat hij in zijn jonge jaren had gelezen. Dat boek leek op deze situatie. De hevig verliefde hoofdpersoon bracht een vrouw thuis. Hij had zijn hart aan haar verloren en dacht dat ze alleen woonde. Onderweg vertelde ze dat Johnny op haar wachtte. Op dat moment brak zijn hart, totdat ze in haar kamer stonden en Johnny een cavia bleek te zijn.

Gerhard Struel zat aan een bureau te lezen, ondanks de hitte droeg hij een vest. Hij draaide zich om en knikte. Zette zijn bril af. De man was nog ouder dan hijzelf! Zijn schedel was kaal en achter de bril zag hij een paar donkere ogen. Op de vloer naast hem lag een herdershond. Die tilde zijn kop op en staarde hem aan.

'Papa,' zei Sara, 'dit is inspecteur Konrad Sejer.'

Gerhard Struel was geen cavia. Hij was haar vader!

Sejer probeerde zichzelf te hervinden, terwijl hij de uitgestoken hand drukte. Waarom liet ze hem dit zien? Deze woning. Haar hulpbehoevende vader. Misschien wilde ze tegen hem zeggen: haal me hier weg!

'Ik moest maar eens naar huis gaan, de hond wacht', zei hij schaapachtig.

'Het spijt me', zei ze, terwijl ze een beetje met haar jasje hanneste. 'Het was niet mijn bedoeling je op te houden.'

Gerhard Struel keek Sejer lang aan.

'Dus het is voorbij?'

Ja, dacht hij, het is voorbij. Voordat het goed en wel begonnen is. Ik kan nu geen initiatief nemen. Dit is niet het juiste moment. Hij was in de onmogelijke situatie beland, waarin hij gedwongen was de telefoon ter hand te nemen en haar nummer te draaien, als hij iets meer wilde. Zij had al een keer het initiatief genomen. Nu was het zíjn beurt. Ze gaf hem een hand.

'We waren een uitstekend team, vind je ook niet?'

Hij had het gevoel dat ze een zaadje had geplant. Misschien zou het ontkiemen.

Een uitstekend team.

Hij zocht haar naam op in zijn voornamenboek. Sara. De vorstin.

Later, in bed, lag hij naar het plafond te staren. Voerde in gedachten een gesprek met haar. De woorden kwamen heel spontaan.

Ik wist dat je zou komen. Ik heb op je gewacht.

Vertel me iets over jezelf, glimlachte ze.

Wat wil je horen?

Een jeugdherinnering. Een mooie.

Dit is mooi: de zomer dat ik vijf werd, nam mijn vader mij mee naar de domkerk van Roskilde. Ik wist niet wat daarbinnen verborgen was, ik liep van de warme zonneschijn naar binnen, over de stenen vloer, onvoorbereid. De kerk stond vol met kisten. Mijn vader legde uit dat daar mensen in lagen. Alle dominees die in deze kerk hadden gediend. Ze mochten daar liggen, in een eindeloze rij, aan weerszijden van de kerkbanken, zodat iedereen hen kon zien. De kisten waren van marmer en onbeschrijflijk mooi. Het was koud binnen, ik begon te rillen. Ik trok aan mijn vaders hand, wilde weer naar buiten. Naderhand was hij een beetje sip. Zij slapen de Eeuwige Slaap, glimlachte hij, terwijl wij naar huis moeten om in de tuin te werken, al is het nog zo warm! Ik moet het gras maaien en jij moet wieden.

Het beeld van de kisten liet mij pas los toen mijn moeder de tuin inkwam en ons aardbeiencompote serveerde. Die was koud, omdat hij in de kelder had gestaan, maar de room was lauw. Ik at de compote en dacht dat het een vergissing moest zijn. Er zat niets in de kisten. Alleen spinrag en stof. En de compote smaakte zo heerlijk, dat het volgens mij echt onmogelijk was dat het leven niet eeuwig zou duren. Ik keek omhoog naar de blauwe hemel en zag daar plotseling een schare engelen zweven, met witte vleugels. Misschien kwamen ze ons halen, en we waren nog niet eens klaar met de compote! Vader zag het ook. Hij keek op en glimlachte enthousiast. Kijk, Konrad, kijk eens hoe mooi ze zijn!

Het leger had vijftien parachutisten neergelaten, ze landden op het voetbalveld vlakbij ons huis. Ik heb nooit vergeten hoe mooi ze waren en hoe stil ze daalden.

Daarna lag hij lang wakker. Hij was vreselijk moe, maar zijn ogen waren als het ware van binnenuit verlicht. Ze staarden wijdopen in het donker. Hij lag te woelen en elke keer als hij zich bewoog spitste Kollberg zijn oren. Het was veel te warm om te slapen. De jeuk kwam weer op. Ten einde raad stond hij op, kleedde zich aan en liep naar de kamer. Kollberg sjokte achter hem aan. Wilde hij eigenlijk wel iemand zo dichtbij hebben? 's Morgens naast hem in bed, iedere ochtend, jaar in jaar uit. Wat zou Kollberg ervan zeggen? En twee reuen, dat ging immers niet.

'Ga je mee uit?' fluisterde hij. De hond blafte en liep op een sukkeldrafje naar de deur. Het was twee uur. Het flatgebouw stond als een eenzame zuil in de sterrenloze nacht.

Hij wilde onmiddellijk naar het centrum gaan, om even op het kerkhof te kijken. Maar hij bedacht zich. Hij had een slecht geweten, het was toch niet te geloven... Daar had hij weleens over gelezen. Hij wist niet hoe hij ermee moest omgaan. En toen: misschien zou ik moeten verhuizen. De auto inruilen. Een soort streep zetten. Voor en na Elise. Zo kom ik niet verder. Iets weerhoudt me.

Hij droeg een overhemd met korte mouwen. De nachtlucht tegen zijn blote armen verzachtte de ergste jeuk. Hij liep zonder doel, net zoals Errki had gelopen.

Als je in deze wereld moet leven, moet je doen als de levenden, dacht hij ineens. Hij draaide zich om en staarde naar de flat. Iets aan het gebouw, de enorme zuil van grijs beton met zijn matte lichten, getuigde van de angst van de mensen. Ik wil verhuizen, dacht hij, ik wil met mijn voeten op de grond staan. In het gras staan en mijn blik naar de boomkruinen opheffen.

'Zullen we verhuizen, Kollberg? Een huisje op het land?'

De ogen van de hond lieten de zijne niet los.

'Je snapt er niks van, hè? Jij leeft in een andere wereld. Toch hebben we het best gezellig. Ook al ben je een sufferd.'

Kollberg snuffelde opgetogen aan zijn hand. Hij deed een greep in de zak van zijn kakibroek en haalde er een achtergebleven hondenkoekje uit. Kollberg begreep niet waarom hij een beloning kreeg. Maar hij schrokte het naar binnen en kwispelde ijverig.

'Het ergste is dat ik nooit zal weten waarom', mompelde hij. 'Wat is er eigenlijk tussen hen voorgevallen? Wat zei of deed Halldis waardoor hij zo bang werd? Ze zijn allebei dood en we zullen het nooit weten. Maar de meeste dingen blijven nu eenmaal een raadsel voor ons. Vreemd dat we dat accepteren. Alsof we ons hele leven wachten op iets dat in het verschiet ligt, op iets heel anders, wat alles zal verklaren. Maar jij, sufferd,' hij keek naar de hond, 'jij wacht alleen maar op je volgende maaltijd.'

De hond maakte een wilde sprong en kwispelstaartte door.
'Ik ben moe', zei hij hardop. 'Laten we maar naar huis gaan.'
Hij keerde de stad de rug toe en liep terug.
Hij keerde het kerkhof de rug toe. Het deed hem pijn.

*

Skarre zag er fit uit. Net gedoucht en zomerbruin.
'Wat is er met jou aan de hand?'
Sejer keek hem aan.
'Niets. Ik voel me gewoon lekker.'
'Juist ja', zei hij. 'Heb je al iets van het lab gehoord? Hebben ze de vingerafdrukken vergeleken?'
'Errki's afdrukken zijn overal in het huis gevonden. Hij heeft zelfs met zijn vingers aan de spiegel gezeten. Over die op de hak zijn ze minder zeker, maar daar wordt nog aan gewerkt.'
'Heb je het verhoor van vannacht uitgetikt?'
'Alsjeblieft, chef.'
Skarre reikte Sejer een plastic mapje met papieren aan en beet op zijn lip.
'Wat gaat er met die jongen gebeuren?'
'Niet veel. Morgan heeft bevestigd dat het een ongeluk was. Vermoedelijk blijft hij op Jongensheuvel en alles overziend is dat ook maar het beste. Hij heeft zijn portie wel gehad, voor een tijdje. Wat hij nodig heeft is rust, niet om nóg eens verkast te worden. Ik ga hem nu ophalen. Hij zal wel niet erg in vorm zijn, maar ik heb de vage hoop dat hem misschien iets aan Errki is opgevallen, wat Morgan misschien niet heeft gezien. Dat hij iets kan verklaren.'
Skarre staarde hem een tijdje aan. 'Is dat denkbaar? Hij is tenslotte maar een klein, angstig jongetje.'
'Kinderen zien veel', beweerde Sejer.

'Niet echt. Ze zien alleen andere dingen dan volwassenen', zei Skarre overtuigd.

'En dat zou ons kunnen helpen.'

Skarre fronste zijn voorhoofd. 'Er is iets met je.'

'Wat bedoel je?'

'Het is net alsof je niet kan accepteren wat er is gebeurd. Dat is niks voor jou.'

'Ik ben alleen maar nieuwsgierig', zei hij kort.

'Je ziet er moe uit.'

'Vannacht', antwoordde hij ernstig, 'had ik echt overal jeuk!'

Met deze dramatische mededeling ging hij zijn kamer binnen.

'Je heet Morten Garpe?'

'Dat klopt.'

'Maar je noemt jezelf Morgan?'

'De vrienden die ik niet heb, noemen mij Morgan.'

'Die je niet hebt? Waarom noem je je zo?'

'Het klinkt stoerder, vind je niet?'

Hier had Skarre verzuimd te noteren dat ze allebei hadden gelachen.

'Zo, Morten. Dus jij bent, met andere woorden, alleen op de wereld?'

'Veel vrienden heb ik niet. Eentje maar, en die zit vast. En een zus in Oslo.'

'Zit hij vast?'

'Voor een gewapende overval. Ik bestuurde de auto. Hij heeft me nooit verlinkt. Het geld was voor hem.'

'Dus hij heeft jou al die tijd in de tang gehad?'

'Ja.'

'En nu wil je dat daar een eind aan komt?'

'Ik zal nu wel zo'n zware straf krijgen dat het niet meer uitmaakt.'

'Daar heb je gelijk in. Het maakt niet meer uit. Op de overval komen we straks terug. Vertel me eens over Errki.'

Hier had Skarre door middel van een witregel aangegeven dat er een lange pauze was ontstaan.

'Hij vertelde me alles over zijn moeder en over wat er met haar is gebeurd. Errki en ik zijn allebei schorpioen. Hij is een week later jarig dan ik. De beste en de slechtste mensen zijn schorpioenen, wist je dat?'

'Nee. Wat bedoel je met "vertelde alles"?'

Sejer liet de papieren zakken en dacht aan alle experts die in de loop van de jaren op alle mogelijke manieren hadden geprobeerd de waarheid uit hem te trekken. Het was deze man gelukt, binnen slechts een paar uur.

'Herinnerde hij zich iets van de moord op Halldis?'

'Niet zo veel. Hij zei dat ze schreeuwde en hem bedreigde. Hij leek afwezig als hij eraan terugdacht.'

'Heeft hij gezegd dat hij haar heeft vermoord? Heeft hij dat met zoveel woorden gezegd?'

'Nee. Hij keek me met die rare ogen aan en zei: dingen gebeuren gewoon.'

'Vond je hem gewelddadig?'

'Ik dacht dat je mijn neus wel had gezien. Dat wordt een lelijk litteken. Niet dat het veel verschil maakt. Eigenlijk laat het me koud. Het enige wat me vrolijk maakt, is de gedachte aan Tommy's gezicht, als ik in de cel ernaast op de muur klop en hij begrijpt dat er geen poen te halen is.'

'Heet hij Tommy?'

'Tommy Rein.'

'Wel heb je ooit!'

Weer een witregel.

'Waar hebben jullie het eigenlijk over gehad, al de tijd die jullie samen doorbrachten?'

'Dat kan ik bijna niet weergeven. Hij zei zo veel vreemde dingen. We hebben het veel over de dood gehad. Heb jij daar wel eens over nagedacht? Dat we ooit doodgaan? Ik zie mensen om me heen doodgaan, maar het dringt niet tot me door dat het mij

ook zal overkomen. Ik heb het vandaag geprobeerd, een paar keer. Maar het is net een onredelijke wiskundige vergelijking waar mijn hersens gewoonweg niet aan willen. Besef jij het?'

'Besef ik wat?'

'Dat je doodgaat?'

'Ja, dat besef ik.'

'Dan is er met mij zeker iets mis.'

'Vat het niet zo zwaar op. Dat inzicht komt vroeger of later wel, ik ken veel mensen die ouder zijn dan jij die zichzelf die vraag nog nooit hebben gesteld. Hoe kwam Errki aan die revolver?'

'Dat heb ik hem ook gevraagd. Hij mompelde iets vreemds. Wens je buurman een koe en God zendt jou een stier.'

'Hoe dronken was hij op het eind?'

'Niet zo dronken als ik. Ik kon het niet aan zijn praten merken, maar hij begon een beetje wankel te lopen en Errki was sowieso al een beetje afwezig.'

'Errki en Kannick... wat hebben die twee tegen elkaar gezegd?'

'Bijna niks. Ze beloerden elkaar als honden. Kannick was doodsbang. Hij durfde bijna niet naar Errki te kijken.'

'Was Errki agressief tegen de jongen?'

'Dat vind ik niet. We behandelden hem goed, we hebben hem niets gedaan, we waren alleen maar dronken. Toen Kannick verscheen zat de stemming er al goed in, om het maar zo te zeggen. Het gekke is dat hij het na een tijdje wel best leek te vinden om daar te zijn. Hij ontspande. Op de een of andere manier hoorden we bij elkaar, met zijn drieën. Geen van ons had de puf iets te ondernemen. We hebben op jullie gewacht.'

'Hoe reageerde Kannick toen je ontdekte dat Errki dood was?'

'Hij raakte volkomen in paniek. Smeekte me hem te helpen.'

'Waarmee?'

'Hij vroeg me jullie te overtuigen dat het echt een ongeluk was.'

'Was het een ongeluk?'

'Absoluut. Hij mikte op de deur. Hij wist niet dat wij binnen waren en nog minder dat Errki op dat moment de deur open zou doen.'

'Goed. En wat meer?'

'Wat bedoel je?'

'Stelde hij voor om te vluchten, of om het lijk te verbergen?'

'Nee, nee. Absoluut niet. Daar wist ik hem van af te brengen.'

'Dus hij stelde het wel voor?'

'Eh, nee, eigenlijk niet. Hij praatte maar wat. Hij was in paniek. Dat is toch niet zo gek. Gelukkig voor hem is hij nog maar twaalf en te jong om vervolgd te worden.'

*

Hij zeeg achter het stuur neer en trok het portier dicht. Hoewel hij slecht had geslapen voelde hij zich plotseling merkwaardig helder in zijn hoofd. Hij had het wonderlijke gevoel dat dit ogenblik beslissend was. Plotseling begreep hij het. De tijd stond stil. Hij staarde door de voorruit naar buiten om iets te vinden wat dit gevoel kon verklaren, maar vond niets. Hij voelde zich versteend, kon zich niet verroeren. Het was niet onprettig, alleen vreemd. Hij zag zijn eigen handen op het stuurwiel. Zag iedere haar op de rug van zijn hand, de fijne lijnen op de knokkels. Zijn witte nagels, glad en schoon. Zijn horloge. Het kleine, gouden kroontje op de wijzerplaat. Hij ontmoette zijn eigen ogen in het spiegeltje. Zijn gezicht was ouder dan hij zich herinnerde, maar zeer geconcentreerd. Een claxonnerende auto wekte hem. Hij zette de auto in de versnelling en reed het parkeerterrein over, langs de rijen geparkeerde auto's.

De jongen stond kaarsrecht. Zijn linkervoet wees schuin naar buiten, de rechter recht vooruit. Hij richtte zijn hoofd op en tilde zijn kin omhoog. Zijn armen hingen ontspannen langs zijn zij. Hij haalde een keer diep adem. Ademde langzaam weer uit. Toen draaide hij zijn hoofd naar links, langzaam, alsof hij het doel wilde besluipen. Niet abrupt, maar langzaam, langzaam. Kneep zijn ogen toe. Zag de gele cirkel dertig meter verderop, zag hoe die scherp werd. Hij ademde weer in, diep, en hield de lucht vast. Zijn enorme borstkas bolde op, tegelijkertijd bracht hij de boog tot op ooghoogte omhoog. Hij spande, ankerde en richtte. Zag het rode puntje de onderkant van de roos raken. Hij wilde een tien scoren. Op de gouden momenten dat alles klopte, was hij daar ook goed genoeg voor. De pijl schoot van de pees en de boog vloog uit zijn hand, viel elegant naar voren en bleef aan het polsriempje hangen. De pijl kwam met een scherpe knal midden in de roos terecht. Hij liet de rest van de lucht uit zijn longen ontsnappen en tastte in de koker naar een nieuwe pijl. Zonder met zijn ogen te knipperen, zonder zijn voeten te verzetten. Hij zette de pijl op de pees. Hij wilde drie tienen scoren. Als hij geluk had zou pijl nummer twee de eerste met een tinkelend geluid raken. Hij liet de boog weer hangen, ademde in, sloot zijn ogen. Opende ze weer. Staarde naar de roos en naar de rode veren van de eerste pijl die in het centrum van de gele cirkel te zien waren.

Toen hoorde hij een geluid. Eerst wilde hij er geen aandacht aan schenken. Een goede schutter laat zich niet afleiden, hij gaat geconcentreerd door met de procedure. Maar het geluid nam toe, werd luider. Hij vond het niet prettig. Wilde de serie van drie pijlen afmaken. Het was een auto. Pijl nummer twee schoot van de pees. Een acht. Hij bromde geërgerd en draaide zijn hoofd om. Een politieauto reed het terrein op.

Kannick liet de boog zakken en bleef roerloos staan. Sejer stapte uit, hij had zijn uniform aan. Hij kwam hem waarschijnlijk alleen even groeten, vragen hoe het met hem ging. Of hij goed had geslapen. Hij was aardig. Niet iemand om bang voor te zijn. Kannick glimlachte onzeker.

'Goeiemorgen, Kannick.'

Sejer glimlachte niet. Hij zag er ernstig uit. Niet vriendelijk zoals laatst, maar alsof hem iets dwarszat. Hij draaide zich om en staarde naar de roos.

'Je hebt een tien', constateerde hij.

'Ja', zei Kannick trots.

'Is dat moeilijk?'

Zonder een spier te vertrekken keek hij nieuwsgierig naar de glimmende boog.

'Ja, dat is heel moeilijk. Ik oefen al meer dan een jaar. Ik had nog wel een tien kunnen schieten, maar toen werd ik gestoord, doordat u kwam.'

'Dat spijt me nou.' Hij keek de jongen ernstig aan. 'We hadden je boog afgenomen. En toch sta je hier te schieten. Hoe kan dat?'

Kannick keek naar de grond. 'Deze is van Christian. Ik mocht hem lenen.'

'Maar je mag toch niet schieten zonder toezicht?'

'Margunn is alleen maar even naar de wc. Ik moet trainen voor het Noors kampioenschap', zei hij verongelijkt.

'Dat snap ik. Maar toch zal ik met Margunn moeten praten.'

Hij knikte. Eerst naar het huis en daarna naar de schietschijf van verstevigd papier. Dit was Kannicks enige hartstocht en hij was bezig die van hem af te nemen. Hij vond het vreselijk. Tegelijkertijd tikte er iets binnen in hem. Als een bom vlak voordat die explodeert. Hij voelde zijn hart sneller slaan. Het hóéfde niets te betekenen, maar het kón alles betekenen, iets doorslaggevends, het kleine detail dat hij plotseling zag. Hij had moeite zich te beheersen.

'Ik kan toch wel hier op het terrein schieten', zei Kannick, half vragend, half mokkend. 'En niet in het bos? Als ik een kans wil maken op de titel, moet ik de weken ervoor iedere dag trainen.'

'En wanneer is dat toernooi?'

Sejer herkende zijn eigen stem niet. Die was hees en ruw.

'Over vier weken.'

Hij stond nog steeds met zijn voeten in schiethouding. Hij droeg zwarte mocassins. Een vrij grote maat, misschien drieënveertig. Ze hadden leren zolen en dus niet het zigzagpatroon van sportschoenen. Gewoonlijk liepen jongens van een jaar of twaalf op sportschoenen. Het verwonderde hem dat hij mocassins droeg. Het leken nette schoenen en ze pasten niet bij de afgeknipte spijkerbroek die als shorts dienst deed. Hij moest constant vechten tegen het wonderlijke gevoel dat in hem opkwam.

'Heb je goed geslapen vannacht?' vroeg hij vriendelijk.

Kannick luisterde verward. De stem van de politieman was aardig, maar zijn ogen waren steenkoud.

'Als een os', zei hij dapper. Zijn eigen leugen maakte hem duizelig. Er was teveel gebeurd. Hij was wakker geworden toen Margunn binnenkwam om Philips bed te verschonen en hij had zijn best gedaan om zwaar en regelmatig te ademen. Hij had geen zin gehad om naar Margunns troostende stem te luisteren. Terwijl hij tegelijkertijd ook bang was om in slaap te vallen. Er lag een nare droom op de loer.

'Ik heb slecht geslapen', zei Sejer somber.

'O?' zei Kannick, almaar onzekerder. Hij was niet gewend dat volwassenen hem dergelijke dingen toevertrouwden. Maar deze man was anders.

'Wil je een keer schieten terwijl ik kijk?' vroeg hij.

Kannick aarzelde.

'Dat kan ik wel doen. Maar nu ben ik uit mijn ritme en dan wordt het meestal geen goed schot.'

'Ik ben gewoon nieuwsgierig', zei Sejer rustig. 'Ik heb nog nooit van dichtbij gezien dat iemand met pijl en boog schoot.'

Hij volgde Kannick met zijn ogen. De hele procedure, het vinden van de concentratie, het optillen van de boog, het richten en het lossen, was een reeks zeer esthetische bewegingen, zelfs wanneer het werd uitgevoerd door deze vleesberg van een jongen. De boog verenigde de vormeloze gedaante op een fascinerende manier. Kannick schoot een negen en liet de boog zakken.

Hij wierp een blik op het huis en keek toen weer naar de jongen.

'Je schiet met handschoenen?' vroeg hij, naar Kannicks handen knikkend.

'Speciale schiethandschoenen', zei Kannick. 'Anders gaan mijn vingertoppen kapot door de pees. Sommigen gebruiken een vingerleertje, maar ik heb liever handschoenen. Eigenlijk moet je er maar eentje gebruiken, aan de hand waarmee je aantrekt. Maar voor de symmetrie heb ik twee handschoenen en dat werkt goed. Weet u,' zei hij gejaagd, 'iedere schutter heeft zo zijn eigen manier. Christian knippert één keer, vlak voordat hij loslaat.'

'Ze zijn speciaal.' Hij keek naar de handschoenen. 'Ze hebben maar drie vingers.'

'Je gebruikt maar drie vingers als je aantrekt en loslaat. De duim en de pink doen niet mee.'

'Mm.'

'Dit zijn mijn reservehandschoenen die nog niet zoveel gebruikt zijn, daarom zijn ze een beetje stijf', verklaarde Kannick. 'Maar na een tijdje worden ze zachter.'

'Zijn ze nieuw?' Sejer kneep zijn ogen dicht. 'Waarom zijn ze nieuw?'

'Waarom?' Kannick werd onzeker. 'Eh, omdat... ik heb de oude weggegooid.'

'O ja.'

Sejer hield zijn blik op hem gericht. Kannick staarde naar zijn hand, naar de drie vingers van dun leer die met smalle leren bandjes vastzaten aan een riempje dat met klittenband om zijn pols was bevestigd.

'Waarom heb je ze weggegooid?'

'Waarom?' Kannick voelde een enorme onrust. 'Tsja, ze waren oud en versleten.'

Sejer ademde zwaar door zijn neus.
'En waar heb je ze weggegooid?'
'Waar? Nee, dat weet ik niet meer.'
Kannick voelde zich ongemakkelijk en hij zweette. Die rothitte hield maar niet op. De jongens waren met Thorleif en Inga gaan zwemmen. Hij had niet mee gewild. Hij voelde zich slecht op zijn gemak in een zwembroek, bovendien moest hij trainen. Ergens stond een wedstrijdbeker op hem te wachten. Voor het eerst van zijn leven zou hij de beste zijn. Waarom kwam Margunn niet terug? Wat gebeurde er?
'Waar, Kannick?'
'In de vuilverbrandingsoven.'
Hij begon onrustig te trippelen.
'Je verplaatste je voeten.'
'Shit!'
'Je hebt tegen mij gelogen, Kannick. Je zei dat je Errki in het bos had gezien.'
'Dat is ook zo! Ik zag hem!'
'Errki zag jóú. Dat is iets anders.' Sejer deed zijn best om zijn stem in bedwang te houden. 'Ik zal je één ding zeggen. Ik geloof je als je zegt dat Errki's dood een ongeluk was. Dat heeft Morgan bevestigd.'
Heel even zag Kannick er opgelucht uit.
'Maar ik betwijfel of je dat heel erg vond.'
'Wat?' antwoordde hij angstig.
'Als Errki dood is, kan hij jou niet verraden. Je was hem te snel af. Daarom vertelde je het aan Gurvin. Voordat Errki kon zeggen dat jij het had gedaan, ging je ervandoor om te zeggen dat hij het had gedaan. Niemand zou de gek Errki geloven.'
Op dat moment kwam Margunn eraan. Ze staarde hen onzeker aan en kuchte nerveus. 'Is er iets aan de hand?'
Sejer knikte. Margunn werd onrustig.
'Kannick', zei ze uiteindelijk, alsof ze de beangstigende stilte ergens mee wilde vullen, hoewel het helemaal niet belangrijk

was. 'Je mag je mocassins nu niet dragen, die zijn voor Karstens belijdenis. Waar heb je je sportschoenen gelaten?'

De boog zakte. Kannicks hart trok zich met een schok samen en pompte een vloedgolf heet bloed omhoog naar zijn gezicht. De toekomst was aangebroken.

*

Zo zou het gegaan kunnen zijn: Kannick was met zijn boog in het bos. Hij schoot een kraai en wilde weer naar huis gaan, toen hij op het idee kwam om bij Halldis langs te gaan. Misschien zag hij dat ze op het gazon aan het werk was, met haar rug naar de deur toe. Hij sloop naar binnen. Vond haar portemonnee in de broodtrommel. Misschien had hij gewoon geluk, of misschien wist hij dat ze haar geld daar bewaarde. Hij sloop weer naar buiten. Zag tot zijn grote schrik dat ze met de hak in haar handen op de trap voor de deur stond. Kannick raakte in paniek. Hij was immers een jongen die altijd eerst handelde en dan pas nadacht. Hij rukte de hak uit haar handen, misschien volgde er een korte worsteling, tot ze losliet en hij het wapen in handen had. Hij hief de hak op en sloeg toe. Doordat hij zijn schiethandschoenen aanhad, liet hij slechts onbeduidende afdrukken achter. Halldis viel. Hij rende de tuin door. Bleef een ogenblik bij de waterput staan en keek achterom. Plotseling zag hij de zwarte gedaante tussen de bomen. Hij begreep dat hij betrapt was. Zette het op een lopen, naar de weg toe, maar verloor de portemonnee. Errki liep naar het huis toe en zag Halldis liggen. Waarschijnlijk ging hij de keuken binnen, doolde hij ongelovig rond, steun zoekend bij deuren en deurposten, sporen achterlatend van zijn sportschoenen. Toen hij weer naar buiten ging vond hij de portemonnee die Kannick in zijn ontsteltenis was verloren. Hij stopte hem in zijn binnenzak en liep verder, van streek door het gruwelijke dat er was gebeurd liep hij naar de stad en de mensen. Kannick holde naar wachtmeester Gurvin om het te melden. Iemand die iets rapporteert, is vanzelfsprekend niet zelf de schuldige. Bovendien had hij boven iemand gezien, wat een uitkomst! De gek Errki. Wat had Morgan gezegd?

Ze beloerden elkaar als honden.

Hij pakte zijn mobiele telefoon uit zijn jaszak en toetste een nummer in. Skarre antwoordde.

'Wat is er?'

Hij keek om zich heen. 'Van alles.'

Hij keek naar het nevelige bos. Als hij toch eens in zee kon duiken, zijn hoofd eerst. Uit deze stoffige hitte.

'Heeft er nog iemand gebeld?' vroeg hij luchtig.

Skarre zweeg. Gedurende het afgelopen etmaal was hij een beetje achterdochtig geworden. Ondanks zijn overtuiging had er een kleine duiveltje bezit van hem genomen.

'Definieer "iemand".'

'Jemig, wie dan ook.'

'Er heeft niemand gebeld', zei Skarre uiteindelijk.

'O.'

Het werd weer stil.

'Is er iets gebeurd?' vroeg Skarre.

'Errki heeft Halldis niet vermoord.'

'Nee, natuurlijk. Dat is net wat ik nodig had. Dat we opnieuw moeten beginnen. Zoek maar een ander, ik heb geen trek in grapjes.'

'Ik maak geen grapje. Hij heeft het niet gedaan.'

'Natuurlijk niet, chef!'

Het werd doodstil. Skarre dacht lang na.

'Juist', zei hij ten slotte. 'Ik begin te begrijpen waar je het over hebt. Er heeft een meisje gebeld. De caissière van Briggens Supermarkt. Er was haar iets verschrikkelijk belangrijks te binnen geschoten wat ik absoluut moest weten.'

'Vertel.'

'Een van de kinderen van Jongensheuvel is een paar keer met Oddeman naar Halldis geweest om te helpen. Om er een beetje aan te wennen hoe het is om te werken. Raad eens wie?'

'Kannick', zei hij.

'Hij kreeg altijd betaald in de vorm van chocolade. Hij kan geweten hebben waar ze haar portemonnee opborg.'

Sejer knikte.

Toen ging Skarre verder: 'Nog iets. Er is iemand langs geweest.'

'Definieer "iemand".'

'Dr. Struel.'

'O. Wat kwam ze doen?'

'Dat weet ik niet. Ze heeft een vel papier en een envelop van me gekregen en heeft een boodschap voor je achtergelaten. Die ligt op je bureau.'

Sejer startte de auto. De gedachten wervelden door zijn hoofd.

'Jacob', zei hij, met een beetje leedvermaak. 'Je weet wat dit betekent, nietwaar?'

'Wat bedoel je?'

'Dat je een parachutesprong moet gaan maken.'

'Ja. Dat zal nu wel moeten, ja.'

Een lange pauze.

'Maar ik wil het je toch zeggen. Ik hou eigenlijk niet van weddenschappen. Voor mij maakt het niet uit. Mijn respect voor jou wordt er niet minder om als je je terugtrekt.'

'Maar ik stijg ook niet direct in je achting?'

'Die is al heel hoog.'

'Natuurlijk ga ik mee springen.'

'Ach, je hebt altijd nog je geloof, nietwaar?'

'Dit wordt waarschijnlijk de enige keer dat ik dat echt op de proef stel. Het wordt misschien tijd.'

Hij maakte deur van zijn kantoor open en ging naar binnen. Er lag een witte envelop op zijn bureauonderlegger, die een wereldkaart voorstelde. Midden in de Grote Oceaan, als een schip met witte zeilen. Hij pakte de envelop voorzichtig op. Stak een vinger onder de klep. Zijn handen beefden toen hij het papier eruit trok.

Skarre denderde naar binnen. Bij het zien van zijn chef die daar met het vel in zijn hand stond te trillen, bleef hij abrupt staan.

'Sorry', stamelde hij verlegen. 'Wat is er eigenlijk aan de hand?'

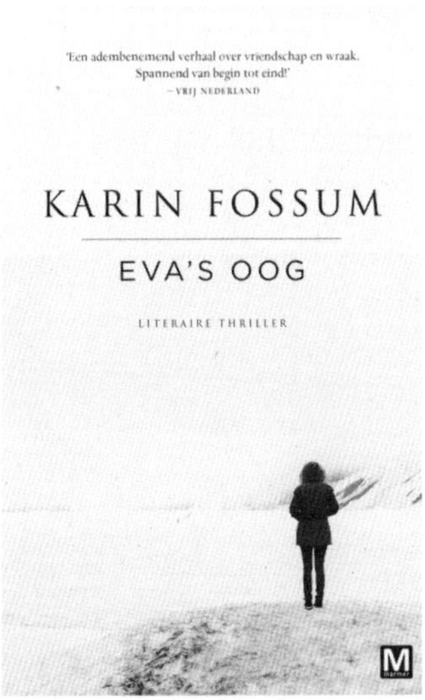

Eva's oog

Paperback, 288 pagina's
ISBN 97894 6068 286 5
NUR 305
€ 5,-

Als de schilderes Eva Magnus en haar dochtertje Emma langs een rivier wandelen, ontdekken ze het dode lichaam van een man. Eva belooft Emma dat ze de politie gaat bellen, maar dat doet ze niet. Waarom niet? En waarom reageert Eva elke keer zo ongemakkelijk als Emma zegt dat het fijn is dat ze meer geld hebben nu?

Inspecteur Konrad Sejer is belast met het onderzoek naar de man in de rivier. Op zijn bureau ligt ook nog de onopgeloste zaak van de prostituee Maja, die een paar dagen eerder vermoord is. Al snel ziet Sejer een verband tussen beide misdaden: er is één naam die steeds opduikt – Eva Magnus.

Een adembenemend verhaal over vriendschap en wraak. Spannend van begin tot eind!'
– VRIJ NEDERLAND

Kijk niet achterom

Paperback, 288 pagina's
ISBN 97894 6068 366 4
NUR 305
€ 5,-

Bij een afgelegen bosmeertje vindt de politie het dode lichaam van de vijftienjarige Annie Holland. Ze is volledig naakt, maar wel toegedekt met een windjack. Het knappe meisje was zeer geliefd in de kleine dorpsgemeenschap waar ze woonde en veel mannelijke bewoners hadden een oogje op haar. Halvor, een stille jongen met wie ze verkering had, vertelt dat Annie de laatste maanden van haar leven erg was veranderd. Ze leefde meer teruggetrokken en was zonder aanwijsbare reden een stuk zwaarmoediger geworden.

Inspecteur Konrad Sejer en zijn collega Jacob Skarre gaan op zoek naar verklaringen en ontdekken dat er in het rustige dorpje meer geheimen bestaan dan ze aan het begin konden vermoeden.

'Een zinderende thriller!'
– HUMO

De duivel draagt het licht

Paperback, 288 pagina's
ISBN 97894 6068 289 6
NUR 305
€ 10,-

Zipp en Andreas vervelen zich, hebben geen geld, wel dorst. Ze beroven een vrouw op straat, waarbij haar kinderwagen omvalt en de baby op de grond klettert. Daarna volgen ze een oude vrouw naar haar woning, maar tijdens de overval valt Andreas in de kelder, breekt zijn rug en vanaf dat moment is hij volledig afhankelijk van haar. De vrouw, Irma Funder, is altijd ondergeschikt geweest aan haar man en zoon en geniet van haar macht over Andreas.

Inspecteur Konrad Sejer en zijn collega Jacob Skarre onderzoeken zowel de vermissing van de jongeman als de dood van de baby uit de kinderwagen, maar zien geen verband. Totdat een bloedstollende waarheid zich ontvouwt.

'Indringend en met vaart geschreven. Een ijzersterke psychologische thriller.'
– LIBELLE

De Indiase bruid

Paperback, 288 pagina's
ISBN 97894 6068 290 2
NUR 305
€ 10,-

De bedachtzame vrijgezel Gunder Jomann gaat op reis naar India om een vrouw te zoeken. Zijn oog valt op Poona. Zij is serveerster in een restaurant en hij gaat daar voortaan iedere dag eten om haar te kunnen zien. Halverwege de vakantie trekt hij de stoute schoenen aan en vertelt haar de reden van zijn bezoek. Er ontstaat al snel een diepe genegenheid en niet veel later trouwen ze. Gunder Jomann reist na het huwelijk naar huis, naar het kleine Noorse dorpje Elvestad, om alles in gereedheid te brengen voor de komst van Poona. Maar twee weken later verschijnt zij niet op de afgesproken tijd op het vliegveld.

Inspecteur Konrad Sejer wordt geconfronteerd met het afschuwelijk toegetakelde lijk van een Indiase vrouw. Zoekend naar de moordenaar komt hij uit in het rustige dorpje Elvestad.

'Een juweel van een thriller. Ontroerend en subtiel.'
– DE STANDAARD

Veenbrand

Paperback, 288 pagina's
ISBN 97894 6068 370 1
NUR 305
€ 10,-

In een caravan op het terrein van een boer worden de lichamen gevonden van een vrouw en een klein kind. Ze zijn met messteken om het leven gebracht. Inspecteur Konrad Sejer en zijn collega Jacob Skarre staan voor een raadsel: er is geen teken van seksueel misbruik en er zijn nog volop waardevolle spullen aanwezig. De rechercheurs zijn ervan overtuigd dat de moeder van de vermoorde vrouw informatie achterhoudt die van belang kan zijn voor het onderzoek, maar de vrouw weigert opheldering te geven over het verleden van haar dochter. Een persoonlijk motief ligt voor de hand, maar wie voelt zoveel woede jegens een kleine jongen en zijn vriendelijke, zachtaardige moeder?

'Een thriller die je in één ruk uitlees.' ****
– HEBBAN.NL

Zwarte seconden

Paperback, 288 pagina's
ISBN 978 94 6068 365 7
NUR 305
€ 19,95

Negen dagen voor haar tiende verjaardag gaat Ida Joner op haar fietsje naar een kiosk om een paardenblad en kauwgom te kopen. Ze komt daar echter nooit aan en keert ook niet huiswaarts. De politie wordt ingeschakeld. Negen dagen later wordt Ida's lichaam langs de kant van de weg gevonden. Ze is gekleed in een nachthemd en in een deken gerold.

Inspecteur Konrad Sejer moet de zaak oplossen en hij staat voor een lang en moeizaam onderzoek. Er is geen motief, geen logische verklaring. Maar door zijn mensenkennis, zijn sympathie voor zowel het slachtoffer als de dader en door zijn directe manier van communiceren weet hij de zaak naar een ontknoping te leiden.

'Karin Fossum behoort tot de top van de Scandinavische misdaadauteurs.'

– NDB BIBLION

De fluisteraar
Paperback, 368 pagina's
ISBN 978 94 6068 364 0
NUR 305
€ 19,95-

Ragna Riegel werkt bij een goedkoop warenhuis en woont alleen in haar ouderlijk huis. Haar ouders zijn dood en haar zoon is verhuisd naar Berlijn. Los van de verplichte kerst- en verjaardagskaart hebben ze geen contact. Ragna leeft een teruggetrokken bestaan, dat gekenmerkt wordt door eentonigheid, eenzaamheid en angst. Ze houdt van routine en er is orde in haar leven. Totdat Ragna op een dag in haar brievenbus een anonieme dreigbrief aantreft. Ze raakt in de greep van een wurgende angst, die steeds groter wordt en haar nog dieper in een isolement drijft.

In de verhoorkamer op het politiebureau ondervraagt inspecteur Konrad Sejer een verdachte van een gruwelijke misdaad. Die verdachte is Ragna Riegel. Waarom heeft deze vrouw van middelbare leeftijd, die overkomt als een grijze muis, gedaan wat ze heeft gedaan?

'Een politieroman van een ongekend hoog niveau.' ****
– VN DETECTIVE & THRILLERGIDS

Colofon

Published by arrangement with Cappelen Damm
Oorspronkelijke titel: *Den som frykter ulven*

Omslagontwerp: Studio Jan de Boer
Omslagillustratie: © plainpicture | Willing-Holtz
Zetwerk: V3-Services v.o.f.
Druk: Wöhrmann Boeken en Tijdschriften

Eerste druk mei 2016
Vierde druk juni 2017

ISBN 978 94 6068 373 2
E-ISBN 978 94 6068 808 9
NUR 305

Uitgeverij Marmer BV
De Botter 1
3742 GA BAARN
T: +31 649881429
I: www.uitgeverijmarmer.nl
E: info@uitgeverijmarmer.nl